本书由江苏大学专著出版基金资助

文学传统
与文学翻译
的互动

张 璘 著

THE INTERACTION BETWEEN
LITERARY TRADITION
AND
LITERARY TRANSLATION

江苏大学出版社
JIANGSU UNIVERSITY PRESS

镇 江

U0738653

图书在版编目(CIP)数据

文学传统与文学翻译的互动 / 张璘著. —镇江：
江苏大学出版社,2013.12
ISBN 978-7-81130-608-8

Ⅰ.①文… Ⅱ.①张… Ⅲ.①小说研究－中国－近代
②小说－文学翻译－研究－中国－近代 Ⅳ.①I207.4
②I046

中国版本图书馆 CIP 数据核字(2013)第 293690 号

文学传统与文学翻译的互动
WENXUE CHUANTONG YU WENXUE FANYI DE HUDONG

著　者/张　璘
责任编辑/张　璐　顾正彤
出版发行/江苏大学出版社
地　址/江苏省镇江市梦溪园巷 30 号(邮编：212003)
电　话/0511-84446464(传真)
网　址/http://press.ujs.edu.cn
排　版/镇江文苑制版印刷有限责任公司
印　刷/丹阳市兴华印刷厂
经　销/江苏省新华书店
开　本/890 mm×1 240 mm　1/32
印　张/8.125
字　数/231 千字
版　次/2013 年 12 月第 1 版　2013 年 12 月第 1 次印刷
书　号/ISBN 978-7-81130-608-8
定　价/38.00 元

如有印装质量问题请与本社营销部联系(电话:0511-84440882)

目　录

1 绪 论

1.1 研究范围、意图和意义

1.1.1 研究范围

在本书中,"中国现代小说"是指与中国传统小说相对立、吸收了西方小说元素的中国白话小说,近似于胡怀琛的"现代小说",而非反映工业文明所带来的人的异化、彷徨、怀疑等的现代派小说。本书研究的着眼点不在文学,而在翻译,换言之,本书是以清末民初的小说为载体,研究文学传统与文学翻译之间的互动关系。晚清至"五四"期间,正是中国文学从传统文学向现代文学的过渡时期。

一般来说,一个民族的文学在经过一段时间的发展之后,就会形成自己的文学传统,成为后来者学习和模仿的对象。但是,随着时间的推移,传统的文学形式和内容就会变得与时代的变化和发展脱节,于是,来自内部的求变势力就会和外来的力量相互勾结,从而导致传统的文学理念和作用发生变化,传统的文学形式和内容逐渐为新的文学形式和内容所取代。然而,正如一切传统都不甘退场一样,传统文学形式和内容也不甘被新的文学形式和内容取代,总是以思想、观念、体裁、技巧等形式影响着新文学的诞生。在封闭的文化环境中,新文学必须孤军奋战;在开放的环境中,新文学却可以借外国文学的助力,迅速战胜传统文学,实现自立。在清末民初"文学变革的轨迹中,参照西方的观念形态,中国的小说、诗歌、戏剧和文体,生发了新内容,披上了新形式,运用了新方法,或者至少吸收了新词汇。当文学向外界寻觅革新的参照系时,翻译界不仅发挥了传导媒体作用,而且也会发现并开发自己的新大陆"。① 所以,研究翻译在此间的作用,研究文学翻译与文学传统之间的互动关系,就成了本书的目标。

陈平原认为"新小说的诞生必须从 1898 年讲起",那是因为戊戌变法不仅把康、梁等维新派人士推上政治舞台,同时也把新小说推上了文学舞台。② 本书则从 1895 年讲起,直到 1917 年。将研究范围限定在 1895 年至 1917 年之间的小说翻译与创作活动,是基于下述考虑:1895 年之前,虽有零星的外国作品被译介,如乔纳森·斯威夫特(Jonathan Swift)的《谭瀛小录》[即《格列佛游记》(Gulliver's Travels)的第一部分]、华盛顿·欧文(Washington Irving)的《一睡七十年》[即《瑞普·凡·温克尔》(Rip van Winkle)]、李顿(Edward Lytton)的《昕夕闲谈》、毕拉宓(Edward Bellamy)《百年一觉》(Looking Backward)等,但是除了《百年一觉》外,都影响甚微。1895 年,傅兰雅(John Fryer)在报端刊登广告,举办小说竞赛,开小说革命之先河,对其后十年的小说界产生重大影响。1896 年,《时务报》(The Chinese Progress)刊登张坤德翻译的柯南·道尔(Arthur Conan Doyle)的《英包探勘盗密约案》(The Adventure of the Naval Treaty),首次将侦探小说这一文学类别引进中国,这可以视为大规模翻译外国小说的肇始。③ 翌年,严复、夏曾佑发表长文《本馆附印说部缘起》,以进化论的观点来阐述小说的重要性,摒弃了传统的小说乃小道之说的观点。不过第一部产生巨大影响的外国文学作品应数 1899 年出版的林纾、王寿昌合作

---

① 范伯群,朱栋霖:《1898—1949 中外文学比较史》(上卷),江苏教育出版社,1993年,第 14 页。

② 陈平原:《中国现代小说的起点——清末民初小说研究》,北京大学出版社,2005 年,第 1 页。

③ 傅兰雅于 1895 年举办的小说征文可以视为现代小说的发端,但是从翻译研究的角度来看,侦探小说的译介为中国小说增加了一个新的类别,所以更适于作为本研究的起点。1891 年 12 月至 1892 年 4 月期间,李提摩太翻译的《回头看纪略》(1894 年发行单行本时更名为《百年一觉》)虽然也产生了较大影响,但是却开了一个坏头,是之后出现的"豪杰译"的始作俑者。

翻译的《巴黎茶花女遗事》，正所谓"可怜一卷茶花女，断尽支那荡子肠"，"自林纾始，中国文学翻译才走上正轨"。① 孟昭毅、李载道认为，"《巴黎茶花女遗事》的问世，揭开了中国翻译文学的新纪元"。② 此后，对外国作品的译介如雨后春笋，层出不穷，所使用的语言也渐渐从文言变成白话，对国人的影响也绝非 1895 年之前可比。1917 年，周瘦鹃结集出版《欧美名家短篇小说丛刊》，无论是译文总体质量，还是所涉及小说自身的质量、所涉及作者及其国别的数量，都是前所未有的，标志着小说翻译的成熟。也是在这一年，《新青年》杂志创刊，吹响了新文化运动的号角，现代文学由此登场，传统文学面对新文学的不断进攻，逐渐作鸟兽散。

从严格意义上说，1895 年至 1917 年之间的文学属于近代文学范畴，1919 年以后的文学才是现代文学。③ 不过 1895 年至 1917 年期间正处于中国文学史上的特殊时间段——文学转型期，此前传统文学渐渐没落，此后新文学④取代传统文学，蓬勃兴旺，而在此过渡期间，传统文学尚在苟延残喘，新文学还在为诞生而苦苦挣扎。正如有学者指出，"如果把现代文学的缘起置放在 20 世纪文学的结构框架和宏观视阈中考察，晚清民初的翻译文学无疑是新文学的一个重要契因"。⑤ 因此，通过对此转型期文学活动的研究，可以了解文学传统和文学翻译、文学创作之间的相互制约，相互作用。王德威曾说过："没有晚清，哪来五四？"⑥我们只有弄清中国现代小

① 守乾：《近代著名文学翻译家林纾》，《历史教学》，1995 年第 4 期。

② 孟昭毅，李载道：《中国翻译文学史》，北京大学出版社，2005 年，第 32 页。

③ 近年来，李欧梵、王德威、章培恒、范伯群等主张将中国现代文学史的上限前移至"清末民初"。范伯群指出"很多同行已经同意了现代文学史应该以 1898 年为'起点'"，并且将 1894 年出版的《海上花列传》作为现代（通俗）小说的起点（见陈国恩，等：《百年后学科架构的多维思考——关于中国现代文学史起点问题的对话》，《学术月刊》，2009 年第 3 期）。

④ 王德威认为这一过渡时期的文学家的眼界比"五四"之后的新文学作家更宽广，题材、体裁以及技巧等也更丰富。

⑤ 尹建民：《晚清民初翻译小说的滥觞及其影响》，《昌维师专学报（社会科学版）》，1997 年第 6 期。

⑥ 王德威：《被压抑的现代性》，宋伟杰译，北京大学出版社，2005 年，第 1-19 页。

说兴起前小说界发生的一切,才能够真正了解中国现代小说,乃至中国现代文学。

1.1.2　研究意图

希尔斯(Edward Shils)在《论传统》(Tradition)中指出:"传统如此重要,其影响如此之大,以致人们不可能完全将它忽略掉。"①"没有传统,人类便不能生存。"②但是他也指出传统如今"颇受争议"(in dispute),③"很少见到有人为自己支持一种传统而自豪,自称那是一种骄傲并视之为好事。在那些论述有关传统主题的人中间,为传统说话的人为数甚少"。④ 南帆也指出"传统成为当代文化的一个著名难题",究其原因,"一方面,传统遭到了强烈的非难,传统几乎成了保守势力的同义语;另一方面,传统又赢得了隆重的礼遇,传统似乎可能向陷于困境的现代文明提示某种明智的出路"。⑤在文学创作中,"传统"尤其如此,经常被当做贬义词,被看做束缚作家手脚的条条框框,因此很多作家都以突破传统为己任,以甘当先锋、冲击传统为自豪;在翻译研究中,当人们谈论"传统"时,它主要是指研究的传统,而不是作品中反映出来的传统,对后者的关注甚少。然而传统作为流传下来而且还在继续发挥作用的东西,其自身所具有的规范性却影响着我们的价值观,影响着我们对许多事物(包括文学)的看法,可以说,凡涉及文学,就不可能不受到传统的影响。不过文学传统的影响往往是润物无声式的,是"精神性的弥散",⑥"是幽灵性的,只能像幽灵一样显灵。无处不在,却又不

---

① ［美］希尔斯:《论传统》,傅铿,吕乐译,上海人民出版社,1991年,第10-11页。
② 同①,第429页。
③ 傅铿、吕乐译为"声名日下"(见［美］希尔斯:《论传统》,傅铿,吕乐译,上海人民出版社,1991年,第1页),似乎不太准确。
④ 同①,第4-5页。
⑤ 南帆:《论文学传统》,《文艺争鸣》,1993年第1期。
⑥ 金理:《重构与追认中的出发点:关于文学传统的随想》,《小说评论》,2008年第2期。

能被真正肉身化,不能被实在化"。① 因此,和对许许多多熟视以至于无睹的概念一样,人们对传统只有些朦朦胧胧的概念,对传统的内涵和特点并不了然。所以,本书旨在厘清传统的含义,并通过中国现代小说的兴起,探讨文学传统对文学翻译的规约以及文学翻译对文学传统的破立作用。

本研究拟解决以下几方面问题:第一,传统及文学传统的定义和内涵;第二,文学传统对文学翻译的影响;第三,文学翻译对文学传统的影响;第四,文学翻译对文学创作的影响及其限度。

1.1.3 研究意义

本研究具有以下几方面意义:

第一,文学翻译研究向来是翻译研究的重点,尤其在我国,翻译研究中所提出的标准、原则等,除非特别说明,往往都是针对文学翻译而言,文学翻译研究由此成为我国翻译研究的强项。如果说严复的"信达雅"是针对政治经济等翻译而提出的,之后的"信达美""忠实通顺""神似""化境"之说的提出,都是基于文学翻译的。进入 20 世纪 80 年代后,受西方翻译研究影响,我们关注起"等效""目的"和"策略"来,翻译研究开始了"文化转向",但是文学翻译研究仍然占有相当大的比重。传统是文学研究中的一个重要概念,它对文学的价值、标准以及经典的确定起着重要作用,也因此对文学翻译的有关方面起着重要作用。然而除了多元系统论以及以该理论为框架的关于原创文学与翻译文学之间关系的研究外,传统这一重要概念在文学翻译研究中却没有得到重视,文学传统与文学翻译之间的互动关系也少有人问津,使得文学翻译研究中出现一个不应有的空缺,影响了对文学翻译本质和特性的深入探索。本研究即可弥补这一空缺。

第二,文学翻译(literary translation or translation of literature)和翻译文学(translated literature)对中国近现代文学的影响是不言而

---

① 陈晓明:《遗忘与召回:现代传统与当代作家》,《当代作家评论》,2007 年第6 期。

喻的,可以说没有文学翻译及其成果,中国现代文学就不会如此迅速地诞生,甚至不会诞生。另一方面,文学创作总是在文学传统的破立之中进行的,所以,中国现代文学的兴起就是一个突破中国古典文学传统、建立新文学传统的过程。在突破传统的过程中,处于边缘地位的民间文学、通俗文学中的一些要素以及外来要素被吸收,形成新的传统。因此,传统总是动态的,不断地被突破,不断地被建立。作为这破立的主力军之一,以传递外来要素为己任的文学翻译,其作用不容忽视,因此,研究文学翻译与文学传统之间的互动就成为一个重要课题,对认识中国现代文学的来龙去脉,尤其是文学概念、文学类型、叙事方式等的演变,具有重要意义。

第三,2006年,德国汉学家顾彬(Wolfgang Kubin)在德国一家电视台接受采访时,谈到了当代中国文学存在的问题,认为其中最大的问题是当代作家不懂外文,所以走出国门时,必须依赖"汉学家"。他说,1949年以前的作家学外语是为了丰富汉语,而1949年以后的作家却认为外语会毁了汉语(if you ask a contemporary Chinese writer why he won't learn a foreign language, he will say that a foreign language can only ruin his mother tongue)。[①] 顾彬的观点在经过《重庆晨报》[②]等媒体误传后,在国内掀起轩然大波,招致很多学者的反驳。[③] 其中最受争议的就是作家必须懂外语这一问题。很多学者指出,懂外语并非成为优秀作家的必要条件。

的确,顾彬的观点或许有些偏颇,但是却不无启迪意义。任何作家都不可能生活在真空中,都必然受到传统的制约。作家的生存意义就在于从文学传统的顺从和背叛中借助外来势力,使背叛更容易些。于是作家(懂外语)通过直接接触外国文学,或者(不懂外语)借助于翻译,借助于外力来反抗传统。然而凡是翻译,必受

---

① http://www.cscse.edu.cn/publish/portal20/tab863/info7077.htm。

② 冯伟宁:《德国汉学家称中国当代文学是垃圾》,《重庆晨报》,2006年12月11日。

③ 徐力:《德国汉学家批评中国当代作家　学者称其妄下结论》,《成都晚报》,2006年12月14日。

操纵,都不可能提供原汁原味的外国文学。所以,借助于翻译,只能是借助于多多少少有些"变了味"的外国文学,实则是将反抗的工具交付他人之手。指望像晚清盛行的"豪杰译"①那样的翻译提供助力,也许只会"误导"。因此,要想沐浴在外国名著的光辉当中,而不是沾一点反射之光,就必须懂外文。林纾虽然凭借精深的古文功底,从合作者的译述中,也能感受到外国名著的滋味,但是译什么等却仍然不免受制于人。更何况古文功底不如林纾且不懂外文之人,他们有时不免误将李鬼当李逵,以为"豪杰译"就是原汁原味的外国名著。学习、模仿这些"豪杰译"虽然并不一定就生产文学垃圾,甚至于还会歪打正着,但是以为就此得到外国名家的真传,因而沾沾自喜,就十分荒谬了。因此,我们通过研究这一时期文学的发生,研究文学传统与文学翻译之间的互动,可以对当代的文学创作,尤其是小说创作,产生启迪。

1.2　研究方法与策略

本研究以文学史上的一个片断为研究对象,所以首先要进行的就是历史还原,通过小说的翻译(与创作)这条主线,对 1895 年至 1917 年期间的文学传统的作用进行描述,对这一期间的文学活动进行阐释。本书中一项重要的任务就是对诸如传统、文学传统、文学翻译、现代小说等概念进行界定,以此作为本书的研究基础。在论及小说的翻译时,以事件为主线进行叙述,着重描述翻译小说的影响而非原作在源语文学中的地位。作为描述性研究,我们的目的不是为某些历史人物和历史事件进行翻案,而是通过特定的

---

①　我们不否认"豪杰译"在晚清那个特定的时代所起的积极作用,但是由于译者对原作有意无意地裁剪,甚至由于译者的"发明",使得译作和原作往往相去甚远,因此,译文读者看到的并非原作的本来面目,而是经过译者化了妆的原作。谢天振曾指出:"译者作为两种文化的中介,经过他解读、价值评判、改造、变通等文化协商的结果——译作,已不复是原来意义上的外国文学作品"(见谢天振,查明建:《中国现代翻译文学史:1898—1949》,上海外语教育出版社,2004 年,第 2 页)。这句话用来描述一般的文学翻译也许还有争议,但是用来描述"豪杰译",是再贴切不过了。

视角——传统来考察这个特定历史片断的文学发生。

传统对文学创作与翻译的影响是不容置疑的,但是这种影响究竟有多大?这却是个非常难以回答的问题。鉴于文学的影响非常复杂,而且因人而异,难以量化,所以本研究主要是定性研究而非定量研究。尽管如此,我们在可能的情况下,以统计的方式来描述清末民初的小说翻译,通过对历史事件进行剔抉爬梳、归纳总结,做出解释。

本研究游走在文学和翻译学之间,具有明显的跨学科特征。首先,它是以小说为载体,研究文学传统与文学翻译之间的关系,所以涉及文学史和文学理论,尤其是小说创作理论。其次,它是翻译研究。文学史和文学文本仅仅是素材,归根到底,它还是文学翻译研究,对文学现象进行阐释。再次,传统是一个非常重要的社会学概念。要厘清传统、文学传统等概念,就必须从多层面进行讨论,所以本研究是跨学科研究。

1.3　文献回顾

本研究是以小说翻译为主线,探索文学传统与文学翻译之间的互动关系,所以有关文献主要包括两个方面:有关传统的文献和有关中外文学关系的文献。

1.3.1　有关传统的研究

（1）国外关于传统的研究

传统通常被当做一个不言自明的概念而使用,直到 1917 年,艾略特(T・S・Eliot)发表《传统与个人才能》(Tradition and the Individual Talent)一文,指出"传统并不能继承",必须"通过艰苦劳动来获得"。① 在艾略特之后,传统一词散见于文学理论和社会学理论著作中,直到 1971 年,美国学者希尔斯在《社会与历史比较研

---

① ［英］托・斯・艾略特:《艾略特文学论文集》,李赋宁译,百花文艺出版社,1994年,第 2 页。

究》(*Comparative Studies in Society and History*)杂志发表论文《论传统》,研究"过去"对"现在"的影响。1981 年,希尔斯出版专著《论传统》,从社会学角度着重探究了传统的涵义、形成、变迁、传统与现代化、传统与创造性、启蒙运动以来的反传统主义、社会体制、宗教、科学、文学作品中的不同传统,以及传统的不可或缺性等问题,全面、系统地对传统进行了研究。1983 年,霍布斯鲍姆(Hobsbawm)指出了传统的"发明性"。[①] 2000 年,马克·贝维尔 Mark Bevir 在《人文》(*Humanitas*)上发表"论传统"一文[②],将传统视为"评价概念(evaluative concept)",引起争议。[③] 对传统的研究从文学领域开始,如今却主要集中在社会学领域。

（2）国内关于传统的研究

国内关于传统的研究基本上是受外国研究的启发和影响,但是和国外研究集中于社会学领域不同,国内更关注文学传统。早在 1934 年,叶公超在介绍艾略特的诗学观时,就介绍了《传统与个人才能》一文;同年,卞之琳将《传统与个人才能》翻译成中文。[④] 1961 年,周煦良翻译《艾略特与传统概念》一文,发表在《国外社会科学文摘》上,这可以视为国内研究传统的发轫。近年来,研究艾略特传统概念的还有刘燕、郭艳娟、李小洁、沈海萍、李敏、林琳、梁冬华等人,但是基本上都是对艾略特观点的阐释。

在国内研究文学传统的学者中,陈辽几乎是个特例,目前尚没有证据显示他曾受到过艾略特的影响。他在《论我国的文学传统》中,对文学传统进行了简单的定义,指出文学传统并不都是优良的、好的,文学传统具有相对稳定性,但却是有发展、有变化的。[⑤]

---

① Hobsbawm,Eric and Rerence Ranger. ed. *The Invention of Tradition*. Cambridge University Press,1992.

② Bevir,Mark. On Tradition. *Humanitas*,2000(2).

③ Frohnen,Bruce. Tradition,Habit,and Social Interaction:A Response to Mark Bevir. *Humanitas*,2001(1).

④ 梁冬华:《艾略特"传统"诗觉观探究》,广西师范大学硕士学位论文,2004 年。

⑤ 陈辽:《论我国的文学传统》,《徐州师范学院学报(哲学社会科学版)》,1986 年第 3 期。

1991年,希尔斯的《论传统》在国内翻译出版,成为国内传统研究的一个里程碑,对之后的传统研究产生重大影响。1993年,南帆发表《论文学传统》一文,从文学传统的"名与实"、文学传统的规范性、文学传统与个人之间的关系以及反叛文学传统的类型与倾向几个方面,对文学传统进行探讨。之后,南帆继续从不同角度讨论文学传统。

1994年,《学术研究》第6期刊登了《"二十世纪中国新文学传统研究"笔谈》,讨论了《新文学传统的生成意义》《传统与特征》《20世纪中国新文学的特点》《20世纪中国新文学传统的几种形式》《新文学人民性的传统》《20世纪中国新文学传统的形成与构成要素》等,但也有对文学传统本身的质疑。①

自1998年起,姚文放发表系列论文《马克思恩格斯的传统观与文学史观念》《马克思恩格斯的文学批评方法与文学传统》《当代性与文学传统的重建》《文学传统与科学传统》《文学传统与现代性》《交互性与文学传统》《文学传统流变的机制与形态》《文学传统论的四大倾向及其现代转换》《文学传统的功能与知识增长》《文学传统与文化传统》《文学传统与生态意识》《文本·话语·主体:文学传统与交互世界》《文学传统与文类学辩证法》《中国文学传统转型的内在机制》《文学传统重建的现实价值本位》等,多角度、多方位地对文学传统进行讨论,成为国内关于文学传统方面著述最多的学者。在《当代性与文学传统的重建》的"后记"中,姚文放明确指出自己受希尔斯的《论传统》的影响,随着霍布斯鲍姆的《传统的发明》的中文版的出版,姚文放接受了霍氏"发明出来的传统"的观点。姚氏的研究主要关注从古至今文学传统内部的演变,几乎没有涉及外来因素的影响。

此外,研究文学传统的学者还包括郭英德、陈伯海、季中扬、张方方、王敬民等。这些学者有的探讨中国古代文学思想在现代世

---

① 殷国明,等:《"二十世纪中国新文学传统研究"笔谈》,《学术研究》,1994年第6期。

界和现代视阈中的价值与意义,有的研究文学转型与文学传统的建构,有的讨论俄国形式主义的文学性与文学传统之间的关系,有的则把艾略特的传统观与其他学者(如刘勰、布鲁姆)的观点进行比较。

1.3.2 有关中外文学关系的研究

由于我们旨在以小说为主线来进行研究,因此有关中外文学关系的文献大致可分为两类:小说研究和文学翻译研究。小说研究的文献又可分为有关小说演变的研究和翻译小说研究;文学翻译研究则可以分为一般文学翻译研究和翻译家研究。

(1)文学研究

① 有关小说演变的研究

研究中国小说演变的开山之作当属鲁迅的《中国小说史略》,其对清末小说的评价"揭发伏藏,显其弊恶,而于时政,严加纠弹,或更扩充,并及风俗。虽命意在于匡世,似与讽刺小说同伦,而辞气浮露,笔无藏锋,甚且过甚其词,以合时人嗜好,则其度量技术之相去亦远矣,故别谓之谴责小说",[①]今已成为学界通识。此外,胡适的《五十年来中国之文学》、陈子展的《中国近代文学之变迁》及《最近三十年中国文学史》、周作人的《中国新文学的源流》、钱基博《现代中国文学史》、吴文祺的《新文学概要》、郭箴一的《中国小说史》,[②]对晚清小说也均有论述。阿英的《晚清小说史》是最早研究晚清小说的专著,自 1937 年由商务印书馆出版以来,其关于翻译小说和原创小说的论断仍然被广泛引用。

到了 20 世纪 80 年代,一批研究晚清和民初小说的成果相继出现。在众多研究者中,陈平原以其独特的视角给晚清和民初小说的研究吹来一股新风,其系列著作在学术界产生较大影响。1987年,陈平原完成其博士学位论文《中国小说叙事模式的转变》,在上

---

① 鲁迅:《鲁迅全集》(第 10 卷),人民文学出版社,2005 年,第 234 页。

② 在其第八章"民国"部分的第三节中讨论了"新文学运动期间的翻译文学",提到了林纾、包天笑、周瘦鹃、刘半农等的贡献(见郭箴一:《中国小说史》,上海书店出版社,1984 年,第 636 页)。

编中,从叙事时间、叙事角度和叙事结构三方面,讨论西方小说对中国小说叙事模式的影响,而在其下编中,则从"传统的创造性转化"、传统文体对小说的渗入以及"史传"传统与"诗骚"传统的角度,探讨传统文学在中国小说叙事模式转变中的作用。在两年后(1989)的《二十世纪中国小说史》第一卷中,第二章专讲"域外小说的刺激与启迪"。陈平原开创新的研究工作对其后中国小说研究产生了巨大影响,在论及中国近代小说叙述模式方面,基本上都是沿着他所开拓的路子,亦即从叙事时间、叙事角度和叙事结构三方面讨论小说的叙事,因此其著作堪称中国小说研究史上的里程碑。1993年,陈平原发表了《小说史:理论与实践》。这部有几分文献综述味道的专著"不追求体系化,也没能给出理想的答案;只是追寻那些现有理论无法涵盖的'变异',描述研究过程中可能出现的'陷阱',甚至表白史家的'迷茫'与'困惑'"。①

除了陈平原,对清末民初小说研究作出贡献的学者不胜枚举,这里只能罗列出其中部分学者的部分成就。1984年,赵遐秋、曾庆瑞的《中国现代小说史》上册开辟有"创作和翻译小说的一度繁荣"一章(第一编第二章),其中第三节"近代文学中翻译小说的翻译"将清末民初的小说翻译分为三个阶段:第一阶段1898—1905年,第二阶段1906—1911年,第三阶段1912—1917年。第一阶段以梁启超、林纾为代表,反映"资产阶级革命派在政治上的上升";②第二阶段以周氏兄弟为代表主要表现为新的译文风格的出现,俄罗斯文学及外国短篇小说的译介;第三阶段以周瘦鹃为代表,"特点是短篇小说增加,而且题材更为广阔"。③ 1986年,康来新出版《晚清小说理论研究》,全书分为绪论、守成篇、开创篇和结论四部分,讨论晚清小说理论的沿革、借鉴和创新,其中"开创篇"的第四章专门讨论"翻译对小说创作与理论的启示"。1988年,林明德编选《晚清

---

① 陈平原:《小说史:理论与实践》,北京大学出版社,1993年,第1页。
② 赵遐秋,曾庆瑞:《中国现代小说史》(上册),中国人民大学出版社,1984年,第130页。
③ 同②,第133页。

小说研究》,收集的论文中多有涉及域外小说对本土小说创作的影响。1989 年,袁建、郑荣对国内外的晚清小说研究情况进行概述。1991 年,米列娜(Milena Doleazelovd)编选的《从传统到现代——19 至 20 世纪转折时期的中国小说》在国内翻译出版,收录有《"新小说"的兴起》《晚清小说的叙事模式》《〈九命奇冤〉中的时间:西方影响与本国传统》等论文,此前,这些论文曾对陈平原的研究产生较大影响。1992 年和 1996 年,袁进分别出版《中国小说的近代变革》和《中国文学观念的近代变革》两部著作,对陈平原的研究模式进行补充和修订。1997 年,郭延礼出版《中国近代翻译文学概论》,书中大量涉及小说的翻译。1999 年,阎奇男、王立鹏在《中国小说概念的现代化历程》中讨论了域外小说对中国小说概念现代化的催化作用。2000 年,王宏志编选的《翻译与创作——中国近代翻译小说论》由北京大学出版社出版。该书收录了孔慧怡《还以背景,还以公道——论清末民初英语侦探小说翻译》、卜立德(David E. Pollard)《凡尔纳、科幻小说及其他》、樽本照雄(Tarumoto Teruo)《清末民初的翻译小说——经日本传到中国的翻译小说》、王宏志《"专欲发表区区政见"——梁启超与晚清政治小说的翻译及创作》、袁进《试论近代翻译小说对言情小说的影响》、范伯群《包天笑、周瘦鹃、徐卓呆的文学翻译对小说创作之促进》等 13 篇论文,从多个角度论述了小说翻译与创作之间的关系。同年,武润婷发表了《中国近代小说演变史》,其中多有域外小说对本土小说创作的影响的论述,如第一编第四、五章讨论了西方侦探小说的译介对侠义公案小说创作的影响以及对本土侦探小说诞生的促进。2004 年,韩南(Hanan Patrick)的《中国近代小说的兴起》(*The Rise of Modern Chinese Novel*)由徐侠翻译出版。韩南以其"精密"的研究,展现了域外小说对中国近代小说创作的影响,甚至还纠正了长期以来人们对"小说界革命"的错误看法。

此外值得一提的是两部对近代小说研究的综述:1989 年袁健、郑荣的《晚清小说研究概说》和 2006 年韩伟表的《中国近代小说研究史论》。

② 有关翻译小说的研究

在翻译小说研究方面,袁荻涌是较早进入这一领域的学者,做出了一些开创性的工作,而在这一领域做出巨大成绩的是郭延礼先生。郭延礼先生一直致力于近代文学的研究,尤其是对清末民初的翻译小说进行了多方面的研究,收获了累累硕果。此外进行翻译小说研究的还有陈改玲、于润琦、刘全福、尹建民、苏桂宁、许海燕、王宁、杨联芬、袁进、谈小兰、郝岚、韩洪举、秦弓、陈纯尘、张鞶等,其中郝岚的《林译小说研究》是第一部专以某一人的翻译小说为研究对象的专著。翻译文学,包括翻译小说,近年来还成为博士学位论文的研究对象,如朱云生、韩伟表、杜慧敏、曹亚明、林作帅等。2006 年,韩伟表的博士学位论文《中国近代小说研究史论》由齐鲁书社出版,对迄至 2005 年的近代小说研究的成果进行总结,其第四章中指出近年来学界开始重视翻译小说。① 杜慧敏的博士学位论文《文本译介、文学相遇与文学关系——晚清主要小说期刊译作研究(1901—1911)》,是迄今为止对域外小说翻译与本土小说翻译之间的关系最为详备的研究。该研究以《新小说》《绣像小说》《新新小说》《月月小说》《小说林》五种小说期刊为主要考察对象,从文体、译介方式、译介策略、翻译观等方面深入分析晚清小说期刊译作作为"译入语文化产品"的生成过程,提出"译入文体""演述""译述"等晚清翻译文学研究的新概念,从而揭示小说期刊作为 种通俗的"翻译文学"在参与建构中外文学文化关系上的意义。

(2) 文学翻译研究

正如前文所述,文学翻译研究向来是翻译研究的重点,文学翻译研究的论文和著作可以说是汗牛充栋。特别是 20 世纪 90 年代以来,随着对西方翻译理论的深入了解,研究的视角更加多元化,研究也更加深入。因此,我们不得不把文献的范围限定在 1895 年至 1917 年之间的小说翻译的文献上。

---

① 韩伟表:《中国近代小说研究史论》,齐鲁书社,2006 年,第 197 页。

林纾是晚清最著名的小说翻译家,影响深远,林译小说更是成为一个专有名词。所以,对晚清文学翻译的研究几乎是从研究林纾的翻译开始的。对林译小说翻译的研究从清末就延绵不断,其中比较著名的有1924年郑振铎所写的《林琴南先生》、1935年寒光的《林琴南》和1964年钱锺书的《林纾的翻译》。1983年,薛绥之、张俊才编选的《林纾研究资料》,涉及林纾的生平及文学活动、有关林纾的评论和研究文章、林纾著译目录考索等,为后来的研究者提供了极其宝贵的资料。1990年,林薇对百年来有关林纾的研究进行总结。此后,受到西方翻译理论的影响,一些学者尝试从新的角度来研究林纾的翻译,如张俊才、守乾、蒋英豪、纪德君、杨茜、卢文荟、马晓东、苏桂宁、许海燕、郝岚、贺志刚、毕新伟、沈庆会、关诗佩、朱耀先、张香宇,尤其是关诗佩,她能够从接受的视角审察晚清的小说翻译,突破了传统的以原著和译者为中心的研究模式。

除了林纾之外,还有对其他著译者的研究,比如对梁启超的研究,如连燕堂、王志松、钟俊昆、曾晓林、孙慧娟、罗选民、蒋林等;对周氏兄弟的研究,如李昌玉、吴作桥、蒋荷贞、王宏志、邓天乙、刘全福、龙海平、王友贵、杨联芬、卢寿荣、张森、吴作桥、周晓莉、崔永禄、陈思和、杨莉、廖七一、王云霞、李寄、蔺红娟、文月娥等。

在研究译者之外,还有分门别类对小说翻译进行的研究,其中研究侦探小说的最多,如刘为民、苗怀明、许磊、张萍、李世新、高建清、李德超、邓静、李欧梵、于启宏、张昀、孟丽、杨冬敏等。研究政治小说的有袁荻涌、郭延礼、魏藏峰、张全之、罗列、李艳丽等,研究科学小说的则有王燕、栾伟平、李亚娟、范苓、陈向红等。

除此之外,有的学者研究近代文学翻译与通俗文学之间的关系,如范伯群、李欧梵、李诠林;有的研究媒体与晚清小说发达之间的关系,如宋晖、王燕、潘建国、何海巍;有的则研究域外小说翻译对中国小说近代化的影响,如尹建民、赵利民、王宁、张德明、陈纯尘、张鞻;有的则将小说翻译纳入多元系统内考虑,如谢世坚、邓忠、王光妍。

1.3.3　当前研究的不足

应该说,至今为止,我国对晚清小说翻译的研究已经取得了丰硕的成果,但是也不容否认,这些成果的水平参差不齐,有些研究因为研究者不够仔细,甚至出现常识性错误,比如张萍称侦探小说鼻祖埃德加·阿伦·坡(Edgar Allan Poe)是英国人。① 蒋林声称梁启超的《政治小说佳人奇遇序》后改题目为《译印政治小说序》),②这不仅与事实完全相反,而且忽视了《佳人奇遇》出版单行本将《译印政治小说序》作为序时,对结尾处所作的修改。即使是陈平原这样的名家,也出现自相矛盾之处,如关于周瘦鹃《欧美名家短篇小说丛刊》的叙述,在《中国小说叙事模式的转变》第 167 页的注释 5 中称"鲁迅拟的《欧美名家短篇小说丛刊》评语(刊《教育公报》4 卷 15 号,1917 年)",而在《中国现代小说的起点——清末民初小说研究》第 53 页,则把该书称为《欧美名家短篇小说丛刻》,该页的注释 2 则称"鲁迅、周作人:《〈欧美名家短篇小说丛刻〉评语》,《教育公报》第 4 年 15 期,1917 年"。可见由于资料的缺失或者过于依赖于二手资料,使得很多成果所取得的结论不那么可靠。

近年来,不断有学者利用多元系统理论来对清末民初的文学翻译状况进行分析,但是由于本身对多元系统的理解问题以及多元系统本身存在的缺陷,使得这方面的研究流于公式化、套路化,而且不乏生搬硬套的痕迹。

而在有关文学传统研究方面,不是对艾略特的观点进行解释,就是受希尔斯的影响,对中国古代文学传统进行阐发,忽视了外来因素对我国文学传统的影响。

---

① 张萍:《侦探小说在中国的两次译介热潮及其影响》,《中国翻译》,2002 年第 3 期。

② 蒋林:《梁启超的小说翻译与中国近代小说的转型》,《兰州大学学报(社会科学版)》,2010 年第 5 期。

2 文学传统的概念

本章首先对传统的定义进行讨论，指出传统可以被发明，具有规范性，然后讨论传统与范式的异同。之后讨论文学传统的内涵，文学传统与文学创作之间的一般关系。

2.1 传统的概念

2.1.1 传统的定义

根据《汉语大词典》的定义，传统是指"世代相传的具有特点的风俗、道德、思想、作风、艺术、制度等社会因素"。[①]《现代汉语词典》对传统的定义则是："世代相传、具有特点的社会因素，如文化、道德、思想、制度等。"[②]在《新编现代汉语词典》中，传统是指"历经世代相传具有特点的社会因素"。[③]《辞海》将传统定义为"历史延传下来的思想、文化、道德、风俗、艺术、制度以及行为方式等，对人们的社会行为有无形的影响和控制作用。传统是历史发展继承性的表现，在有阶级的社会里，传统具有阶级性和民族性。积极的传统对社会发展起促进作用，保守和落后的传统对社会的进步和变革起阻碍作用"。[④]《辞源》没有"传统"词条，但是有对"传"和"统"的解释，"统"即"世代相继的系统。如皇统，道统，传统。"[⑤]从以上定义不难发现，传统必须具备以下一个特性：（1）世代相传；（2）具

[①]　《汉语大词典》(第 1 卷)，汉语大辞典出版社，1994 年，第 1625 页。

[②]　《现代汉语词典》(第 5 版)，商务印书馆，2005 年，第 210 页。

[③]　《新编现代汉语词典》，青苹果电子书系列，2002 年，第 128 页。

[④]　《辞海》，上海辞书出版社，1999 年，第 606 页。

[⑤]　《辞源》(合订书)，商务印书馆，1988/1998 年，第 2423 页。

有特点;(3)对人们的社会行为的影响是无形的。由此可见,我们很难确定人的某一具体行为是否受某一传统的影响。这也就给我们的研究——文学传统与文学翻译的互动关系——带来极大的困难,因为除了像鲁迅那样的当事人自陈受到外国小说的影响外,我们只能进行推断,而无法证实。

传统一词最早见于《后汉书·东夷传·倭》:"自武帝灭朝鲜,使驿通於汉者三十许国,国皆称王,世世传统。"①这里的传统指的是帝业的世代相传,其后则衍生出学说等的世代相传,如南北朝时梁朝的沈约在《立太子恩诏》中写道:"守器传统,於斯为重。"明代胡应麟《少室山房笔丛·九流绪论上》则有"儒主传统翼教,而硕士名贤之训附之"的论述。②

与传统对应的英文单词是 tradition。Dictionary. com 认为 tradition 形成于 1350—1400 年间,亦即中英语(Middle English)中的 tradition。该网站在 tradition 词条下,共给出 7 种解释:

① the handing down of statements,beliefs,legends,customs,information,etc. ,from generation to generation,esp. by word of mouth or by practice:a story that has come down to us by popular tradition(通过口传或实践,将某些论述、信仰、传奇、习俗、信息等代代相传,比如流传至今的民间故事③).

② something that is handed down:the traditions of the Eskimos(流传下来的东西,如爱斯基摩人的传统).

③ a long-established or inherited way of thinking or acting:the rebellious students wanted to break with tradition(约定俗成或继承下来的思维或行事方式,如逆反的学生都希望打破传统).

④ a continuing pattern of culture beliefs or practices(一种连续的文化信仰或实践模式).

⑤ a customary or characteristic method or manner:the win-

---

① [南北朝]范晔:《后汉书》,中华书局,1999 年,第 1906 页。
② 《汉语大词典》(第 1 卷),汉语大词典出版社,1994 年,第 1625 页。
③ 除非另有说明,本书中译文均为作者所译。

ner took a victory lap in the usual track tradition(习惯或典型的方法或举止,如胜利者照例绕场一圈).

⑥ Theology(神学).

a. (among Jews) body of laws and doctrines, or any one of them,held to have been received from Moses and originally handed down orally from generation to generation(据说犹太人通过口口相传,从摩西那里继承下来的律法和信条).

b. (among Christians) a body of teachings, or any one of them,held to have been delivered by Christ and His apostles but not originally committed to writing(基督徒从基督及其使徒那里最初通过口口相授而获得的教诲).

c. (among Muslims) a hadith(穆斯林的圣训).

⑦ Law:an act of handing over something to another,esp. in a formal legal manner;delivery;transfer(法律:将某件事物交给另一方,尤其是用正式合法的方式;送达;转移).[1]

韦氏在线词典(Merriam-Webster)对 tradition 的定义为:

① a. an inherited, established, or customary pattern of thought,action,or behavior (as a religious practice or a social custom)(承继的、约定俗成的或习惯的思维、行动或举止模式,如某种宗教仪式或社会风俗). b. a belief or story or a body of beliefs or stories relating to the past that are commonly accepted as historical though not verifiable(公认但是却未加证实的、有关过去的信仰或故事).

② the handing down of information,beliefs,and customs by word of mouth or by example from one generation to another without written instruction(通过言传或身教而使得信息、信仰和习俗代代相传).

③ cultural continuity in social attitudes,customs,and institu-

---

[1] http://dictionary. reference. com/ browse/tradition。

tions(社会态度、习俗和制度中的文化延续).

④ characteristic manner, method, or style (in the best liberal tradition)(典型的举止、方法或风格,如在最自由的传统中). [1]

《美国传统词典》(The American Heritage Dictionary)对 tradition 的定义则为:

① the passing down of elements of a culture from generation to generation, esp. by oral communication(文化要素的代代相传,尤其是通过口传的方式).

② a. a mode of thought or behavior followed by a people continuously from generation to generation; custom or usage(代代沿袭的思维或行为方式;习俗或惯例);b. a set of such customs and usages viewed as a coherent body of precedents influencing the present(被视为对当下造成影响的一些彼此协调一致的习俗和惯例).

③ a body of unwritten religious precepts(不落文字的宗教戒律).

④ a time-honored practice or a set of such practices(历史悠久的惯例).

⑤ law: the transfer of property to another(法律:财产的转移).

从以上的定义中我们不难看出,英文的 tradition 和汉语的"传统"含义大体相同,只不过 tradition 有以下三个特点:第一,强调口头传承;第二,比"传统"多出了一个法律词义项;第三,缺少"传统"的"系统"要素. 所以,有关英文 tradition 的研究也同样适用于汉语的"传统".

迄今为止,在对传统的研究方面最有影响的要数美国学者爱德华·希尔斯. 1981 年,希尔斯教授耗时 25 年而成的著作 *Tradition* 由 Faber and Faber's 公司出版,从此该书成为有关传统的最

---

[1]　http://www.merriam—webster.com/dictionary/tradition。

权威的著作,影响深远。1991 年,该书的中文版由上海人民出版社出版,对我国学者如南帆、姚文放等产生重要影响。

希尔斯认为传统意味着很多东西,任何从过去延传至今或相传至今的东西,都可以叫做传统。决定什么是传统的标准是:"它是人类行为、思想和想象的产物,并且被代代相传。"①由此可见,希尔斯心目中的传统要比上述词典定义的内容更加丰富。除了上述定义的内容外,希尔斯认为传统还包括物质性的一面。"传统——代代相传的事物——包括物质实体,包括人们对各种事物的信仰,关于人和事件的形象,也包括惯例和制度。它可以包括建筑物、纪念碑、景物、雕塑、绘画、书籍、工具和机器。它涵括一个特定时期内某个社会所拥有的一切事物,而这一切在其拥有者发现它们之前已经存在。它们不完全是外部世界物理过程的产物,也不仅仅是生态和生理需要的结果。"②在希尔斯看来,帕特农神庙、巴黎圣母院、伦敦塔除了其象征意义外,其本身也构成传统。所以,传统除了抽象的信仰、思维方式、行为风格等,也包括从过去继承下来的物质性的东西。因此,说莎士比亚是传统,不仅是指他创作的戏剧和诗歌是传统,而且他的手稿、抄本也同样是传统。不过这样一来,传统的定义就和我们的一般认知不太一致。在一般认知中,传统的延续特别强调口口相传。这种认知和物质性的"传统"是矛盾的。所以,本书虽然依据希尔斯的观点对传统进行界定,但是主要还是取其非物质的一面。

希尔斯指出,人的具体行动是不可能世代相传的,可以相传的是"行动所隐含或外显的范型和关于行动的形象,以及要求、建议、控制、允许或者禁止重新确立这些行动范型的信仰"。③然而,在世代相传的过程中,这些"明文规定的或隐含于行为范型中的行为规则、关于灵魂的信仰、关于善行的哲学概念"④虽然还保留其名,而

---

① [美]希尔斯:《论传统》,傅铿,吕乐译,上海人民出版社,1991 年,第 15 页。

② 同①,第 16 页。

③ 同②。

④ 同①,第 17 页。

其实已经发生了变化。人们免不了要对所接受的传统进行解释，于是这些被继承下来的符号和形象在延传的过程中就起了变化，之后更不可能保持其原貌。"这种传统的延传变体链也被称作传统。"①所以，传统就是围绕某一主题的一系列变体，而这些变体之间的联系就在于其共同的主题，就在于"其表现出什么和偏离什么的相近性，在于它们同出一源"。② 变体链概念的提出对传统研究来说具有重要意义，它可以纠正人们心中把传统视为一成不变的东西的错误观念，使人们认识到传统实际上也随时代的变化而变化。

希尔斯认为传统都有其"示范者，或者监护人"。③ 作为已经传下来或者将要传下去的东西，"它是人们在过去创造、践行或信仰的某种事物，或者说，人们相信它曾经存在，曾经被实践或被人们所信仰"。④ 不管真假，人们在其中可以找到过去，因此它很有可能成为替代物，成为人们依恋过去的对象。"人们会把传统当做理所当然的东西加以接受，并认为去实行或去相信传统是人们该做的唯一合理之事。"⑤而且仅仅因为是传统，某些惯例得到了人们的维护，"遵从这些传统规则是人心所愿，而不是强制性的"。⑥ 人们对传统的信赖不需要理性的指导，对传统的尊崇不需要理由。"即使那些宣称要与自己社会的过去做彻底决裂的革命者，也难逃过去的掌心。"⑦原因很简单：

> 任何叫做传统的东西都不是一个整体，它的每一个成分都要经过接受、修改或抵制这样一个过程。对传统的反应带有选择性。即使那些自认为正在接受或抵制

① ［美］希尔斯：《论传统》，傅铿，吕乐译，上海人民出版社，1991年，第17页。
② 同①，第18页。
③ 同①，第16页。
④ 同①，第16－17页。
⑤ 同①。
⑥ 同①，第5页。
⑦ 同①，第60页。

"全部内容"的人,也是有选择地接受或进行抵制的;即使当他们看来在进行抵制时,他们仍然保留着相当一部分传统。①

"传统不但受尊重,而且人们认为,传统因为是传统就应该受到尊重。"②这是因为,从前,"无论是因为神祇或时代精神,还是出于人们的经验或对祖先的崇敬,或是仅仅因为这些东西已经存在并且'行之有效',人类常常有意识地尊重他们从过去所继承来的事物,并因而用以指导自己的行为"。③ 传统是榜样、成功的榜样。既然别人成功了,自己依样画葫芦,没有不成功的道理,所以人们维护传统,发扬传统,也就在情理之中了。不过现代西方社会则重视理性和进步,所以和过去不同,如今"人们的行为并非都受传统规则和惯例的指导,人们也没有处处援引传统,也就是说,没有通过断言他们的行为符合传统的范型来证实他们行为的合理性"。④

希尔斯指出,传统如今饱受争议。⑤ 现代西方社会"是以科学性、合理性、经验型、世俗性和进步性为特征的",因此,总是和陈规旧俗进行斗争,并战而胜之,从而摆脱传统的痕迹。⑥ "长期以来,几乎在每一个西方国家,越来越多受过教育的人和开明人士认为,需要改变、取代或抛弃盛行于它们社会之中的大多数信仰、惯例和制度,代之以新的、而且毫无例外地是更好的信仰、惯例和制度。"⑦所以,在现代西方社会中,"一种状况一旦引起人们的注意,人们就推想它必须被改变,用更好的东西取而代之。若断言,必须保持已接受的东西之本来面貌,不应对其进行有意识的改革,那么,他至少会被谴责为固步自封"。⑧ 在这样的社会中,有一种普遍的对进

---

① ［美］希尔斯:《论传统》,傅铿,吕乐译,上海人民出版社,1991年,第59-60页。
② 同①,第27页。
③ 同①,第26页。
④ 同②。
⑤ 同①,第1页。
⑥ 同②。
⑦ 同①,第3页。
⑧ 同⑤。

步的追求。但是：

> 人类的进步一向是经验科学的进步，是判断的合理
> 性的进步。人们一直认为经验科学和判断的合理性本身
> 就是好的，他们带来了无穷的裨益。他们一直赞誉科学
> 和理性，视其为给予个人和社会生活以规律的法则之本
> 源。每当这时，传统就要遭到批判。人们断言，科学知识
> 和传统知识是对立的；科学程序最终依靠的是感觉经验
> 以及对经验的理性批判，它与因长者的权威而接受来的
> 知识形成了对照。理性和科学程序的实践以及它们的威
> 望在现代已大大增加，与此同时，它们使特定的传统信仰
> 和一般的传统名誉扫地。传统没有对人们所提出的或接
> 受的信仰加以验证；这种验证是与理性和实证观察的规
> 则相一致的检验。①

传统往往和无知联系在一起，很多人把传统与迷信混为一
谈；②传统往往与"落后和反动观念相提并论"，③"传统则被认为是
无用的累赘。对打着传统标记的制度、惯例和信仰有依恋之情的
人被称为'反动分子'或'保守分子'；在一条由左向右的线轴上，他
们被置于'右'端，而'右倾'就是错误的"。④ 这样一来，遵从传统就
意味着落后，而打破传统就意味着进步，尤其是在某些领域。比如
说文学领域，"传统作为行为和信仰的规范模式，却被认为是无用
的累赘"。⑤

人们虽不把过去的艺术、文学以及哲学作品和著作视为未来
创作的样板，但是却对它们推崇备至。某些特定的艺术传统和文
学传统常常受到行家和公众的推崇，然而，艺术家和作家对这些传

---

① ［美］希尔斯：《论传统》，傅铿，吕乐译，上海人民出版社，1991年，第5—6页。
② 同①，第6页。
③ 同①，第12页。
④ 同①，第4页。
⑤ 同①，第3页。

统却并不买账，不愿意使自己的创作受其约束。传统影响着知识、想象和表达的作品（works of intellect，imagination and expression）的产生，虽然其作用得到承认，其成果得到赞赏，但是，传统作为行为和信仰的规范模式，却被认为是无用的累赘。①

不过我们也应当注意到，希尔斯关于传统的研究针对的是西方社会的传统。西方社会的时间观是面向未来的，崇尚科学和进步，所以往往将过去的东西视为落后；相反，中国社会的时间观是面向过去的，②所以特别推崇传统，文学史上的一次次复古就是这种观念的体现。所以，和西方相比，传统，包括文学传统，要受到尊敬得多。

（1）传统的发明

"传统的发明"是霍布斯鲍姆提出的，不过我们在希尔斯的《论传统》中依稀可见近似的观点。希尔斯认为，传统虽然是不可或缺的，但是也"很少是完美的。传统的存在本身就决定了人们要改变它们。继承一项传统并依赖于它的人，同时也被迫去修正它，因为对他来说传统还不够理想，即使他还从来没有实现传统使得他得以完成的东西"。③ 而且"要成为 Traditum，并不意味着，那些感受到传统并接受传统的人是因为传统在过去真的存在过才接受它的"。④ "还有另一种过去。这就是被知觉到的过去。这是一种更具有可塑性的事物，更容易被现在活着的人追想往事时所改塑。它保存在人们的回忆和著作之中，根据所接触的'硬事实'而编成，但不仅仅是根据无可回避的事实，而且还按照可以寻找的事实所编成的。"⑤"硬事实"可能并不"硬"，新的发现以及对旧著作的新解释可以修改甚至推翻既定的事实，变异现有的传统。另外，

---

① ［美］希尔斯：《论传统》，傅铿，吕乐译，上海人民出版社，1991 年，第 3 页。
② 我们在绪论的注释中曾提到一些学者将中国现代文学的起点"往前移"，也就是说移到 1919 年"五四运动"之前，而用英文来表达则要用 backward，而非 forward。
③ 同①，第 285 页。
④ 同①，第 17 页。
⑤ 同①，第 261 页。

"一个具有坚定性格、发明天赋的想象力的作者也可以修正、限制或改变它。"①从"编成""修正"这几个字可以看出,传统是可发明的。新历史主义指出历史和文学并没有本质的区别,获得基本素材后,都需要剪裁。既然需要剪裁,"事实"也就不那么真实了。事实上,正如徐刚、王又平指出的:

> 在一个社会中,对过去的重构,意味着社会记忆不断地被集体创造,修正和遗忘。在此过程中,社会记忆通过别除意欲忘却的过去,加入并不存在或者故意删修,虚构乃至歪曲的内容,以重构历史的现实意义,最终使得传统在一个新的话语框架中得到延传并不断变更。而这种不断变更的传统与现实社会秩序合法性论证的关系无疑是至关重要的。②

伽达默尔(Hans-Geog Gadamer)也曾说过,"甚至最真实最坚固的传统也并不因为以前存在的东西的惰性就自然而然地实现自身,而是需要肯定、掌握和培养"。③

不过希尔斯毕竟没有明确讨论过传统的发明,④所以霍布斯鲍姆的观点的提出将传统研究向前推进了一步。霍氏指出,"'被发明的传统'这一说法,是在一种宽泛但又并非模糊不清的意义上被使用的。它既包含那些确实被发明、建构和正式确立的传统,也包括那些在某一短暂的、可确定年代的时期中(可能只有几年)以一种难以辨认的方式出现和迅速确立的'传统'"。⑤ 它是一整套由

---

① ［美］希尔斯:《论传统》,傅铿,吕乐译,上海人民出版社,1991年,第266页。

② 徐刚,王又平:《重述五四与"当代文学"的合法性论证考察》,《文艺理论研究》,2008年第1期。

③ ［德］伽达默尔:《真理与方法》(上卷),洪汉鼎译,上海译文出版社,2004年,第363页。

④ 孔慧怡把"传统的发明"称之为"重新厘定传统",似乎对被发明传统的虚构性重视不够。

⑤ ［英］E·霍布斯鲍姆,［英］T·兰格:《传统的发明》,顾杭,庞冠群译,译林出版社,2004年,第1页。

已被公开或私下接受的规则所控制的实践活动,具有一种仪式或象征特性,试图通过重复来灌输一定的价值和行为规范,而且必然暗含与过去的连续性……这种连续性大多是人为的(factitious)。总之,它们采取参照旧形势的方式来回应新形势,或是通过近乎强制性的重复来建立它们自己的过去。① 传统不同于惯例和常规,后者的功能和存在理由都是技术性的,而前者则是思想意识性的。②

霍氏指出,"在历史学家所关注的任何时代和地域中",都可能看到"传统的'发明'"。③ 他认为在下列情况下,更容易出现传统的发明:第一,社会的迅速转型削弱甚至摧毁了那些"旧"的社会模式,新的社会模式与"旧传统"格格不入;第二,"旧传统"及其机构载体和传播者已经僵化,缺乏灵活性,甚至已经消亡。④ 传统的发明往往是通过改造的方式来实现的,比如环境变化后,对旧用途进行调整,或为了新的目的而使用旧的模式。霍氏认为这种旧瓶装新酒的发明"更有意思"。⑤ 不过只能是旧的方式仍然在起作用,那么,"传统既不需要被恢复,也不需要被发明"。⑥

有意思的是,希尔斯虽然没有明确讨论过传统的发明,但是他有关传统和发明之间关系的论述对我们理解霍氏的传统的发明颇有启示。希尔斯认为,"有目的地从事创造发明绝不是大多数人无法规避、无法抑制的心理倾向"。⑦ 大多数人都习惯于循规蹈矩,对传统或接受,或重复,或适应,并不喜欢独出心裁。他们认为发明创造"不能自我维护,它需要同一个社会中其他人示范性的支持。对传统性的感性认识加强了传统性,对于他人创造能力的感性认识

---

① [英]E·霍布斯鲍姆,[英]T·兰格:《传统的发明》,顾杭,庞冠群译,译林出版社,2004年,第2页。

② 同①,第4页。

③ 同①,第5页。

④ 同③。

⑤ 同①,第6-7页。

⑥ 同①,第10页。

⑦ [美]希尔斯:《论传统》,傅铿,吕乐译,上海人民出版社,1991年,第118页。

加强了创造性传统。创造发明能力部分地依赖于创造性传统"。①

我们并不能因为某些传统是被发明的,就可以随意对待传统。恰恰相反,传统需要我们以诚挚与踏实的态度去发掘其中的丰富性。"我们对文学传统的理解有多丰富,往往关涉我们今天的文学创作的气象与格局有多开阔。"②

(2) 传统的规范性

"凡事皆有过去,谁都不能彻底摆脱它,有些甚至一辈子都摆脱不了其魔掌。"③即过去就是传统。伽达默尔在《真理与方法》(*Truth and Method*)中指出:"传统按其本质就是保存(Bewahrung)……即使在生活受到猛烈改变的地方,如在革命的时代,远比任何人所知道的多得多的古老东西在所谓改革一切的浪潮中被保存了下来,并且和新的东西一起构成新的价值。无论如何,保存与破坏和更新的行为一样,是一种自由的行动。"④这实际上说的就是传统的规范性。传统作为一种权威形式,并不需要证明,但是却潜移默化地发挥着影响。正如希尔斯告诉我们的那样,"传授给人们的任何信仰传统,总有其固有的规范因素;发扬传统的意图,就是要人们去肯定它,接受它"。⑤ 我们将信仰、惯例、制度等传递给下一代,是因为这些信仰、惯例、制度等是现有社会的基础,是成功人士树立的榜样,因此,下一代在接受这些信仰、惯例、制度时,是为了见贤思齐,维护现有社会的稳定,重现昔日的辉煌和成功。所以,传统通过惯性力量,实现其规范性作用,使"社会长期保持着特定形式",⑥或者通过范型的榜样力量,使得相似的信仰、惯例、制度和作品在相继的几代人之间"在统计学上频繁的重现。重现是规范性效果——

---

① 〔美〕希尔斯:《论传统》,傅铿,吕乐译,上海人民出版社,1991 年,第 118 页。

② 金理:《重构与追认中的出发点:关于文学传统的随想》,《文学评论》,2008 年第 2 期。

③ Shils, Edward. *Tradition.* The University of Chicago Press, 1981:122.

④ 〔德〕伽达默尔:《真理与方法》(上卷),洪汉鼎译,上海译文出版社,2004 年,第 363 - 364 页。

⑤ 同①,第 31 页。

⑥ 同①,第 32 页。

有时则是规范性意图——的后果,是人们表现和接受规范性传统的后果。正是这种规范性的延传,将逝去的一代与活着的一代连接在社会的根本结构之中"。①"过去,人们敬重祖先,甚至害怕得罪他们(其结果是有害的),这巩固了祖传的办事方式。'旧法规是好法规','老方式是正确方式'——这类对祖传办事方式的普遍赞扬使那些已有创新的新颖之处黯然失色,并且抑制了任何寻求创新的意向。"②司空见惯的东西让我们感到安全,因为结果可以预期,而人们最害怕的就是不可知、不可预期的东西。在生活中,我们绝大多数人通常都按照所熟悉的方式去思考,去行事。就这样,当传统由于习惯而成为自然的时候,不管我们是否喜欢,它都具有规范性和强制性的特点。虽然人们可以举荐其他范型或传统,甚至将它们强加给人们,但是人们对传统习惯性的尊崇以及附着在信仰上的东西并不能轻易地消除。"不管是既定的传统,还是对它的附着,都不能通过命令和暴力威胁来废除。"③不过正如Bevir 指出的,"个人免不了要受到传统影响,但是并非一切都由传统来决定"。④

在谈到文学传统时,希尔斯以《恰尔德·哈罗德》(*Childe Harold*)和《恶之花》(*Les Fleurs du Mal*)为例,认为文学作品通过"赞扬某一类设制和观念,而企图揭示另一类错误",并且"包含在文学作品中的道德评判常常引起广泛的社会后果",从而具备了"规范意图"。此外,文学作品还在另一个意义上具有规范意义,那就是"被称为经典的作品在文学和艺术领域内具有规范性效果;它们为以后的作家和艺术家立志以求的东西提供了典范"。⑤

不过希尔斯也认为,"并非所有传统都明确地具有规范性。许

---

① [美]希尔斯:《论传统》,傅铿,吕乐译,上海人民出版社,1991 年,第 32 页。
② 同①,第 117 - 118 页。
③ 同①,第 267 - 268 页。
④ Bevir,Mark. On Tradition. *Humantias*,2000(2).
⑤ 同④。

多传统明显地是事实性和描述性的"。① 而且"范型和风格的传统有其自身的生命。它们经历了盛衰兴亡"。② 换句话说，传统一般都要有个形成过程，然后繁盛，等到这一传统不适应形势后，就会逐步走向衰败，逐渐为新的传统所吸收或取代。某些传统由于不能适应时代的变化，变得和时代格格不入，甚至成为当下的对立面，当然也就没有了约束力和规范性。在文学传统中，更有打破旧传统的"传统"。文学创作追求独创，文学家以创新为自豪。所以一方面，一代又一代的文学家在学习过程中，继承文学传统，学习那些得到公认的观念、主题、形式、技巧等；另一方面，他们在创作过程中又不断突破传统，进行创新，从而又构成新的传统。

2.1.2　传统与范式

范式的英文 paradigm 来源于希腊文，原来包含"共同显示"的意思，由此引出模式、模型、范例等义。最早使用范式一词的是维特根斯坦(Luduig Wittgenstein)。③ 范式一词虽不是库恩(Thomas Sammual Kuhn)首创，但是范式一词的广为使用却和库恩有关。用野家启一的话来说，以"范式"为首的"几个关键概念被扩大镜头，超越作者原来意图地传播开来"。④

库恩在 1959 年的《必要的张力》一文中初次使用范式一词，其后在《科学发现的历史结构》和《科学革命的结构》两本书中对范式一词的含义进行了扩展，并指出"常规科学(normal science)"的成就只要具备了下列两个特点，就可以称之为范式：第一，它"具有充分的首创性，可以吸引一批坚守科学活动不同模式的研究者，使他们放弃原来那些模式(was sufficiently unprecedented to attract an enduring group of adherents away from competing modes of scien-

① Bevir,Mark. On Tradition. *Humantias*,2000(2).
② 同①。
③ 郑杭生，李霞：《关于库恩的"范式"——一种科学哲学与社会学交叉的视角》，《广东社会科学》，2004 年第 2 期。
④ ［日］野家启一：《库恩：范式》，毕晓辉译，河北教育出版社，2001 年，第 131 页。

tific activity)"①;第二,它"具有充分的开放性,可以把各种各样的问题留给重新组合的这批研究者去解决(was sufficiently open-ended to leave all sorts of problems for the redefined group of practitioners to revolve)"。②

奇怪的是,库恩在《科学革命的结构》一书中,对范式的表述比较含混,关于范式竟然有二十多种用法。国内有学者将这些用法分为以下几类:① 范式是"模型""模式""框架";② 范式就是事例或例证;③ 范式就是题解;④ 范式就是陈规;⑤ 范式是"一致意见""专业判断一致";⑥ 范式就是科学的成就;⑦ 范式就是方法或方法的来源;⑧ 范式就是信念、预想;⑨ 范式就是"专业母体""科学或科学活动的基本部分";⑩ 范式就是理论和观点(形而上学)、方法、标准、仪器设备、经典著作的"不可分的混合物"。③ 英国学者玛格丽特·玛斯特曼(Margaret Masterman)对库恩的范式观作了系统的考察,认为库恩使用的范式至少具有 21 种不同的含义,并将其概括为三种类型或三个方面:

一是作为一种信念、一种形而上学思辨,它是哲学范式或元范式;

二是作为一种科学习惯、一种学术传统、一个具体的科学成就,它是社会学范式;

三是作为一种依靠本身成功示范的工具、一个解释疑难的方法、一个用来类比的图像,它是人工范式或构造范式。④

正因为库恩没有对范式概念进行明确的界定,所以引起了很

---

① 这两句翻译是杨晓荣老师提供的。另外可参见金吾伦、胡新和的译文:"它们的成就空前地吸引一批坚定的拥护者,使他们脱离科学活动的其他竞争模式。同时,这些成就又足以无限制地为重新组成的一批实践者留下有待解决的种种问题。"

② Kunn,Thomas S. *The Structure of Scientific Revolution*. *2nd ed*. The University of Chicago Press,1970:10.

③ 郑杭生,李霞:《关于库恩的"范式"——一种科学哲学与社会学交叉的视角》,《广东社会科学》,2004 年第 2 期。

④ [英]玛格丽特·玛斯特曼:《范式的本质》,[匈牙利]伊雷姆·托卡拉斯,[新西兰]艾兰·马斯格雷夫:《批判与知识的增长》,周寄中译,华夏出版社,1987 年,第 83—84 页。

大非议。针对批评,他在 1974 年的《再论范式》一文中,把范式分为广义的范式和狭义的范式。前者主要是指符号概括(以符号表示的方程式)、模型(将分散的经验材料与理论加以系统化、整体化的结构或框架)和事例(具体的题解),后者仅是指事例。不过库恩对范式的重新分类并不令人满意,所以,1979 年,他在《必要的张力》一书中不再区分广义范式和狭义范式。①

随着思想的不断深化,库恩相继提出在概念的外延和内涵上,用类似于范式的专业母体(disciplinary matrix)、分类学(taxonomy)和辞典(dictionary)来代替范式一词。郑杭生、李霞认为,"在某种意义上,可以说库恩范式理论中的'范式'就是指范式、专业母体、分类学和辞典;或者说专业母体、分类学和辞典是不断深化的范式概念"。②

不难看出,库恩的整个科学哲学观就是围绕范式概念的,其理论随着范式概念的不断深化而深化,不再局限于科学史和哲学范畴。相反,他试图用范式概念来概括和描述多个领域的现实科学,从而从不同方面、不同层次和不同角度对范式概念作了多重的界定和说明。

尽管库恩从没有对范式概念进行过明确的定义,但是这却不妨碍范式概念和范式理论得到广泛应用。范式本是科学哲学领域的一个专门术语,如今却应用于社会科学的各个领域,包括文学研究和翻译研究。

在文学和翻译研究中,范式主要是指研究的范式。那么文学革命,尤其是小说界革命,是否也包含范式的替代呢?尽管库恩在《科学革命的结构》中指出,科学革命就是用一种范式替代另一种范式,③我们却认为范式的替代不仅仅局限于科学革命。任何革命都存在着某种程度的范式替代。所以,我们研究清末民初的域外

---

① 郑杭生,李霞:《关于库恩的"范式"——一种科学哲学与社会交叉的视角》,《广东社会科学》,2004 年第 2 期。

② 同①。

③ [美]托马斯·库恩:《科学革命的结构》,金吾伦,胡新和译,北京大学出版社,2003 年,第 11 页。

小说所引发的小说界革命,就必然要涉及范式概念。那么范式与我们主要研究的文学传统又有什么关系呢?

在库恩的《科学革命的结构》中,共有二十多种有关范式的论述。我们从中不难发现,传统和范式既有相同之处,也有很大不同。其相同之处主要表现在:第一,范式可以表现为传统。"凡是共有这个特征的成就,我此后便称之为'范式',这是一个与'常规科学'密切有关的术语。我选择这个术语,意欲提示出某些实际科学实践的公认范例——它们包括定律、理论、应用和仪器在一起——为特定的连贯的科学研究的传统提供模型。这些传统就是历史学家们在'托勒密天文学'(或'哥白尼天文学')、'亚里士多德动力学'(或'牛顿动力学')、'微粒光学'(或'波动光学')等标题下所描述的传统。"①第二,两者都具有一定的规范性。"早期相互竞争的每个学派都受极类似于范式的某种东西所指导(Each of the schools whose competition characterizes the earlier period is guided by something much like a paradigm)。"②"传授给人们的任何信仰传统,总有其固有的规范因素。"③第三,两者都不是单一的,都存在多种形式共存的情况。"两种范式在后期能够和平共处,这样的情况是存在的,虽然我认为很少见(There are circumstances, though I think them rare, under which two paradigms can coexist peacefully in the later period)。"④"在这些具有不断变迁的、灵活的信仰传统之网的社会中,某些传统是主导性的。它们是社会的中心所宗奉的传统,而社会的边缘部分要么接受它们,要么憎恨它们,或者干脆不理睬它们——通常是三者兼而有之。在中心内部和边缘内部,以及中心与边缘之间,对它们的主导传统总存在着不

---

① [美]托马斯·库恩:《科学革命的结构》,金吾伦,胡新和译,北京大学出版社,2003年,第10页。

② Kunn,Thomas S. *The Structure of Scientific Revolution. 2nd ed*. The University of Chicago Press,1970:ix.

③ [美]希尔斯:《论传统》,傅铿,吕乐译,上海人民出版社,1991年,第31页。

④ 同②。

一致的意见,但是这并没有改变存在着主导传统这样的事实。"①

不过相对于范式和传统的共同之处,两者的不同却更加显著。(1)范式原本是科学哲学领域的术语,只是后来被人们广为应用而已。传统则从一开始就不局限于某个领域,和范式相比,是个更为普遍使用的术语。(2)范式虽然有时可以是传统,但是从库恩本人对范式的二十多种论述来看,绝大多数情况下都不同于传统。(3)范式是一个时期内人们的共识,不强调传承,而传统必须是传承下来的东西。(4)虽然范式和传统都具有规范性,但是后者的约束力要弱得多,尤其是在文学中,更"存在着一个反传统的传统"。②(5)范式之间虽然可以和平共处,但是彼此之间是不可通约的,当新的范式取代旧的范式时,那就意味着革命。③ 传统则不同,它是"延传的变体链",可以真正地和平共处,新旧传统之间不存在你死我活的情况。④

2.2　文学传统的概念

2.2.1　文学传统的内涵

我们在讨论"什么是文学传统"这个问题之前,有必要厘清文学这一概念。文学是一个非常难以简单定义的概念,韦勒克、沃伦(Rene Wellek and Austin Warren)的《文学理论》(*Theory of Literature*)的"第一部"虽然叫做"定义和区分",讨论了"文学的本质"等问题,⑤但是却并没有给出非常明确的定义。《现代汉语词典》把"文学"定义为"以语言为工具客观形象地反映现实生活的艺术,包

---

① ［美］希尔斯:《论传统》,傅铿,吕乐译,上海人民出版社,1991 年,第 358 页。

② 同①,第 215 页。

③ 库恩认为,一种范式通过革命向另一种范式的过渡,便是成熟科学通常的发展模式。

④ 希尔斯认为,虽然它们并没有修正或取代先前存在的传统,它们通过加入新的因素而确实改变了传统;它们也通过改变人们对伟大作品之传统的理解而改变了它。

⑤ ［美］勒内·韦勒克,奥斯汀·沃伦:《文学理论》,刘象愚,邢培明,陈圣开,李哲明译,江苏教育出版社,2005 年,第 3 - 49 页。

括戏剧、诗歌、小说、散文等"。① 这个定义倒是简单,但是由于利用一个和"文学"一样需要进行定义的术语"艺术"来定义"文学",因此,我们实际上并不太清楚文学到底是什么,也无法区分文学与非文学。因此,让我们看一下《辞海》中对文学更为详细的定义:

> 社会意识形态之一。中外古代都曾把一切文字书写的书籍文献统称为文学。现代专指用语言塑造形象以反映社会生活、表达作者思想感情的艺术,故又称"语言艺术"。文学通过作家的想像活动把经过选择的生活经验体现在一定的语言结构中,以表达人对自己生存方式的某种发现和体验,因此它是一种艺术创造,而非机械地复制现实。在有阶级的社会里,文学带有阶级性,优秀的作品又往往具有普遍的社会意义。文学的形象不具有造型艺术的直观性,而需借助词语唤起人们的想像才能被欣赏。这种形象的间接性既是文学的局限,同时也赋予文学反映生活的极大自由和艺术表现上的巨大可能性,特别是在表现人物内心世界上,可以达到其他艺术所不可及的思想广度和深度。中国魏晋南北朝时期,曾将文学分为韵文与散文两大类,现代通常分为诗歌、散文、小说、戏剧、影视文学等体裁。在各种体裁中又有多种样式。②

《辞海》在 20 世纪末对文学所下的定义却散发出浓郁的 19 世纪批判现实主义的气息,片面强调文学反映社会,但是却忽视了文学的独特性,换言之,忽视了使文学之所以成为文学的"文学性(literariness)"。

20 世纪 20 年代,兴起于欧美的新批评派将现实主义批评方式视为外部批评,认为这种批评方式远离了文学的本质,于是转而研究文学的内部。差不多在同一时期,俄国也有一批年轻人认为现实主义批评没有能够把握住文学的本质问题,即文学性问题,因此

---

① 《现代汉语词典》(第 5 版),商务印书馆,2005 年,第 1428 页。
② 《辞海》,上海辞书出版社,1999 年,第 4367 - 4368 页。

希望研究文学的形式,研究文学之所以成为文学的原因。因为他们关注文学的形式胜过关注文学的内容,因而被称之为形式主义者。新批评和俄国形式主义都将文学视为封闭的系统。

"文学性"是俄国形式主义的重要研究目标。所谓"文学性",是指"文字中的形式与语言结构"。[①] 为了定义"文学性",什克洛夫斯基(Victor Shklovsky)提出了两个重要概念:"陌生化(或奇异化)"和"情节/故事之别"。[②] 他在《做为手法的艺术》(Art as Technique)中指出,"艺术的手法是将事物'奇异化'的手法,是把形式艰深化,从而增加感受的难度和时间的手法,因为在艺术中感受过程本身就是目的,应该使之延长"。[③] 因此,可以说文学史上的创新就是寻找陌生化手法,将熟悉的事物变得陌生。

新批评虽然没有明确提出要研究文学的文学性,但是却将文学研究分为内部研究和外部研究,而所谓的内部研究的就是要研究文学之所以为文学的原因。所以,文学不在于说什么,而在于怎么说。这也就是新批评致力于研究文学作品的骨架和肌质,研究其内部张力的原因。

从以上讨论可以看出:文学是语言的艺术,通过一些艺术手法,将司空见惯的生活以一种清新的方式呈现出来。那么文学传统究竟是什么呢? 在前一节有关传统的定义的讨论中,我们知道传统包括有形的和无形的两部分,其中有形的是指从古代流传下来的实物,如建筑、书籍等,无形的则是指那些世代相传的思想、文化、道德、风俗、制度等。就文学传统而言,它也包括两部分,其中有形的包括承载文学内容的纸质书籍、手稿、抄本、电子书籍、光盘、磁盘等。我们要关注的不是这些有形的传统,而是文学传统中那些无形的部分,换句话说,就是隐含在有形传统中的那些观念、思想、技巧、主题等。陈辽在《论我国的文学传统》一文中指出,"文

---

① 朱立元:《现代西方美学史》,上海文艺出版社,1996年,第347页。

② http://en.wikipedia.org/wiki/Formalism_(literature)。

③ [苏]维·什克洛夫斯基:《散文理论》,刘宗次译,百花文艺出版社,1997年,第10页。

学传统是指文学发展中那些能够世代相传而又具有特点的本质因素。它和那些虽然风行一时但又很快消失了东西是不能相提并论的"。① 他举了一个例子,说"我国文学中的现实主义,源远流长,代代相传,而又具有我国的民族特点,因此它可以说得上是我国的一个文学传统"。② 我们从陈辽的这句话中不难发现,陈辽所说的文学传统实质上是指文学传统中的无形部分。此外,陈辽还告诉我们,可以有多个传统。这和希尔斯的观点是一致的,"任何叫做传统的东西都不是一个整体"。③ 希尔斯认为,在不断变化的社会中,可能有若干传统共存,有些位于中心,有些居于边缘,有些则在中心与边缘之间徘徊。④ 这些共存的传统也相互竞争,随着时间的推移、社会的变化,中心也可能成为边缘,边缘则成为新的中心,原先位于中心的传统被排挤到边缘,而位于边缘的传统却一跃成为中心主导性传统。

从内涵和功能上来看,我们发现这些无形的文学传统和勒菲维尔(Andre Lefevere)所说的"诗学"尽管分属于不同领域,但是却颇为相似。所谓的"诗学由两部分构成:一部分包含文学技巧、类型、主题、原型人物和情境、象征符号等;另一部分则是指文学观念,即文学作为整体,在整个社会系统中所扮演或应该扮演的角色。文学作品若想引人注意,那么在选择与社会系统相贴切的主题时,后者就会发挥作用"。⑤ 相对于传统,勒菲维尔的"诗学"分得更细,只不过"诗学"并不强调延传。"诗学"是勒菲维尔改写理论中的重要概念,和"赞助系统""文学专家""意识形态"几大要素一样,影响文学翻译的过程和结果。⑥

------

① 陈辽:《论我国的文学传统》,《徐州师范学院学报(哲学社会科学版)》,1986 年第 3 期。

② 同①。

③ 同①。

④ [美]希尔斯:《论传统》,傅铿,吕乐译,上海人民出版社,1991 年,第 358 页。

⑤ Lefevere, Andre. *Translation, Rewriting and the Manipulation of Literary Fame*. 上海外语教育出版社,2004.

⑥ Hermans, Theo. *Translation in Systems*. St. Jerome Publishing, 1999:127.

　　"诗学"虽然不强调延传，但是却并不意味着一成不变。事实上，"凡是诗学，都是一个历史变量，都不是绝对的。任何文学系统内，当下的主流诗学都和系统刚形成时起主导作用的诗学大不相同"。① 文学传统也一样，在延传过程中，在保持总体稳定的情况下，不断发生细微变化，形成一条"延传变体链"。②

　　文学传统在延传过程中发生变异，无外乎出于两种原因：内部原因和外部原因。就内部原因而言，固然有部分人对传统不满，立志要改变传统，但是更多的作家也许只是想"借助于想象或观察而达到充分表现一种难以企及的洞悟"，表现"一种言语上或造型上难以企及的表现方式"。③ 所以，"一部伟大的文学或艺术作品并不必然是传统中的一项创新"；④它也许既不想修正传统，也不想取代传统，而是只想"创造一部在手法上内在地高于其他作品的杰作。这种手法可能涉及传统中的创新"。⑤ 绝大多数伟大的文学作品都是创新之作，不过却并没有修正或理性化过去的作品，也没有取代它们。相反，"它们融汇到了作品的宝库之中"，不仅通过加入新的因素而改变了传统，而且也通过改变人们对伟大作品之传统的理解，从而改变了传统。⑥

　　由于人们并不总是喜欢革新传统，所以通过内部来进行传统变革，往往需要漫长的时间。这时倘若有外部原因的促进，一般都会加速革新的过程。在与异种文化的交流过程，异种文化的传统具有相对优势。希尔斯指出：

　　　　不管还有什么其他因素导致了吸收外来的诸传统，某些外来传统之所以被人接受，必须归因于它们明显的

① Lefevere, Andre. *Translation, Rewriting and the Manipulation of Literary Fame*. 上海外语教育出版社，2004.
② ［美］希尔斯：《论传统》，傅铿，吕乐译，上海人民出版社，1991年，第17页。
③ 同②，第35页。
④ 同②。
⑤ 同②，第290页。
⑥ 同⑤。

优势性。正如传统会因承认可以进一步改进已接受的东西而从内部发生变迁一样，一种区别对待同类传统的评价标准，也许会因评价外来传统和本地传统的冲突性主张而迅速形成。①

以通俗小说为例，迄至晚清，通俗小说经过好几百年的发展，仍然没有摆脱"小道"的命运，而受外来传统的影响，短短数年之间，小说就从"小道"变成"文学最上乘"，其变化之速、之大令人咋舌。可以说，外来传统对晚清传统小说的翻身功不可没。不过有趣的是，希尔斯也指出，虽然外来文化传统似乎明显地优于本土传统，但是本土"传统在教育程度较低的下层人民中间相对完整地保留了下来"。② 这也许就是晚清政治家在用小说来启迪民智时，用传统的章回小说形式来剪裁域外小说的原因吧。

传统并不总是随着社会的变化而变化的，而是具有"相对稳定性"。③ 郭英德认为，"中国古代文学思想在传承与变异中原本就形成了一整套完整的体系。这一体系是不以人的意志为转移的历史存在，是一种历史传统"。④ 由于"文学传统是指文学发展中那些能够世代相传而又具有特点的本质因素"，换句话说，文学传统就是历史上延传下来的那些有关文学的观念、思想、技巧、主题等，所以陈辽认为，在漫长的中国文学史上，能称得上文学传统的"屈指可数，并不是很多"，只有七个：（1）从民间文学汲取营养的传统；（2）强调文学创作社会效果的传统；（3）讲究情文并茂的传统；（4）现实主义传统；（5）重视文学的"变"和"新"的传统；（6）富有文化因素的传统；（7）"文以载道"的传统。⑤ 具体到小说而言，传统包括有关小说的观念、技巧、主题等，比如小说乃"小道"的观念、章

---

① [美]希尔斯：《论传统》，傅铿，吕乐译，上海人民出版社，1991年，第323页。
② 同①。
③ 陈辽：《论我国的文学传统》，《徐州师范学院学报（哲学社会科学版）》，1986年第3期。
④ 郭英德：《文学传统的价值与意义》，《中国文学研究》，2002年第1期。
⑤ 同④。

回小说的形式、才子佳人的主题。这些以及小说传统之外的文学传统均以潜移默化的方式影响着文学的接受与创作，也影响着晚清的小说翻译和创作。晚清政治小说的译介和创作明显是受到"文以载道"和"强调社会效果"的传统的影响，侦探小说的翻译和创作中依稀可见求新、求变传统的作用，而《巴黎茶花女遗事》的风行海内则和求新求变及讲究情文并茂的传统不无关系。

2.2.2 文学传统与文学创作之间的一般关系

（1）摆脱不了的传统

希尔斯曾指出，传统如今饱受争议。[①] 人们相信已经销声匿迹的制度和信仰不可失而复得，复古企图被视为反动，即使是想保持某些事物的现状或恢复昔日之原貌，仍然有顽固不化之嫌，或者被贬斥为故步自封。人们用效率、合理性、便利、时兴等代表进步的东西来取代信仰、管理或设置的传统。即便如此，我们与过去的关系却非常复杂。我们无法摆脱过去，我们时时刻刻都生活在过去的阴影之中，不知不觉地就受到了它的影响。用南帆的话来说，"今天不是一个片断的'此刻'，今天是从昨天的必然之中诞生出来的。这个此刻凝注了许许多多历时性事件所积聚的分量。传统负责指明今天与昨天之间的一切内在衔接"。[②] 正如艾略特在《传统与个人才能》一文中指出的那样，"过去决定现在，现在也会修改过去"，我们"不仅感觉到过去的过去性，而且也感觉到它的现存性"。[③]

我们"人人都存活于传统之中，呼吸到传统的气氛，对于大多数人说来，传统既不陌生也不深奥"。[④] 此时我们感受到的往往是

---

① Shils, Edward. *Tradition*. The University of Chicago Press, 1981:1.

② 南帆:《论文学传统》,《文艺争鸣》,1993 年第 1 期。

③ ［英］托·斯·艾略特:《艾略特文学论文集》,李赋宁译,百花文艺出版社,1994 年,第 2 页。此处引用的是李赋宁的译文。原文是 a perception, not only of the pastness of the past, but of its presence。1989 年的《艾略特诗学文集》翻译为"(历史的意识又含有)一种领悟,不但要理解过去的过去性,而且还要理解过去的现存性"。相比较,李文更准确些。

④ 同②。

有形的传统,很具体,有例可循,表现为废墟、典籍、礼仪、游戏、娱乐等,并通过崇敬和仿效而得到延传。但是传统更多地表现为无形形式,寓于抽象形态之中,所以可能是"某种信念、某种原则、某种秩序、某种选择或者判断所依据的前提"。① 这时,传统往往是难以察觉、隐含不露的约束与控制。和有形具体的传统不同,无形抽象的传统通常无需表面的臣服和机械的模拟,而是通过各种无形的精神之链把一代又一代人联系在一起。对于个人来说,无形的传统就像不证自明的公理、不可背离的行为模式,它并不规定人们的言行举止,但是它所具有的规范性却事先就悄悄地将某些可能性排除在外;对于社会来说,无形的传统就像一种隐蔽的文化结构,将几代人共置于一个统一的框架之内;对于历史来说,无形的传统则如同一种文化再生的密码,它使某种文化在延续过程维持一种基本稳定的性质。② 所以,在传统面前,人们无所遁形,无时无刻不受传统的观照,无时无刻不受传统潜移默化的影响。姚文放指出,即使那些激进的反传统者,其"创作也不能完全剪断传统连在它们身上的脐带,不能抹去传统留在它们身上的胎记"。③ "在传统面前,没有一个作家是自由的。"④

那么如何理解希尔斯所说的"摆脱既定的东西当然是可能的,并且是经常发生的"⑤呢?众所周知,十月革命之后,俄国的一些激进的革命者想要创立全新的苏维埃文学,割断与旧俄文学的联系,排除旧俄文学的影响,其结果是彻底失败了,离开俄罗斯文学这个土壤,苏维埃文学就成了无本之木,根本不可能存在。历史上曾经有无数次的文学革命,但是即使是最彻底的革命,也只能走向其对立面——我们姑且称之为旧文学。文学革命在对"旧"文学的否定

① 南帆:《论文学传统》,《文艺争鸣》,1993 年第 1 期。
② 同①。
③ 姚文放:《文学传统与个人才能》,《学习与探索》,2006 年第 3 期。
④ 金理:《重构与追认中的出发点:关于文学传统的随想》,《小说评论》,2008 年第 2 期。
⑤ [美]希尔斯:《论传统》,傅铿,吕乐译,上海人民出版社,1991 年,第 266 页。

中,实际上是在再一次肯定"旧"文学,让我们领略那些"旧"的价值。我们在摆脱既定的东西时,实际上是以既定的东西作为参照系。我们在形式上似乎脱离了既定的东西,然而一种无形的纽带又把我们和既定的东西联系在一起。事实上,希尔斯在说完上述这句话后,紧接着又说:"创作新的体裁和改造旧体裁的确是经常发生的。但是伟大的艺术家们都必须从现存的作品所提供的各种可能的出发点开始工作。"①艺术家们和现存作品之间的关系就好似子女和父母之间的关系一样,子女长大成人后,离开父母,成立了新的家庭,但是子女和父母之间的那种血缘关系是怎么也割裂不断的。

任何具有文学野心的人从一开始就受到文学传统潜移默化的影响。传统带给我们的是成功的范例,告诉我们主流社会认同的价值观。因此,倘若我们想得到主流社会的认可、赢得文学声誉,我们就必须接受主流社会认同的价值观。于是我们因为对文学传统的支持而逐渐得到文学声誉。声誉为我们带来权威,使我们有了对抗另一权威——传统——的资本,此时进行文学革命往往顺理成章。相反,倘若过早地反抗传统,则很可能会受到主流社会的抵制,反抗者不得不忍受寂寞和孤独,直到反抗者推崇的价值成为主流社会认可的价值。然而很多反抗者并没有等到那一天。他们中绝大多数人所推崇的价值都没有成为主流社会价值的机会,他们注定了只能是沉没在历史长河河底的累累白骨,永远也成不了河岸上的里程碑。在芸芸众生中,只有少数人,在他们还活着的时候,因为其崭新的观念和创新的作品而赢得巨大的文学声誉。还有一些人,他们太过前卫,太过先锋,因为创新而丧失了早先赢得的声誉。在美国文学史上,梅尔维尔(Herman Melville)早年因为创作惊险故事而成为文学达人,但是文学野心使得他不想循规蹈矩地遵循传统,继续创作惊险小说。于是他费时多年,呕心沥血,创作了文学巨著《白鲸》,却得不到欣赏,到头来他不得不在贫困和

---

① [美]希尔斯:《论传统》,傅铿,吕乐译,上海人民出版社,1991年,第266页。

绝望中离开人世。梅尔维尔的不幸映射出了文学传统潜移默化的作用。文学传统并不能阻碍梅尔维尔创作《白鲸》，但是主流文学传统中蕴含的价值以及对这些价值认可的主流社会却用漠视的方式来对付梅尔维尔这个反抗者，给他留下惨痛的教训。不过梅尔维尔又是幸运的。他的反抗契合了后世的精神，他的后辈又将他重新请回了文学圣殿。然而更多人甚至还没来得及反抗，就已经在传统的漠视中倒下了。所以，文学传统对于具有文学野心的人来说，既可爱，又可恨。爱它，因为它指明了通往文学名声的一条可能的路径；恨它，因为任何具有文学野心的都不是循规蹈矩之人，都不喜欢被束缚。但是，我们无论如何也避不开它。

（2）文学传统的规范作用

"一个社会是一个由数不胜数的行为、观点和思想组成的自我复制过程……如果没有持续性，社会就不称其为社会，复制的机制赋予社会以持续性；这一持续性是社会之所以被定义为社会的条件。"①所以，传统最根本的作用就是维持稳定。社会中大多数人都不希望将发挥着作用的文化范型综合体整体抛弃。即便是某些人希望这样做，而且这种想法在社会中形成了势力，他们也不能重新再造社会，也不可能成功。道理很简单：更多的人会因为生活受到打扰而感觉忍无可忍。过去的东西之所以会被广为接受，其主要原因之一是，它使生活得以沿着既定的方式进行，并根据过去的经验作出预测，从而巧妙地将预测到的事物转变成不可避免的，而将不可避免的事物转变成可以接受的事物。② 所以，反抗传统可能意味着和大多数人做对，反抗者是要付出代价的。

当然，希尔斯也说过，"并非所有传统都明确地具有规范性。许多传统明显地是事实性和描述性的"。③ 尽管如此，因为我们生活在传统之中，而传统也并非一套整齐划一、一成不变的东西，因此总是会受到传统的影响。所以，只要我们还生活在传统的阴影

---

① ［美］希尔斯：《论传统》，傅铿，吕乐译，上海人民出版社，1991年，第224-225页。
② 同①，第264页。
③ 同①，第31页。

之下,我们就躲不开传统的规范作用。

传统是什么？伽达默尔认为传统是一种不言而喻的权威,并且指出"我们有限的历史存在是这样规定的,即因袭的权威——不仅是有根据的见解——总是具有超过我们活动和行为的力量"。①正如我们之前所指出的那样,我们无法摆脱传统,我们一生下来就受到传统的左右。在我们"进入生命成熟期"之前,我们一直被传统改造着,在一定程度上是传统造就了我们每个人。尽管"进入生命成熟期"后,我们会拥有自己的行为模式,拥有独立的思想,摆脱"一切习俗和传统",②但是这种摆脱只是表面上的摆脱,传统在暗地里仍然控制着我们。想一想我们每个人受教育的过程。父母和老师代表着权威,我们接受教育的过程,实则就是对权威的认识和认同过程。对权威的认识和认同就意味着我们获得了权威传递的信仰和行动范型。

> 这些范型以各种组合形式得到了增添、推广、区分、修改,或者被抛弃。抛弃是普遍现象;有的是永久性的抛弃,有时则是暂时的抛弃,然后,人们对这些东西进行修改,并将他们接受下来。尽管许多东西被抛弃了,但是还有许多东西被人们接受下来。③

这就是我们接受教育,并逐渐走向成熟的过程。我们对传统中的 些内容继承和发挥,对另 些内容则加以抛弃。我们把某些内容抛弃了,就摆脱了它们的影响吗？不,它们时刻都在暗中提醒着我们:它们不是我们所需要的,我们所需要的是必须远离它们。我们也许并不知道我们需要什么,不知道需要的到底是什么,但是我们却知道那些被抛弃的内容不是我们所需要的。传统就这样在暗中控制着我们。正如希尔斯所说的那样,传统也许并不是

---

① ［德］伽达默尔:《真理与方法》(上卷),洪汉鼎译,上海译文出版社,2004 年,第 362 页。

② 同①。

③ ［美］希尔斯:《论传统》,傅铿,吕乐译,上海人民出版社,1991 年,第 31 页。

强制性的,"但是它们确实存在着,并且影响着作家的成功机会,影响着他们选择的模式"。①

说到文学传统,它也具有规范性,不过由于文学不是我们生活中不可或缺的要素,因此其规范性也相对要弱一些。文学并非一个颐指气使的系统(Literature is not a deterministic system),它充其量也不过是一些限制(a series of "constraints", in the fullest sense of the word),并不会妨碍读者、作者和改写者的自由(destroying the freedom of individual reader, writer, and rewriter)。②

文学传统为潜在的作家提供了范型,不仅告诉他们什么样的文字会被视为文学,而且告诉他们什么是最好的文学。比如,中国古典诗歌传统强调诗歌的韵味和意境,讲究言不尽意,讲究留有余味。意境越高,诗歌的格调也就越高,诗歌本身也就越好,而格律不过是外在的形式。这个传统让我们知道了真正的诗歌与汤头歌、打油诗之间的不同,让我们意识到徒具格律形式并不意味着就是诗。所以,如果我们把文学比作一个俱乐部,那么文学传统就是这个俱乐部设定的门槛,只有达到了这个门槛要求,才能进入这个俱乐部。俱乐部所拥有的地位让那些具有文学野心的人艳羡,想方设法也要加入进去。于是他们就去寻求传统,向俱乐部设定的门槛看齐。正如希尔斯指出的那样,我们"不能过高地估计处在多元文学传统面前的有志作家的自由"。③ 的确,作家是可以自由阅读的,但是他却是根据教师以及杂志批评家的推荐和介绍来使用自己的自由的。

> 当他发现一份他想投稿的评论性刊物时,他便直接接触到了体现在编辑的判断中的传统。当他通过自己的努力或者通过一个文学代理人来寻找出版商时,他便与某些传统的代表人建立了联系;这种联系有时是狭窄的,

---

① [美]希尔斯:《论传统》,傅铿、吕乐译,上海人民出版社,1991年,第216页。

② Lefever, Andre. *Translation, Rewriting and the Manipulation of Literary Fame*. 上海外语教育出版社,2004:12 – 13.

③ 同①,第213页。

有时是宽泛的。在他的第一批作品发表之后，他要受到
评论者的评价，这些评论者也代表了某些传统；因此，他
将和一部分传统及其代表者更为融洽。这些经历强化了
他自身的气质，即在他发现的传统和他自身的性格倾向
引导下形成的气质，而且，如果他的气质和这些传统都有
助于他写出为他自己、为评论家和读者所喜爱的作品，那
么，他自身的气质就会得到进一步的强化。①

　　当然，也有的作家才找到某个或某几个传统，就开始迫不及待
地培养自己的风格。但是，他这样做，就必须具备勇气和毅力，才
能无视他的教师、同代人、朋友以及批评家和出版者所坚持并引荐
给他的传统。倘若他既没有遗产，也找不到资助人，更不能像艾略
特、威廉斯（William Carlos Williams）②那样从自己的职业中获得
经济来源；如果他再没有必要的、执着的献身精神，不能够坚持自
己关于如何创作文学作品的想法，那么我们很难想象他能够一路
走下去，③坚持自己的传统。每个作家都是有传统的，都可以"将任
何作家、任何作品或任何阶段的任何作品类型当做他的出发点"，
哪怕这一传统已经过时，已经不合时宜，而成为一个完全没有传统
的作家是不可能的。④　不过坚持过时或不合时宜的传统而拒绝处
于中心位置的传统是要付出代价的。这个代价很可能就是劳动成
果被出版社拒绝，成为潜在作品。所以，文学传统尽管并不会妨碍
作家的自由，但是文学传统却会用自己的漠视来迫使作家放弃自
由，直到作家有了足够的成就和声望，成为新传统的一部分，这时
候他才会享有更大的自由。

　　（3）传统与个人才能

　　南帆认为，"作为一种历史的遗留物，传统是相对于现代而言
的；同时，作为一种文化规范，传统则是相对于个人而言的。因此，

---

① ［美］希尔斯：《论传统》，傅铿，吕乐译，上海人民出版社，1991年，第214页。
② 艾略特是银行家，威廉斯是医生。
③ 同①。
④ 同①，第215页。

围绕着传统轴心将出现两个二元对立结构:传统与现代,传统与个人。很大程度上,传统作用于现代恰是通过传统作用于个人来实现的".① 由于这两种二元对立的结构,文学传统的延传过程隐藏了紧张的相持:征服与不驯、遵从与反叛、承接与瓦解。文学传统总是试图全面控制作家个性,而作家个性则企求放逐传统,有时候甚至会导致特定的文学传统可能中断乃至毁弃,但是在更多的时刻,文学传统却将大多数作家成功地收编,通过这些作家的作品再度证明自己的正统地位。②

某一传统走到中心地位,并不全是偶然的,往往是因为其自身的优点而受到某一阶级的欣赏,成为主流传统。由于受到传统的长期熏陶,身处传统之中的人对传统已经司空见惯,认为是理所当然之事,对某些内容甚至会产生条件反射。所以,艾略特忠告作家要收敛个性,投身文学传统之中。他认为,"一个艺术家的进步意味着继续不断地自我牺牲,继续不断地个性消灭",③只有那些二流作家才需要竭力维护某些微不足道的个性。④ 艾略特的文学传统显然是一个遥远的目标,不是通过继承就可以得来的,作家必须不断地摸索,不断地调整,才能接近目标。"传统并不能继承。假若你需要它,你必须通过艰苦劳动来获得它。"⑤

无论是谁,其文学启蒙通常都是从仰承文学传统开始的。"要成为一个作家就必须创作像昔日的作家所创作的那样的作品。"⑥在文学传统潜移默化的作用下,他形成了自己的"文学"概念,锻炼了自己的想象能力,使自己的语言操作能力得到规范。在传统面前,个人,尤其是新手,显得十分渺小,其个性也显得微不足道。正

---

① 南帆:《论文学传统》,《文艺争鸣》,1993 年第 1 期。

② 同①。

③ [英]托·斯·艾略特:《艾略特文学论文集》,李赋宁译,百花文艺出版社,1994年,第 5 页。

④ [英]托·斯·艾略特:《艾略特诗学文集》,王恩衷译,国际文化出版社,1989年,第 62 页。

⑤ 同③,第 4 页。

⑥ [美]希尔斯:《论传统》,傅铿,吕乐译,上海人民出版社,1991 年,第 211 页。

如前一节讨论过的那样,初出茅庐的作家倘若没有外部的经济支持,没有坚强的信念,是很难在传统面前昂起高傲的头颅的。出版社的拒绝让他不得不为稻粱谋,现代学者所面临的 publish or perish 难题也同样适用于作家。为了活下去,为了发展个性,他不得不向传统低头,压制自己的个性。为了创造文学,他必须首先加入文学。他必须通过文学传统的甬道,"才能领到加入文学的入场券","依据文学传统所提供的秩序为自己定位"。①

随着作家走向成熟,权威日重,作家越来越不耐烦传统的束缚。求新是作家的个性使然,求稳是传统的本性特征,两者之间的裂痕日渐扩大,有雄心的作家即使不高举反旗,也会暗行反叛之事。反叛本身不是目的,它是为了张扬个性。文学上推崇原创性,实际上就是对个性自由的肯定。文学的原创性是人类想象力、人类激情的一个说明,被用来检验作家的个性将在自由的审美活动中的强烈程度。所以,南帆认为,"作家以原创性对抗文学传统,以独特、首创、前所未有来冲击文学传承的稳定与秩序,这可以看成人类争取内在生命自由的一个象征"。② 难怪就连极其推崇传统的艾略特也反对对传统亦步亦趋的抄袭。

> 假若传统或传递的唯一形式只是跟随我们前一代人的步伐,盲目地或胆怯地遵循他们的成功诀窍,这样的"传统"肯定是应该加以制止的。我们曾多次观察到涓涓细流消失在沙砾之中,而新颖总是胜过老调重弹。③

可见不仅个人离不开文学传统,文学传统也离不开个人,"文学传统只是在那些参伍以变、革故鼎新的人手中方能生生不息地得到延传,或者说,文学传统就是由这些富于创新精神的个人的辉煌成就连缀而成"。④

---

① 南帆:《论文学传统》,《文艺争鸣》,1993 年第 1 期。
② 同①。
③ 同①。
④ 姚文放:《文学传统与个人才能》,《学习与探索》,2000 年第 3 期。

（4）反传统之传统

虽然反抗文学传统需要勇气，甚至付出代价，但是在文学系统内，反抗文学传统似乎成为惯例，作家以认同传统为耻，以充当先锋、甘做叛逆而自豪。"在文学创作领域中存在着一个反传统的传统。"①在文学中，沿袭积存传统的程度并不高。②

人类自有文学开始，就崇尚文学的独创性，这种对文学独创性的推崇形成了一个贯穿于整个文学史的文学传统。在文学的国度里，潮起潮落，各种文学传统你方唱罢我登场，不断地从边缘走向中心，然后又被新的来自边缘的传统挤出中心。但是在所有传统中，唯有崇尚独创性这一传统却始终在暗地里占据中心的位置，逗引一代又一代人起来反抗占据主流位置的文学传统。事实上，正是这一传统，才导致了形形色色的（新）传统的出笼。这种独创精神，"激起了人们去创新、去做新发现的欲望"。③"在文学中，传统如果要开花结果，而不是走向末路，那它必须是另一部作品的出发点，而这部作品虽然在形式上，甚至在内容上与其他作品有某些相同之处，但是它必须包含重大创新（然而，不能因此贬低具有同样重要意义的相同成分）。"④

文学传统以其有关文学的观念和范型左右着我们，但是隐藏在众多传统背后的崇尚独创性的诉求却让我们对传统这个权威失去了敬畏。尽管历史上也曾出现过一些时代，在那一时代，文学作品和形式几乎神圣不可侵犯，例如要求所有戏剧作品都必须遵守"三一律"，但是这样的时代只是例外。"文学和艺术创作中一条固有的规则迫使人们作出起码的实质性创新。"⑤这条规则就是崇尚独创、反抗传统之传统。正是在这个传统的作用下，一代又一代的作家前仆后继，创造出繁花似锦、风格独特的文学作品来。在这条

---

① ［美］希尔斯：《论传统》，傅铿，吕乐译，上海人民出版社，1991年，第215页。

② 同①，第34页。

③ 同①，第61页。

④ 同③。

⑤ 同③。

为争取自由而不断抗争的路上，大多数先锋都倒毙在路途中，只有少数人能够功成名就，成为文学史上的一块新的丰碑。反抗传统，甘做先锋，只有两种结果：一是成为一个伟大的开拓者，二是成为一个文学主潮的游离者、一个孤独的失败者。既然反抗的前途如此渺茫，先锋作家们又为什么会挺身而出呢？那是出于对内容生命的渴望、对自由的渴望。所以，"先锋作家毅然地离开了文学传统，这并不是因为他看到了一个新的成功前景；相反，他的勇气恰恰在于他尚未看到成功的前景即已动身出发"。①

的确，没有一代又一代的作家前仆后继、勇于牺牲，就不可能拥有今天的文学财富。人们通常将文学想象为温文尔雅的艺术行为——浅吟低唱、斟酌推敲、奇文共赏、心领神会，一切都是那么的浪漫、美好，令人心生向往。人们却很难想象文学内部的刀光剑影，②"反叛传统与捍卫传统的冲击可能从讥诮、挖苦、嘲弄一直升级至围攻与肉体消灭"。③对赞同者来说，文学传统就是社会的基石；而对反对者来说，文学传统则是妨碍创作自由的镣铐。对待文学传统的是与非，人们总是怀着处理现实问题的激情，申明自己的立场以及与文学传统之间的距离，并且将这种立场视为某种现实立场。在传统与创新的较量中，反叛文学传统的先锋作家面对强大的对手，往往处于劣势，不得不采取较为极端的措施，以夸张的姿态与不敬的言辞攻歼文学传统，从而通过挑逗公众舆论为自己谋取　席之地。事实上，这种非理性态度不仅出现在传统与先锋之间的争执当中，而且也出现在传统与传统的正统之争中，出现在先锋与先锋之间的地盘之争中。有时候，这种非理性的争论被引向了文学之外，这在历史上是有深刻教训的。

---

① 南帆：《论文学传统》，《文艺争鸣》，1993年第1期。
② 这实际上是代理人之间的斗争。代理人因为有现实利益的诉求，有时候会争得你死我活。
③ 同①。

2.3 小 结

本章讨论了传统的定义和内涵,指出传统是世代相传的人类行为、思想和想象的产物。这些产物包括两方面:一方面是指从过去继承下来的物质性的东西,如建筑物、纪念碑、雕塑、绘画、书籍、工具和机器等;另一方面则是指具有特点的思想、观念、信仰、文化、道德、风俗、艺术、制度以及行为方式等。传统作为曾经的典范,具有一定的规范性,对维持社会的稳定起着积极作用。传统无处不在,人人都受到传统的影响。由于传统意味着权威,所以有时候人们出于需要会"发明"传统。

文学传统也包括两方面:一方面是指承载文学内容的纸质书籍、手稿、抄本、电子书籍、光盘、磁盘等物质性的东西;另一方面则是指延传下来的有关文学的系统知识,包括隐含在物质性的东西里面的思想、观念、技巧、主题等,而后者才是本书关注的重点。文学传统只是埃文-佐哈尔的大"文学(多元)系统"的一部分,和系统中的意识形态、诗学有很多共通之处,只不过传统强调的是延传,而意识形态和诗学分别指的是政治经济和文化方面的思想、观念等。文学传统无法摆脱,不过相对于一般传统,文学传统的规范性更弱一些。文学崇尚创新,所以反传统倒成为文学的一个传统,很多先锋人士以反传统为荣。不过反传统往往会受到惩罚,所以,对于新手来说,首先不应该张扬个性,而应该不断地自我牺牲,通过艰苦的劳动来获得传统,领到加入文学的"入场券"。

3 文学传统与文学翻译

传统只是埃文-佐哈尔的多元系统的一个子系统,所以本章首先对多元系统进行概述,着重讨论以下概念:三对对立的概念、法式库和翻译文学。在"文学翻译与翻译文学"部分,首先对文学翻译和翻译文学进行辨析,然后讨论翻译文学与文学传统之间的关系,再讨论文学传统对文学翻译的制约,最后指出文学翻译对文学传统具有一定的反拨作用,通过引进新观念等对文学传统加以改造。

3.1 多元系统理论

由于语言的问题,①俄国形式主义文学理论直到 20 世纪六七十年代才为西方文学界所熟悉。20 世纪 60 年代末 70 年代初,以色列学者埃文-佐哈尔受俄国形式主义理论启发,提出了多元系统假设,②后来这种假设逐渐演变成多元系统理论,并逐渐走出文学领域,进入文化系统。③ 多元系统假设的提出,其背后隐含着一条

---

① 俄语并非西方学者通用语言,直到俄国形式主义理论被译成英文后,才产生较大影响。

② Even-Zohar,Itamar. Polysystem Studies. 〔=Poetics Today 11:1〕. Duke University Press. A Special Issue of Poetics Today. 1990:1.

③ 埃文-佐哈尔在 1990 年春季的 Poetics Today 专刊 Polysystem Studies 的"前言"中指出:"多元系统的提出本来旨在解决文学问题,不过,一方面,文学这个概念本身已经经过了一系列的修订(最重要的就是把文学看成是一个大的文化系统中的一个子系统),另一方面,俄国的语言学家和文化人类学家从未使其各自从事的领域与文学泾渭分明(这条界限在西方仍然存在),所以某些假设的提出是同时着眼于文学研究以及形形色色的'形式主义者'所从事的学科的。多元系统作为一种理论,不管其理论基础如何,从来都不局限于文学范围内。"

原则:文学要素不再被看做孤立的,而是相互联系的,换句话说,文学作品"并不只是文学技法的简单堆积,而是一个结构整体,一个有秩序、分层次的集合(not just a heap of devices but an ordered heap,a hierarchically structured set)"。① 文学要想常新,就必须不断地将新的文学技法纳入前景之中,而将其他技法贬谪。不过与其说是这些新的技法重要,不如说重要的是它们与周围事件的关系。② 文学不是社会中孤立的行动,受到独特的、不同于一切其他人类行为的法规约束,而是人类行动中一个完整的并且常常位于中心的强大的因素。③

埃文-佐哈尔明确指出,多元系统的思想来源于俄国形式主义文学理论。④ 当然,影响埃文-佐哈尔的还包括接受和发展了俄国形式主义理论的捷克结构主义者,以及前苏联符号学家尤里·洛特曼(Yury Lotman)。在俄国形式主义理论家中,尤里·梯尼亚诺夫(Yury Tynjanov)似乎对埃文-佐哈尔的影响最大,尤其是1924年和1927年的两篇论文:《文学事实》(The Literary Fact)和《论文学进化》(On Literary Evolution)。梯尼亚诺夫在《文学事实》一文中提出,文学事实就是一个"关系实体"(relational entity);⑤所谓的文学作品、文学类型、文学时代、文学或文学本身,实际上是若干特征的聚合,这些特征的价值完全取决于它们与网络中其他因素之间的相互关系。这个网络就是一个系统,而且是一个变动不居的系统。"文学研究必须置于共时和历时两个维度之下来进行。"⑥只有在这样的关系中,才能确定某一作品、某一时期、某一类型或某一文学与众不同的特点。共时和历时的交汇之处将会显示不断

---

① Hermans,Theo. *Translation in Systems*. St. Jerome Publishing,1999:104.

② 同①。

③ Even-Zohar, Itamar. Polysystem Studies. [=Poetics Today 11:1]. Duke University Press. A Special Issue of Poetics Today, 1990:2.

④ 埃文-佐哈尔自陈其研究是俄国形式主义的后续发展[the Russian Formalism and later developments (including my own)]。

⑤ 同①。

⑥ 廖七一:《多元系统》,《外国文学》,2004年第4期。

变化的统治和依附关系。由占据统治地位,拥有特权,已经经典化了的中心构成的系统在运行一段时间后,变得僵化,被从系统边缘爬出来的更具有活力的新形式所取代。1927 年,梯尼亚诺夫在《论文学进化》一文中又提出,文学的进化在于"系统的变异"(mutation of system),①而所谓的变异是指系统内要素之间关系的变化,最典型的就是中心和边缘位置的互换。这个变异过程并非缓缓地发展或成长,而是充满了推推搡搡,充满了分裂、斗争和颠覆。而在1928 年与雅克布逊(Roman Jakobson)合作的一篇短文中,两位作者指出:"倘若文学是一个系统,那么文学是反过来也可以视作一个系统,因为'进化'必须是系统的。"②倘若文学通过系统的进化过程而形成一个系统,那么我们就有理由把其他的文化和社会活动看做系统。这些林林总总的系统之间的关系就形成了一个"系统的系统"。

3.1.1 多元系统的定义

在探讨多元系统的定义之前,我们首先要了解什么是系统。按照《辞海》的定义:

> 系统在自然辩证法中,同"要素"相对。是由若干相互联系和相互作用的要素组成的具有一定结构和功能的有机整体。系统具有整体性、层次性、稳定性、适应性和历史性等特性。整体性是系统最基本的特性。在一个系统中,系统整体的特性和功能在原则上不能归结为组成它的要素的特性和功能的总和;处于系统整体中的组成要素的特性和功能,也异于它们在孤立状态时的特性和功能。层次性指系统中的每一部分同样可以作为一个系统来研究,而整个系统同时又是更大系统的一个组成部分。稳定性指系统的结构和功能在涨落作用下的恒定性。适应性指系统的要素及它们之间的相互关系随时间

---

① Hermans, Theo. *Translation in Systems*. St. Jerome Publishing, 1999:105.
② 同①。

的推移而变化,当这种变化达到一定程度时就发生旧系统的瓦解和新系统的建立。①

系统对应的英文是 system。根据韦氏在线词典,system 被定义为 an organized set of doctrines,ideas,or principles usually intended to explain the arrangement or working of a systematic whole(信条、观念或原则等的有机集合,通常被用来解释某一系统性整体的布局或工作机制)。②

佐哈尔认为"系统(system)"这一术语很难琢磨(tricky)。③ 他把"系统"定义为"关系网络,可以用来解释某一可观察对象('事件'/'现象')(the network of relations that can be hypothesized for a certain set of assumed observables('occurrences'/'phenomena')。"④所以,在佐哈尔看来,文学系统就是指"假设在一系列被称之为'文学行为'之间存在的关系网络,通过这个网络,人们才得以观察这些文学行动(The network of relations that is hypothesized to obtain between a number of activities called'literary', and consequently these activities themselves observed via that network)。"或者是指"一些行动或行动片段,可以假设它们之间存在系统的关系,从而把它们称之为'文学行动'(Or:The complex of activities,or any section thereof,for which systemic relations can be hypothesized to support the option of considering them'literary')。"⑤我们注意到,佐哈尔心目中的文学系统是"文学行动(之间存在的关系网络)"或者"一些行动或行动片段",这是因为佐哈尔自始至终都将(多元)系统看做动态的,而非静态的,涉及文学生产和消费的全过程。事实上,佐哈尔曾为"文学(多元)系统"画了一

① 《辞海》,上海辞书出版社,1999 年,第 3249 页。
② http://www.merriam-webster.com/dictionary/system。
③ Even-Zohar,Itamar. Polysystem Studies.〔=Poetics Today 11:1〕. Duke University Press. A Special Issue of Poetics Today,1990:27.
④ 同③。
⑤ 同③,第 28 页。

幅示意图：

> 机构
> 法式库①
> 生产者—消费者
> 市场
> 产品②

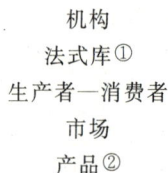

在这个示意图中，佐哈尔特意用"生产者"和"消费者"来代替"作者"和"读者"，其目的就在于使文学研究从封闭的内部研究中走出来，将文学的生产和消费置于整个社会大系统之中。

在埃文-佐哈尔的理论中，系统（system）和多元系统（polysystem）是同义的，马克·沙特尔沃恩（Mark Shuttleworth）认为，根据埃文-佐哈尔的模型，可以把多元系统视为"一个异质的、分层次的系统之系统，在其内部，不同的子系统之间相互作用，促进系统的不断进化"。③ 因此，多元系统可以用来解释各个层次的现象，任何民族文学这个多元系统都可以视为一个更大的多元系统的一个要素。④ 廖七一则认为，"可以把符号系统视为一个异质的、开放的结构。因此，它通常并非单一的系统。而必然是多元系统，也就是由若干个不同的系统组成的系统，这些系统互相交叉，部分重叠，在同一时间内各有不同的项目可供选择，却又互相依存，并作为一个有组织的整体而运作"。⑤

---

① 2002 年，张南峰将 repertoire 这个术语译为"形式库"，2008 年，江帆沿用这一译法。"形式库"容易让人误以为"形式的集合"，造成误解，而佐哈尔明确指出它是指"制约产品生产和使用的法则和素材集合（the aggregate of rules and materials which govern both the making and use of any given product）"。明代李东阳曾说过，"又谓文必有法式，然后中谐音度。如方圆之于规矩，古人用之，非自作之，实天生之也。今人法式古人，非法式古人也，实物之自则也"（见郭绍虞《中国历代文论选》第 3 册，上海古籍出版社，2001 年，第 52 页）。我们仿照李东阳的用法，将 repertoire 翻译为"法式库"。

② Even-Zohar, Itamar. Polysystem Studies. [＝Poetics Today 11:1]. Duke University Press. A Special Issue of Poetics Today, 1990:31.

③ Baker, Mona. ed. *Routledge Encyclopedia of Translation Studies*. 上海外语教育出版社，2004:176.

④ 同③。

⑤ 同③，第 49 页。

Hermans 认为一切文学和文化系统都是动态的、异质的,此外都是多元系统,多元二字是多余的(the "poly-" in "polysystems" is redundant)。所以,他一般只用系统,而非多元系统,只有在特指埃文-佐哈尔的概念时,才用多元系统这一术语。[①] 那么埃文-佐哈尔为什么要坚持使用多元系统呢? 他在《多元系统论》一文中强调,他"创造'多元系统'这个术语的目的就是要表明系统是动态的、异质的,不同于共时的静态观"。[②] 借助这一术语,他就可以强调系统内部的多重交叠,以及由此造成的内部结构的更加复杂。此外,他还强调,系统要运作,不必内外一致、整齐划一。我们一旦认识到系统的历史特征(这对于构建较接近"现实世界"的模型非常重要),就不会把历史事物错看做一系列互不相干的、与历史无关的事件。

佐哈尔的示意图所展示出的系统和我们前面讨论的传统相比,内涵显然要丰富得多。而从中文的"系统"和英文的 system 的定义,我们不难看出,传统强调延传,系统强调整体性以及要素之间的联系;传统可以视为一种(子)系统,系统中也不乏要素的延传。所以,文学传统只是佐哈尔的大"文学(多元)系统"的一部分,甚至是很小的一部分。所以,厘清(多元)系统概念对研究文学传统与文学翻译之间的关系具有重要意义。而且也正因为(多元)系统已经从文学领域扩展到文化领域,所以在这个框架下,我们能够更清楚地观察文学传统与文学翻译之间的互动关系。

3.1.2 三对对立的概念

第一,经典化与非经典化产品或模式(比如作品、形式、文类,也包括习俗及规范)的对立,大致与"高雅"与"俚俗"文学相当。[③] 所谓"经典化",就是被某种文化里的统治阶层视为合法的文学规

---

① Hermans, Theo. *Translation in Systems*. St. Jerome Publishing, 1999:106.

② Even-Zohar, Itamar. Polysystem Studies. [=Poetics Today 11:1]. Duke University Press. A Special Issue of Poetics Today, 1990:12.

③ 同①,第 107 页。

范和作品(即包括模式和文本),其最突出的产品被社会保存下来,成为历史遗产的一部分,换言之,也就成为文学传统的一部分;而所谓"非经典化",就是被这个阶层视为不合法的规范和作品,也就是处于边缘的非主流,其产品除非地位发生变化,成为新的传统,否则通常终将被社会遗忘。因此,经典性并非任何层次上文本活动的内在特征,也不是用来判别文学"优劣"的委婉语。某些特征在某些时期往往享有某种地位,但是这并不等于这些特征在"本质"上从属于这种地位。显然,局中人可能把这类差异看做优劣之分,但历史学家只能将之视为一个时期的规范的证据。①

经典化文化与非经典化文化之间的对立无处不在。只要存在人类文化,就必然存在这种对立。没有非经典化法式库的挑战,经典化的法式库在经过一段时间后就会僵化。在非经典化法式库的压力下,经典化的法式库不可能岿然不动。于是系统的进化得到了保障,而进化是保全系统的唯一方式。僵化会妨碍系统的运行,时间长了,系统就会不适应不断变化的社会。②

第二,中心与边缘位置的对立。系统的中心可以视为重心或权力所在。中心比边缘更强壮,也更有组织。③ 根据埃文-佐哈尔的观点,整个多元系统的中心就是地位最高的经典化法式库。从传统角度来看,这个中心就是核心的传统。法式库的经典性最终由主宰多元系统的群体决定。经典性一旦确立,该群体只有两种选择:要么坚持它经典化的性质(从而得以控制多元系统),要么在必要时,更改经典化性质的形式库,以维持控制权。④ 有学者认为埃文-佐哈尔有关经典的观点是错误的。经典由文本而不是由文章、做法之类的说明构成,因此经典并不总是新产品的模板,而是

---

① Even-Zohar, Itamar. Polysystem Studies. [=Poetics Today 11:1]. Duke University Press. A Special Issue of Poetics Today, 1990:15 – 16.

② 同①,第16 – 17页。

③ Hermans, Theo. *Translation in Systems*. St. Jerome Publishing, 1999:108.

④ 同③,第17页。

作为样板,为中长期的稳定提供保证。另有学者指出,多元系统低估了集体文化记忆的作用。①

第三,主要与次要活动的对立,即创新与保守的对立。这一对立产生矛盾和变化,而矛盾和变化将随着时间流逝而抹平,因此这一对立赋予了多元系统这一模型以动态和历时的特征。主要活动带来法式库的扩展与重构,而次要活动的作用在起初是巩固法式库,但最终却导致法式库僵化和失效。②

埃文-佐哈尔认为,主要活动和次要活动之间的斗争和系统内不同阶层之间的张力(和斗争)一样,都对系统的进化具有决定性的影响。毫无疑问,只有当主要模式一统法式库以及(多元)系统时,才会发生变化,随着统治日久,则带来稳定的和新的保守思想。通常,它自有一套巩固其统治的方法。所以,考察主要模式巩固其统治的方式,必然伴随着可以姑且称之为"简单化"的结构性调整。这并不是说主要模式比次要模式复杂,而是说在这些主要模式巩固其统治的过程中以及从中产生的次要模式里面,总会发生简约的现象。例如,异质模式转化成了同质模式,不协调的形式(诸如各种"歧义")数目减少,复杂的关系逐渐由较简单的关系取代,等等。自然,当次要模式在操纵之下实质上转化成了主要模式,就会发生逆向的程序。③

3.1.3 法式库

法式库是多元系统的一个重要概念,但是在《多元系统论》一文中,埃文-佐哈尔虽然多次提到这个概念,却语焉不详,只给出了一个简单的定义:法式库,亦即支配文本生产的一切规律和元素(可能是单个的、捆绑的或者整体的模式)的集成体。[the aggregate of laws and elements (either single, bound, or total models)

① Hermans, Theo. *Translation in Systems*. St. Jerome Publishing, 1999:109.
② 同①。
③ 张南峰:《多元系统论》,《中国翻译》,2002年第4期。

that govern the production of texts]。①

不过在《文学系统》一文中,他为法式库提供了更为详细的解释。法式库是指"制约产品生产和使用的法则和素材集合(the aggregate of rules and materials which govern both the making and use of any given product)"。② 这里的产品则是指任何已执行(或可执行)的符号集[a performed (performable) set of signs],其中包括某个特定的行为举止。在任何生产和消费过程中,这些法则和素材都是不可或缺的。生产和使用产品的社团的规模越大,对法式库的约定(agreement about such a repertoire)也就越多。尽管交流双方对某一法式库的熟悉程度不必相同,但是倘若双方没有基本的知识共享,交流就不可能成功。因此,"前知识(pre-knowledge)"和"约定"是法式库概念中的关键概念。

为了让读者更加明白法式库的含义,埃文-佐哈尔将法式库进行了类比,指出法式库就像一种语言的"语法"和"词汇"集合,像通讯中的"编码"(稍微有些牵强,因为在传统意义上,"编码"是指"法则",不涉及"素材"),或者索绪尔(Ferdinand de Saussure)的"语言(langue)"的概念。

如果说文学最特殊的展示是"文本(texts)",那么文学法式库就是影响某一文本生产和理解的法则和项目集。换句话说,法式库就是"文学符号世界(universe of literary signs)",是生产某种类型话语的可用素材的集合,这些也正是俄国形式主义和新批评研究的对象。

"文学"拥有多层次的展示方式,因此"文学法式库"可以视为各个层次的特殊法式库的集合。这样,法式库既可以是生产(和理解)文本所必需的共享知识,也可以是生产(和理解)文学系统内其他产品所必需的共享知识。有"作者"法式库,也有"读者"法式库,甚至还有"文学代理人"法式库,等等。所有这一切都是"文学法式库"。

---

① Even-Zohar, Itamar. Polysystem Studies. [=Poetics Today 11:1]. Duke University Press. A Special Issue of Poetics Today, 1990:17.

② 同①,第 39 页。

尽管法式库的性质和大小决定生产者和消费者在社会文化环境中是否能够行动自如,但是法式库的特点却不是由其本身决定的。相反,决定这些特点的是系统内其他要素之间的相互作用。系统要正常运转,就必须进行自我发挥,或者借助外力;而究竟选择何种策略,可能由系统的年龄决定。系统"年轻"时,法式库库容有限,往往更倾向于利用其他可利用的系统,比如说其他语言、文化、文学等。系统"变老"后,法式库可能已经很丰富,因此在变革期间,可能更倾向于循环利用的方式(recycling methods)。不过尽管系统已经"变老",法式库也很"丰富"。从内部开始的求变过程倘若得不到系统占统治地位的其他要素的支持。就不可能获得成功。法式库的存在并不足以保证生产者(或消费者)就一定会使用法式库。此外,法式库还必须是可知利用的,也就是说可以合法地使用,而不仅仅是摆在眼前。①

比较埃文-佐哈尔两篇文章中对法式库的定义,我们不难发现,《文学系统》一文虽然讨论的是文学的系统,但是实际上,在埃文-佐哈尔的眼中,这一系统和社会文化大系统中的其他任何系统并无差别,文学也并非特殊产品,它的生产和消费过程也和其他产品的生产和消费一样,遵循着同样的规律。在该书中,法式库不再是"支配文本生产的一切规律和元素",而是"制约产品生产和使用的法则和素材集合"。由"文本"而变成"产品",法式库的内涵一下子丰富了很多。

3.1.4 翻译文学

埃文-佐哈尔指出,文学史只是在无可避免的情况下,才会谈及翻译作品。绝大多数人提到翻译文学,想到的仅仅是个别作品的"翻译"或"翻译作品",从没有想到翻译文学是一个特殊的文学系统。他认为有以下两点支持他把翻译文学视为系统的观点:(1)译语文学选择原文的方式。选择的原则免不了和译语文学

---

① Even-Zohar, Itamar. Polysystem Studies. [=Poetics Today 11:1]. Duke University Press. A Special Issue of Poetics Today, 1990:39 - 40.

的"共生系统（co-system）"相关；（2）翻译作品采取规范、行为和政策的方式——简言之，使用法式库的方式。这种使用方式不仅仅局限于语言层面，在其他选择层面均有所显示。翻译文学可能有自己的法式库，这个法式库在某种程度上甚至是翻译文学所独有的。①

当我们将翻译文学视为一个文学系统后，那么在一个更大的文学多元系统内，翻译文学这个子系统要么占据中心位置，要么位于边缘。所谓的占据中心位置，就是指翻译文学积极地参与多元系统中心的构造。翻译文学是革新力量不可或缺的一部分，很可能被视为文学史上的重要事件。这也就意味着，在这种情况下，"原创"与"翻译"的界限不再明显，最令人瞩目或最受推崇的翻译作品往往出自主要作家或者即将成为主要作家的先锋作家之手。而且，当新文学模式出现时，翻译作品往往充当扩充新法式库的工具。所以，图里（Gideon Toury）把译作视为目标文化的事实，认为"翻译行为及其作品不仅能够引起目标文化的变化，而且的确引起变化（Translation activities not only can, but do cause changes in the target culture）"。② 因此，借助于外国作品，本国所没有的特点（原则和元素）就会被引介进来，其中很可能包括用来取代已经失效的、固有的旧模式的新的"现实模式（models of reality）"，③也包括其他各种特点，比如新的（诗歌）语言、写作模式和技巧。很显然，选择翻译作品的原则是由译语文学多元系统的环境决定的：选择某个文本与否要看文本与新方式是否兼容，要看它们在译语文学中应当承担的角色。④

埃文-佐哈尔总结道，在三种情况下，翻译文学有可能会占据

---

① Even-Zohar, Itamar. Polysystem Studies. [＝Poetics Today 11:1]. Duke University Press. A Special Issue of Poetics Today, 1990:46.

② Toury, Gideon. *Descriptive Translation Studies and Beyond*. 上海外语教育出版社,2001:27.

③ 陈德鸿,张南峰:《西方翻译理论精选》,香港城市大学出版社,2000 年,第 118 页。

④ 同①,第 47 页。

文学多元系统的中心位置。第一,当文学还"年轻"或处于建立过程中,文学系统尚未定型之时；第二,当文学处于"边缘"或处于"弱小"状态,或兼而有之时；第三,当文学正经历某种"危机"或转折点,或出现文学真空时。①

所谓的位于边缘,就是指翻译文学利用次要模式,在多元系统中形成一个边缘系统。此时翻译文学对文学的主要进程来说无足轻重,只会模仿一些陈规陋习,成为保守势力的一支重要的力量。当原创文学不断发展新的规范和模式时,翻译文学只知抱残守缺,与新建立的中心相去甚远,与原创文学之间的关系也日渐淡漠。②

这里出现了一个有趣的悖论:翻译本是引进新观念、新项目、新特点的媒介,到头来却沦为保护传统趣味的手段。原创的中心文学与翻译文学扞格不入,其呈现的方式林林总总。比如,翻译文学在占据了译语文学系统的中心、引进了新的项目之后,就与不断变化的源语文学脱节,进而成为抱残守缺的一个因素。因此,原先以革新姿态出现的文学可能会变成僵化的系统而继续存在,受到次要模式的支持者的誓死捍卫,不允许有任何改变。③

翻译文学处于中心或边缘,这并不意味着整个翻译文学都处于中心或边缘。翻译文学作为一个系统,也有层次之分,也有其自身的中心和边缘。所以,某部分翻译文学占据中心的同时,另一些部分也许正处于边缘。④

翻译文学所处的位置影响翻译的规范、行为和政策。当翻译文学在文学多元系统中处于中心位置时,"原创"作品与"翻译"作品就不再泾渭分明,翻译作品的类型就必须扩展到"半翻译作品和准翻译作品（semi- and quasi-translation）",而不是对这些作品一

①　陈德鸿,张南峰:《西方翻译理论精选》,香港城市大学出版社,2000年,第118页。
②　Even-Zohar, Itamar. Polysystem Studies. ［＝Poetics Today 11:1］. Duke University Press. A Special Issue of Poetics Today, 1990:48－49.
③　同②,第49页。
④　同③。

味地排斥。这时候,译者的主要任务就不单是在译语文学法式库
中寻找现成的模式,把原文套过来,而是要准备好打破译语文学的
清规戒律。因此,从充分性(即复制原文的主要文本关系)的角度
来看,译文可能更接近原文。当然,译语文学刚开始可能会觉得译
文太标新立异,倘若最终被接受了,那么翻译文学法式库将变得更
加灵活丰富,反之,新奇的翻译作品将被束之高阁。只有在译语文
学系统经历大变革时,译者才会突破固有的法式库,尝试采用不同
的文本生产方法。随着系统的不断开放,不同文学之间越来越相
似,翻译的忠实性和充分性趋于统一。而当翻译文学在文学多元
系统中处于边缘位置时,译者的主要任务就是为外国文本找来最
佳的、现存的次要模式。这样就会产生不充分的译本,或者说,实
时获得的对等和期待的充分性之间出现了很大的差距。

埃文-佐哈尔声称要么不接受多元系统理论框架,要么就把它
看做一个整体性的理论,也就是说,把它看成一个由相互依存的假
设所构成的网络,而不是一些互不关联的建议或"概念"(a whole
theory, that is, a network of interdependent hypotheses, not just
disparate suggestions or "ideas")。① 所以,脱离环境谈"层次(hi-
erarchy)"便毫无意义。"任何新的东西,离开旧的环境,我们都无
法理解或接受(we do not understand or accept anything new ex-
cept in the context of the old)。"②倘若只把多元系统用作文本和
作家的分类工具,或者只把多元系统应用于仅仅视"文学"为文本
产品的概念框架下,而不了解法式库和系统之间的关系,不了解生
产、产品和消费之间的关系,那么这种理论就会显得偏颇、软弱,因
此也就无甚用处。

和传统的翻译理论相比,埃文-佐哈尔的多元系统虽然对文学
翻译现象的解释力更强,但是它也有不足之处,这些早有定论。比
如,巴斯奈特(Bassnett)认为多元系统对文学系统状态的描述"有

① Even-Zohar, Itamar. Polysystem Studies. [＝Poetics Today 11:1]. Duke Uni-
versity Press. A Special Issue of Poetics Today, 1990:4.
② 同①。

些粗糙"；①赫曼斯则认为该理论有四点不足：(1) 过于开放,翻译研究成了文化史研究；(2) 过于抽象和"非个人化(depersonalized)",甚至有落入决定论的危险；(3)"主要"和"次要"的对立像是事后诸葛的研究者为印证自己的预言而贴的标签,从"现实模型"变成了"模型现实"；(4) 二元对立的结构忽略了所有那些模棱两可、混杂、不稳定、流动易变和交叉的因素。② 此外,对一些概念的解释也语焉不详,导致概念模糊,给实际应用带来困难。所以,我们在使用多元系统理论对文学现象进行阐释时,必须谨慎。由于该理论本身的"粗糙"以及"决定论"的基调,我们在利用它对清末民初的小说创作和翻译现象进行解释时,必须基于事实,避免生搬硬套,为理论而理论。

3.2 文学翻译与翻译文学

3.2.1 文学翻译与翻译文学之辨

文学翻译与翻译文学和很多概念一样,似乎是不言而喻的,很少有人对二者进行界定,更不用说加以区分了。即使是最早为翻译文学呐喊,为翻译文学正名的谢天振,早期也没有对二者进行定义,并加以区分。③ 一直到 1997 年,葛中俊在《翻译文学：目的语文学的次范畴》中才对文学翻译和翻译文学之间的不同进行了辨析。

> 翻译文学不同于文学翻译。文学翻译是翻译的一
> 种,属翻译的门类或方法论,与科技翻译并行；翻译文学

---

① 廖七一:《多元系统》,《外国文学》,2004 年第 4 期。

② Hermans, Theo. *Translation in Systems*. St. Jerome Publishing, 1999:117 - 119.

③ 也许是意识到了很多人将文学翻译和翻译文学混淆,谢天振在为 2003 年出版的《中国现代翻译文学史》所写的"总论"中,对翻译文学和文学翻译进行了界定。2006 年,郭志刚在《20 世纪中国学术论辩书系》的现当代文学卷的"主编前言"中指出:原先的六个题目之一"20 世纪中国翻译文学之争""经作者之一的陈言博士指正,已将'翻译文学'改为'文学翻译'",这一事实本身就表明仍然有很多人将文学翻译和翻译文学概念混淆。

尽管与翻译的关系极为密切,然而它属于文学范畴,与外国文学、国别文学并行。文学翻译指从一种语言经由翻译者中介向另一种语言过渡的种种努力,是一种方法或过程;翻译文学则是由文学翻译的产品——译作——组成的、处于不断建构之中的体系,即历史上或某一文学阶段翻译作品的总和,是一个集合或实体。文学翻译的任务在于规定和制作,而作为学科门类的翻译文学的主要职责在于描述和批评。文学翻译规定的是如何做,而翻译文学描述的是做了什么及做得怎样。①

一句话,文学翻译是翻译,做翻译应该做的事,而翻译文学是文学,因此做文学应该做的事。至此,文学翻译与翻译文学这两个概念之间的差别似乎一清二楚了。其实不然。

葛中俊的辨析是基于一个假设,即"文学"和"翻译"两个概念都是不需要定义、不言而喻的。然而这两个概念并不简单。"文学"与"非文学"的界限有时很难界定,将文学视为"文体、文类等方面的独特的创新模式",②历史并不长,学界至今仍然难以说清文学与某一语言之间关系的深浅,更不用说和某一地域、某一民族或某一国家的关系了。而说到翻译,也没有一个公认的定义,有时候与改编、改写很难划清界限。谢天振指出,"文学翻译是一种在本土语境中的文化改写或文化协商行为。两种不同文化的遇合际会,必然经历碰撞、协商、消化、妥协、接受等过程"。③ 不仅如此,由于译者的"隐身",翻译还真假难辨,翻译可能伪装成原创,原创有时也会伪装成翻译。所以,在本研究中,我们采取约定俗成的方式,

---

① 葛中俊:《翻译文学:目的语文学的次范畴》,《中国比较文学》,1997 年第 3 期。

② Baker, Mona. ed. *Routledge Encyclopedia of Translation Studies*. 上海外语教育出版社,2004:130.

③ 谢天振,查明建:《中国现代翻译文学史(1898—1949)》,上海外语教育出版社,2004 年,第 2 页。

凡是被"文化中人(persons-in-the-culture)"①公认为翻译作品的,
我们就视其为翻译作品。翻译文学就是这类作品的总集,是译语
文学系统的一个子系统,而产生这些产品的过程就是文学翻译(过
程)。换言之,翻译文学是文学翻译之果。

葛中俊还给文学翻译和翻译文学指派了任务,认为前者的任
务在于"规定和制作",后者的任务在于"描述和批评"。不难看出,
葛中俊在此处不仅将文学翻译研究和文学翻译本身混为一谈,而
且将文学翻译研究限定在规定性研究范畴,将当下红红火火的描
述性翻译排除在外。文学翻译研究的任务同样可以是描述,但是
描述的重点却可能和翻译文学研究不同。以误译现象为例。文学
翻译研究从翻译质量的角度考虑,可能关注其数量、造成误译的原
因(包括译者有意无意地误译、后续质量控制不严)、如何减少错误
等;翻译文学研究则不同,对它来说误译不再是影响质量的瑕疵,
而是既成事实,它把误译称为"创造性叛逆",所关心的是误译是否
会产生别样的效果,等等。谢天振在《中国现代翻译文学史
(1898—1949)》的"总论"中,对翻译文学进行界定时,持类似的观
点。② 不过随着翻译研究和比较文学研究的进一步发展,各自研究
领域的进一步扩大,文学翻译研究与翻译文学研究之间的差异将
越来越小。

3.2.2 翻译文学与文学传统

多元系统理论将翻译文学视为一个系统,是译语文学这个多
元系统的一个子系统。③ 翻译文学一头连接源语文学,一头连接译
语文学。换句话说,翻译文学联系着两个文学传统,其中"外国文
学—源语文学—传统"通过翻译文学这个中介影响"本土文学—译

---

① Toury, Gideon. *Descriptive Translation Studies and Beyond*. 上海外语教育出
版社,2001:31.

② 谢天振,查明建:《中国现代翻译文学史(1898—1949)》,上海外语教育出版社,
2004 年,第 1 - 6 页。

③ Even-Zohar, Itamar. Polysystem Studies.［=Poetics Today 11:1］. Duke Uni-
versity Press. A Special Issue of Poetics Today,1990:45 - 52.

语文学",促进新的"本土文学—译语文学—传统"的形成。

对外国文学传统来说,翻译文学像是撒出去的种子,在译语文学系统内生根发芽,生命得到延续。但是我们永远也不可能将某一外国文学系统连锅端,并将其全部移植到译语文化中来,只能有所选择,甚至是盲目选择。其结果,翻译文学所展现出的传统可能与源语文学传统大相径庭,面目全非,比如晚清对侦探小说、传记小说的推崇,不免使人对英美小说传统产生误解。所以,依照翻译文学去推断源语文学传统无异于盲人摸象,把翻译文学等同于外国文学是自欺欺人。正如谢天振指出的那样,翻译文学"已不复是原来意义上的外国文学作品"。①

一般来说,翻译文学源自不同的外国文学系统。由于"译者所代表的文化势力如何,以及他对这一文化所持的态度怎样都会在译者的不自觉中以这样或那样的方式制约着他的语言选择",②所以在不同时期,对外国文学作品的选择必然不同。早先遗漏的作品也许会受到青睐,原先热门的类型如今也许会无人问津。就这样,翻译文学不断进化,形成其特有的传统。然而这一点却很少有人注意到,文学史只是在无可避免的情况下,才会谈及翻译作品,且绝大多数人提到翻译文学,想到的仅仅是个别作品的"翻译"或"翻译作品",从没有想到翻译文学是一个特殊的文学系统。③ 翻译文学绝不是某一个或某几个文学系统的移植。它源自外国文学系统,却在本国文学系统中扎根,是一个杂合的系统。

对于本国文学系统来说,翻译文学就像搅局的鲇鱼,使得原本可能是死气沉沉僵化的系统充满了活力。通过翻译文学所引进的新概念、新类型和新技巧等,使本国文学系统得到了输血。在外来因素的催化之下,本国文学传统经历了淘汰和新生,其中一部分从

---

① 谢天振,查明建:《中国现代翻译文学史(1898—1949)》,上海外语教育出版社,2004年,第2页。

② 王东风:《翻译文学的文化地位与译者的文化态度》,《中国翻译》,2000年第4期。

③ Even-Zohar, Itamar. Polysystem Studies. [=Poetics Today 11:1]. Duke University Press. A Special Issue of Poetics Today, 1990:46.

中心走向了边缘,一部分得以保留甚至发挥,其中心地位得以巩固,还有一部分则和外来因素进行化合,产生新的传统。比如现实主义本是我国古代文学的传统之一,到了 20 世纪二三十年代,受苏联文学的影响,批判现实主义逐渐成为新文学传统,甚至一度占据绝对的统治地位,其他要素无不望之披靡。不过盛极必衰,由占据统治地位、拥有特权、已经经典化了的中心构成的系统在运行一段时间后,就会变得僵化,被从系统边缘爬出来的更具有活力的新形式所取代。到了 20 世纪 70 年代末,随着我国执行改革开放政策以及对西方各种文艺思潮和文学传统的引介,批判现实主义不再一统天下,而是群雄逐鹿,一些曾经被放逐的要素又重新登场,一些崭新的外国传统也挤上了舞台,我国的文学领域变得热闹非凡、丰富多彩起来。当然,有时候外来的药太猛烈,本土文学传统一下子难以消化,因此不得不改变其范式,通过一场革命来吸收接纳外来因素。"所以翻译史也就是文学革新史,是一种文化影响另一种文化的历史。"①

不过我们还应当注意到另外一种情况,我们不妨称之为隐性翻译的影响。如果说我们把实实在在的翻译(包括改编和改写)叫做显性翻译的话,那么,那种因为阅读外国文学著作等而在文学创作过程中受到的影响则称为隐性翻译的影响。相对于显性翻译的影响,我们很难对隐性翻译的影响进行实证研究。文学之间的相互影响很多时候难以确证,没有作者的自陈,有时候明知道作者受到某种影响,但是对其中的过程却很难弄得明白,不知道究竟是受到直接的影响,还是经由其他途径受到间接的影响。以钱锺书为例。他的《围城》中所反映出来的受外国文学影响的文字中,究竟有哪些是受到小时候阅读林译小说的影响?又有哪些是在他游学欧洲时受到的欧洲文学的直接影响呢?这一点我们也许永远不得而知。事实上,有时候连作者自己也无法弄清楚。比如,某个作者

---

① Lefevere, Andre. *Translation*, *Rewriting and the Manipulation of Literary Fame*. 上海外语教育出版社, 2004: vii.

曾经阅读或听闻过某些事,这些事进入了作者的记忆库。由于人脑不是电脑,记忆库中的事件随着时间的推移,有的会变得模糊,不经过特殊刺激,很难被调用;而有的则部分变得模糊,不再完整。因此,作者在进行创作,调用这些记忆时,可能连自己也不太清楚其来源。尽管如此,这种隐性翻译的影响仍然是值得关注的课题。事实上,相对于显性翻译所体现出的不完整的外国文学传统,这种无形的翻译可能是更全面的外国传统。

3.2.3　文学传统对文学翻译的制约

我们前面已经提到,我们"都存活于传统之中,呼吸到传统的气氛",①每时每刻都受到传统潜移默化的影响。文学传统也不例外,也时刻影响着一切文学行动,包括文学翻译。

社会上的大多数人都不希望抛弃传统,也就是那个整个发挥着作用的文化范型综合体。② 传统意味着成功范型,显然与前途未卜的创新相比,更有吸引力,更值得效仿。反抗传统则意味着走上一条前途不明的道路,也许会成功,成为文学史上的丰碑,但是更有可能倒毙在途中,成为文学发展道路旁的累累白骨。传统就以这种润物无声的方式,让身处传统之中的人进行抉择。

文学传统并不直接影响翻译过程,而是通过代理人来发挥影响。勒菲维尔认为赞助系统、专家、意识形态和诗学控制着文学系统,因此也就控制着文学的生产和流通。③ 在控制文学系统的几个要素中,意识形态和诗学、文学传统一样,并不直接控制,而是通过赞助系统和专家来实现控制的目的。事实上,文学传统和意识形态、诗学颇有共同之处。按照勒菲维尔的定义,意识形态即"制约我们行动的形式、习俗和信念的网络",④而诗学则包括两部分:"一部分包含文学技巧、类型、主题、原型人物和情境、象征符号等;另

---

① 南帆:《论文学传统》,《文艺争鸣》,1993 年第 1 期。
② 〔美〕希尔斯:《论传统》,傅铿,吕乐译,上海人民出版社,1991 年,第 264 页。
③ Hermans, Theo. *Translation in Systems*. St. Jerome Publishing, 1999:127.
④ Lefevere, Andre. *Translation, Rewriting and the Manipulation of Literary Fame*. 上海外语教育出版社,2004:16.

一部分则是指文学观念,即文学作为整体,在整个社会系统中所扮演或应该扮演的角色。"①那么什么是文学传统呢?那就是有关文学的观念、思想、技巧、主题等,而按照《辞海》的定义,文学则是"社会意识形态之一"。② 可见文学传统、意识形态和诗学概念相互交叉,有很多重合之处,只不过传统强调延传,意识形态着眼于政治、经济方面,而诗学则侧重文化方面。所以,适用于勒菲维尔系统中意识形态和诗学的,也基本适用于文学传统,不过意识形态要素的约束力要远远大于诗学和文学传统的约束力。

在勒菲维尔的文学系统内,文学活动,包括文学翻译,直接受到两方面的制约:第一,文学系统中的专业人员,即批评家和评论家(影响作品的接受)、教师(决定用什么作教材),以及翻译家(决定翻译文本的诗学观念和意识形态)。他们偶会压制明目张胆地违背主流诗学或意识形态的作品,不过更多的时候会对作品进行改写,直到作品符合主流诗学或意识形态;③第二,文学系统之外的赞助系统,即促进或阻碍文学的阅读、创作和重写的力量。其中包括有影响或有权力的个人、团体(出版商、媒体、政党或政治阶层),以及规范文学和文艺思想流通的机构(国家学术机构、学术期刊,特别是教育机构)。赞助系统可通过意识形态、经济利益和社会地位三个方面发挥作用。意识形态决定文学与其他社会系统之间的关系,经济利益保证作家的生计,社会地位提供特权和知名度。④由于受到这两方面的制约,文学翻译活动并不是完全自由的。换句话说,文学传统通过赞助系统和专业人员这两个代理,在一定程度上实现了对文学翻译的操控。

3.2.4 文学翻译对文学传统的反拨

文学传统在一定程度上操控着文学翻译,而文学翻译反过来

---

① Lefevere, Andre. *Translation, Rewriting and the Manipulation of Literary Fame*. 上海外语教育出版社,2004:26.

② 《辞海》,上海辞书出版社,1999 年,第 4367 – 4368 页。

③ 廖七一:《多元系统》,《外国文学》,2004 年第 4 期。

④ 同③。

又对文学传统形成反拨。

首先,我们必须认识到文学传统虽然具有相对稳定性,但是却并非铁板一块。在主流文学传统出于维持稳定的目的而选择某些或某类作品进行翻译时,必然有支流对这些作品进行排斥,引进别的作品,冲击主流文学传统,促进文学变革。有时为达到目的,反抗者甚至不惜"发明"传统,意图狐假虎威,借助外部的力量来实现内部的革命。

其次,尽管在文学系统的稳定阶段,翻译可能成为保护传统趣味的手段,但是翻译通常都是引进新观念、新文类、新技法的媒介。虽然文学内部有一个反文学传统,但是传统中人由于思想受传统的束缚,除了走向其反面外,往往没有太多的办法。而通过文学翻译,反抗者可以接触到不同的文学传统,找到现成的榜样。于是在外来要素的催化下,新的文学作品诞生了,并成为文学传统的一部分,文学传统不断进化。

3.3 小 结

埃文-佐哈尔不仅将文学作品看做一个系统,而且将作品置于一个更大的系统中,使我们能够更准确、全面地认识文学作品。他的多元系统理论中,有一些重要的概念,如三对对立的概念(经典化与非经典化、中心与边缘以及主要与次要活动)、法式库概念和翻译文学概念,可以让我们更好地理解文学的生产和消费过程。在文学多元系统中,作为文学翻译结果的翻译文学是一个子系统,一头连接着外国文学传统,一头扎根于译语文学传统。文学翻译的目的在于让本土文学汲取外来营养以自壮;翻译文学就像搅局的鲶鱼,使得原本可能是死气沉沉的僵化的系统充满了活力。不过文学翻译也受文学传统的制约——文学传统并不直接影响翻译过程,而是通过代理人来发挥影响,而文学翻译对文学传统具有一定的反拨作用,通过引进新观念等对文学传统加以改造。

4 文学传统影响下的近代小说翻译

　　所谓的文学传统就是指有关文学的观念、思想、技巧、主题等，因此在以下三章中，我们将从这几个方面讨论近代小说的翻译所受到的影响以及发生的变化。

　　在本章中，我们首先讨论西学东渐背景下小说观念的变化，然后以林纾及其《巴黎茶花女遗事》为主要研究对象，探讨中国传统的有关小说的思想、技巧、主题等对小说翻译的影响。

4.1　近代小说翻译的滥觞

4.1.1　背景

　　1840 年，西方人用坚船利炮敲开了中国人紧闭的国门，让中国人认识到西方的强大，却没有惊醒中国人骨子里狂妄自大的美梦。很多人既对"蛮夷"的"蛮力"感到震惊，又有几分沾沾自喜，为生于礼仪之邦，"天朝上国"而自豪，却不知西方人的"蛮力"来自何处。被打痛了，其原因是不知彼（其实也不知己）。为避免再次挨打，有识之士提出"师夷长技以制夷"，向西方学习战舰、火器以及养兵、练兵之法。但是这些"长技"却一向被中国人视为"奇技淫巧""形器之末"，被认为是万万不可学习的。于是在第二次鸦片战争中，中国再次被打败，痛入骨髓。在这种情况下，曾国藩、李鸿章等提出兴办洋务。洋务运动的根本宗旨就是学习西方的科学技术、兴国强兵，但是这个以"中学为体、西学为用"的洋务运动实际上"是剥去了文化内核的形而下的技术工艺，而对于'以夷变夏'的思想是根本拒斥的",①是把先进的科学技术嫁接到一个腐朽落后的制度上,其结果注定要失败。在洋务运动中,福建船政学堂、上海制造局等渐次设立起来,但是在甲午之战中,"日本以寥寥数舰之舟师,区区数万人之众,一战而剪我最亲之藩属,再战而陪京戒严,三战而夺我最坚之堡垒,四战而覆我海军"。② 战争失败所造成的震动要远远大于失败所带来的损失。冯桂芬在《制洋器议》中说:"有天地开辟以来未有之奇愤,凡有心知气血莫不冲冠怒发上指者,则今日之以广运万里地球中第一大国而受制于小夷也。"③康有为在《上清帝第三书》中,则痛心疾首:"夫以中国二万里之地,四万万之民,比于日本,过之十倍,而为小夷嫚侮,侵削若刲羊缚豕,坐受剥割,耻既甚矣,理亦难解。"④中方的惨败迫使有识之士进行反思,意识到西方除了船坚炮利之外,在体制和文化上,似乎也让中国望尘莫及。于是,严复、梁启超等开始把汲取西学的重心由技艺、器物转向哲学和社会科学,广泛介绍西方思想学说和价值观念,最后发展到对整个文化的改造。

晚清对外战争的每战必败不禁让中国人有亡国亡种之虑,因此,如何救亡图存,振兴中华,使中华屹立于世界之林,就成为当时中国的中心问题。然而很显然,在"祖宗之法不可变"的体制内,这个中心问题是找不到答案的,"洋务"和"维新"运动的先后失败告诉国人,必须在思想上发生根本性的改变。如何才能在思想上发生根本性的改变呢? 内部的革命是指望不上了,只有借助外力,以他山之石来攻玉。在这种情况下,"中国知识分子开始睁开眼睛看世界,以大胆拿来的态度,如饥似渴地吸收从文艺复兴一直到20世纪出现的各种外来文化,包括西方现代派哲学、文学思潮和理论,国外出现的任何新思想、学术思潮都以最快的速度被介绍过来,超越了晚清时代的'牖窥',真正迈向了全面开放的学习和吸收

---

① 尹建民:《近代翻译文学的嬗变及特征》,《昌潍师专学报》,1999年第3期。
② 刘梦溪:《中国现代学术经典·严复卷》,河北教育出版社,1996年,第542页。
③ [清]冯桂芬:《校邠庐抗议》(下卷),中州古籍出版社,1998年,第197页。
④ [清]康有为:《康有为政治论集》(上册),中华书局,1981年,第140页。

西学的时期"。①

　　"文学革命"正是在这样的背景下被提出的。晚清的"文学革命"包括"诗界革命"和"小说界革命"。就"革命"的成果来看,"诗界革命"远远比不上"小说界革命",后者无论从规模上来看,还是从观念和技巧上来看,都结出了累累硕果。(通俗)小说历来为传统文人所轻视,以为是小道,但是却为人喜闻乐见,"其具有五易传之故者,稗史小说是也"。② "夫说部之兴,其入人之深,行世之远,几几出于经史上,而天下之人心风俗,遂不免为说部之所持"。③所以,欲开启明智,小说就成了最好的载体。"且闻欧、美、东瀛,其开化之时,往往得小说之助。"④而今看来,严复、夏曾佑的这些论断不免有道听途说、挟洋自威之嫌,但是在那个思想急剧动荡的时代,在那个急需求强、求变、保种图存的年代,人们无暇求证其真伪,宁可信其真。梁启超就认为,"在昔欧洲各国变革之始,其魁儒硕学,仁人志士,往往以其身之所经历,及胸中所怀政治之议论,一寄之于小说"。⑤ 严、夏用"且闻"二字撇清了责任,但是其开启明智的企图却溢于言表,"是以不惮辛勤,广为采辑,附纸分送。或译诸大瀛之外,或扶其孤本之微。文章事实,万有不同,不能预拟;而本原之地,宗旨所存,则在乎使民开化。自以为亦愚公之一畚、精卫之一石也"。⑥ 正是在这些有识之士的鼓吹和推动下,晚清小说界通过法式西洋小说,不仅完成了对传统小说观念的改造,而且引进新的主题和技法,使小说在中华大地上结出了丰硕的果实。陈平原对此总结说,晚清"文学界实际上存在两种互相关联但本质不同的运动,一是小说从文学结构的边缘向中心移动,一是小说从传统模式

---

　　①　曹亚明:《承续与超越——论梁启超与五四新文学》,暨南大学博士学位论文,2008年。

　　②　陈平原,夏晓虹:《二十世纪中国小说理论资料·第一卷(1897—1916)》,北京大学出版社,1989年,第11页。

　　③　同②,第12页。

　　④　同③。

　　⑤　同③。

　　⑥　同③。

向西方小说模式转化"。① 又说:"西洋小说的输入,改变了传统的文学观念,学因小说开始从文学结构的边缘向中心移动,小说的升值,又引起更多的文人学士对西洋小说技巧的关注;西洋小说帮助小说作家重新发现传统文学的表现手法;中国作家对传统文学表现手法的阐述与运用,反过来加深了对西洋小说的鉴赏能力,提高了学习借鉴西洋小说技巧的自觉性。"②

4.1.2 统计与分析

清末民初究竟翻译了多少外国小说呢?论者大多依据的是阿英、陈平原或樽本照雄的数据,然而这些学者所给出的数据却不尽相同。阿英在 1937 年出版的《晚清小说史》中指出:"当时小说,就著者所知,至少在一千五百种以上。"③"就各方面统计,翻译书的数量,总有全数量的三分之二。"④这样算下来,翻译小说总数应在1000 部以上。而在 1940 年的《晚清小说目》中,他总共列出了 1107 种,其中翻译小说 629 种,与最初估计的 1500 种相差较大。所以,他在 1963 年修订《晚清小说史》时,改为"实则当时成册的小说,就著者所知,至少在一千种上"。⑤ 1989 年,陈平原根据阿英的《晚清戏曲小说目》等,对 1899—1916 年间出版的长篇小说进行统计,共得 796 部。2002 年,樽本照雄出版《新编增补清末民初小说目录》(下文简称为《新编增补》),主要收录 1902—1919 年间的创作小说和翻译小说,其中收录创作作品 13810 条,翻译作品 5346 条,共计19156 条,是目前有关清末民初小说最完备的书目。此外,1997年,于润琦在《清末民初的短篇小说》一文中指出:"从 1872 年(同治十二年),即《瀛环琐记》发表蠡勺居士译英人的小说《昕夕闲谈》至'五四'之前的小说近两万种。其中译作三千二百种,剩下的创

---

① 陈平原:《中国现代小说的起点——清末民初小说研究》,北京大学出版社,2005 年,第 101 页。

② 陈平原:《中国小说叙事模式的转变》,北京大学出版社,2003 年,第 244 页。

③ 裴效维,牛仰山:《金代文学研究》,北京出版社,2001 年,第 396 页。

④ 阿英:《晚清小说史》,人民文学出版社,1980 年,第 180 页。

⑤ 同④,第 1 页。

作小说有一万六千余种。"①郭延礼则认为19世纪70年代至"五四"期间,共有翻译小说2567种。2002年,陈大康对1840—1911年间的小说进行统计,共得2755种,其中翻译小说1003种。而根据陈大康同一年的另一份统计,1840—1911年间,共有小说2671种,其中翻译小说996种。之所以会在数目上出现如此巨大的差距,不仅因为各方统计的时间段不同,更因为统计的对象不同——阿英和陈平原统计的是长篇小说,而樽本照雄、于润琦、郭延礼、陈大康的数据则不仅包括长篇小说,而且包括短篇小说。此外还有一个更重要的原因:《新编增补》将不同版次的作品都视为不同的条目。不仅如此,郭延礼、陈大康参考的都是增补之前的《清末民初小说目录》。

《新编增补》是迄今为止最为详备的清末民初小说目录,但是却也将少量的诗歌(如 Matthew Arnold 的 Dover Beach 和 Alfred Tennyson 的 The Charge of the Light Brigade)和学术专著(如 Michael Haberlandt 的 Ethnology)误收入其中。此外,作为版本目录学专著,《新编增补》尽其所能,把所有版本都搜罗在内,因此就出现了同一作品被多次收录的问题。这样,我们必须对《新编增补》中所罗列的翻译小说进行爬梳剔抉,才能厘清清末民初小说翻译的真相。

我们对《新编增补》中罗列出的小说进行统计时,遵循以下几条原则:

1. 按照清末民初对小说的界定,小说不仅包括 fiction,还包括戏剧、童话等,但是不包括诗歌和学术专著。②

2. 如果是同一作品同一译者,则只统计一次,以第一次发表的时间为准。如不能确定第一次发表时间,则以最早的版本为准。同一译者翻译的同一作品内容多寡不一时,则分别统计,如苏曼殊

---

①　于润琦:《清末民初的短篇小说》,《明清小说研究》,1997年第3期。

②　夏志清曾指出:"大多数清末民初批评家所了解的'小说'一词比今天英文中的'fiction'含义要广泛。虽然严复、梁启超显然要提倡长篇小说(novel),在他们看来,中文的'小说'一词,包括戏剧以及一切一切通俗叙事文学,譬如唐宋传奇、明清小说以及弹词之类。"见林明德:《晚清小说研究》,联经出版事业有限公司,1988年,第60页。

翻译的《惨世界》。

3. 小说集中的作品按篇目统计，不计小说集。

通过统计，我们得出，1896—1917 年间总共有 2555 部/篇翻译小说，①其中可以确定原小说国籍的共有 1585 部/篇，约占 62%。在可以确定国籍的小说中，以英国小说最多，共计 730 部/篇；其次是法国小说，共计 290 部/篇；第三是美国小说，246 部/篇；第四是俄国小说，129 部/篇；第五是日本小说，99 部/篇。译自这五个国家的小说就占了可以确定国籍的小说的 94.2%。经典作家及其作品的选择有偶然性，所呈现出的文学图景和源语文学大不相同。以英国小说为例，狄更斯（Charles Dickens）的长篇小说 *David Copperfield*, *The Old Curiosity Shop*, *Oliver Twist*, *Dombey and Son*, *A Tale of Two Cities*, *Nicholas Nickleby*, *The Posthumourous Papers of the Pick-wick Club* 均有翻译，而萨克雷（William Makepeace Thackeray）只有一部 *Dennis Haggarty's Wife* 得到翻译，盖斯凯尔夫人（Elizabeth Gaskell）被翻译的只有一个短篇 *The Sexton's Hero*，乔治·艾略特（George Eliot）及勃朗特姐妹（the Bronte Sisters）则没有任何作品得到翻译；相反，柯南·道尔、哈葛德（Henry Ryder Haggard）等通俗作家的作品得到大量翻译。可见，清末民初翻译小说不仅不能全面地呈现外国文学传统，而且呈现出的是被严重扭曲的传统。

表 4-1 是 1896—1921 年间翻译小说的数目。图 4-1 为 1896—1921 年间翻译小说分布曲线图。我们从统计中发现，清末民初的小说翻译有两次高峰：第一次在 1907 年，第二次是在 1917 年。清末民初的小说翻译共涉及 27 个国家，其中 1896—1917 年间共涉及 25 个国家。共有 6 个年份涉及的国家超过 10 个，1915—1920 年间，只有 1916 年涉及国家数不足 10，此前只有 1909 年涉及国家数超过 10，主要是由于《域外小说集》对弱小民族的文学关注的原因。

---

① 实际数字应该大于这个数字，在统计过程中，共有 49 篇小说的发表时间无法确定。所以，1896—1917 年间，翻译小说总数应大于 2555 篇，但不会超过 3000 篇。

从表 4-1 和图 4-1 可以看出,在 1903 年,翻译小说的数量有了大的飞跃,从 1902 年的 22 篇/部,跃升至 120 篇/部,这很可能和 1902 年梁启超等鼓吹小说界革命、拔升小说的地位有关。此后稍有回落,积蓄力量。期间,延续千年的科举制度的终结(1905 年),使得很多知识分子仕途无望,为稻粱谋,不得不以卖文为生,在一定程度上促进了小说翻译第一个高潮的到来(1907 年)。1910—1912 年为高潮之后的低谷期,小说界正继续积蓄力量,等待新的高潮来临。1917 年,小说翻译达到顶峰,然后又迅速回落,预示着域外小说已经基本完成其示范作用。

表 4-1　1896—1921 年间翻译小说的数目

单位　篇/部

年份	翻译小说数	年份	翻译小说数
1896	3	1910	49
1897	6	1911	63
1898	5	1912	54
1899	4	1913	98
1900	4	1914	240
1901	16	1915	342
1902	22	1916	350
1903	120	1917	364
1904	93	1918	166
1905	98	1919	162
1906	146	1920	97
1907	223	1921	28
1908	155	合计	3007
1909	99		

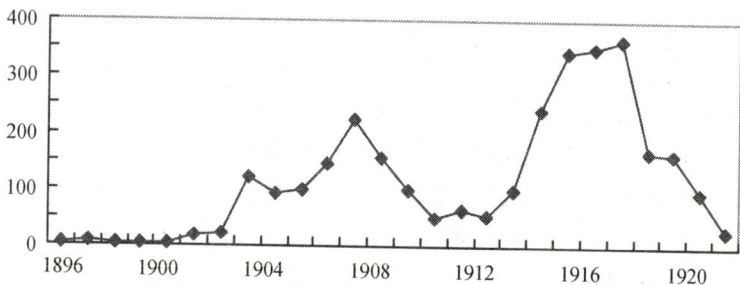

图 4-1　1896—1921 年间翻译小说分布曲线图

表 4-2 为 1896—1921 年间可确定原作国籍的翻译小说数目，图 4-2 为 1896—1921 年间可确定原作国籍的翻译小说饼形分布图。表 4-2 和图 4-2 显示在此期间小说翻译的不均衡。除英、法、美、俄、日之外，其他国家的作品仅占 6％，而英国一个国家的作品就占到了 43％。虽然有周氏兄弟等对弱小民族文学的关注，但是其努力却几乎淹没在小说翻译的浪潮中。不难看出，这和国人对列强国力的认知几乎是相同的。在两次鸦片战争中，英国打得清政府割地赔款，其国力冠绝一时，所以国人对它的关注度最高；而对德国的关注度不高，可能和德国是后起之秀有一定的关系。

表 4-2　1896—1921 年间可确定原作国籍的翻译小说数目

单位　篇/部

国籍\年份	英国	法国	美国	俄国	日本	其他
1896	2			1		
1897	3	2		0		
1898	2	0		0	1	
1899	4	1		0	0	
1900	0	1		2	1	
1901	8	2	1	0	3	
1902	9	3	0	0	1	
1903	32	19	3	2	19	2
1904	31	14	6	0	8	2

年份＼国籍	英国	法国	美国	俄国	日本	其他
1905	40	13	14	2	7	2
1906	56	13	19	1	13	2
1907	72	18	48	17	18	3
1908	55	13	24	5	6	3
1909	31	6	7	10	4	8
1910	9	10	4	2	1	1
1911	11	8	8	4	2	1
1912	22	9	3	2	1	1
1913	15	22	7	2	4	4
1914	49	31	16	8	4	3
1915	69	45	23	16	2	19
1916	110	28	35	36	2	4
1917	100	32	28	19	2	19
1918	34	25	20	11	1	9
1919	41	29	19	22	1	16
1920	6	25	12	22	1	5
1921	11	7	1	3	0	1
合计	822	376	298	187	102	105

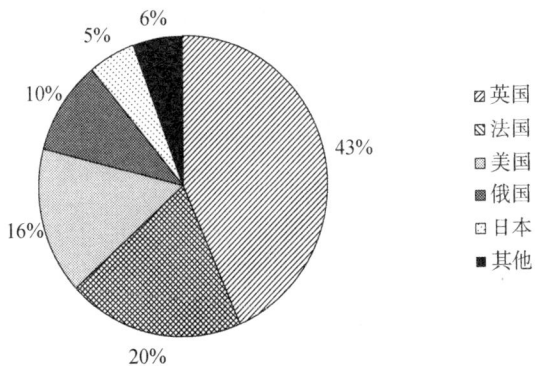

图 4-2 1896—1921 年间可确定原作国籍的翻译小说饼形分布图

表 4-3 为 1896—1921 年间可确认的翻译小说涉及国家数。表 4-3 显示：在 1896—1921 年间，中国翻译者的视域非常狭窄，即使是在涉及国度最多的年份（1917 年、1919 年），翻译小说所涉及的也不过只有 15 个国家。以欧洲为中心，所谓的对弱小民族的关注，不过是对欧洲弱小民族的关注，甚至说是对巴尔干小国的关注。

表 4-3　1896—1921 年间可确认的翻译小说涉及国家数

年份	涉及国家数	年份	涉及国家数
1896	2	1909	11
1897	2	1910	7
1898	3	1911	6
1899	2	1912	6
1900	3	1913	8
1901	4	1914	9
1902	4	1915	11
1903	8	1916	7
1904	6	1917	15
1905	7	1018	13
1006	8	1919	15
1907	7	1920	11
1908	8	1921	6

4.1.3　小说观念的变化

（1）传统小说观念

依照《辞海》的解释，小说是：

> 文学的一大样式。以叙述为主，具体表现在一定环境中的相互关系、行动和事件以及相应的心理状态、意识流动等，从不同角度反映社会生活。在各种文学样式中，

表现手法最丰富、表现方式也最灵活,叙述、描写、抒情、议论等多种手法可以并用,也可有所侧重;一般以塑造人物形象为基本手段。①

不过小说的这种定义却是经过漫长岁月的积淀才最终形成的。小说概念的演变过程反映了这一概念所蕴含的历史传统,我们认为,小说就是一个"延传变体链"。

小说一词最早见于《庄子·外物》:"饰小说以干县令,其于大达亦远矣。"②《荀子·正名》里也有"故知者论道而已矣,小家珍说之所愿皆衰矣"③的论说,只不过荀子把"小说"增饰为"小家珍说"。徐君慧认为庄子和荀子笔下的"小说"都是指"琐屑的言论,讲的是小道理,其中虽也包含了今天所说的小说的萌芽,但与今天小说的概念,还有很大的距离"。但是这种"琐屑的言论"却"在很大程度上影响了中国小说的发展与研究"。④

对小说家专门进行论述的要首推班固的《汉书》。《汉书·艺文志》对《伊尹说》等"小说十五家"进行评论说:

> 小说家者流,盖出于稗官。街谈巷语,道听途说者之所造也。孔子曰:"虽小道,必有可观者焉,致远恐泥,是以君子弗为也。"然亦弗灭也。闾里小知者之所及,亦使缀而不忘。如或一言可采,此亦刍荛狂夫之议也。⑤

李建国、孟昭连认为"这是现存最早的小说专论",是"汉代小说观的典型概括,成为小说理论的经典"。⑥ 在这里,小说和小说家的概念第一次得到了明确,小说的起源、作者、特性和功能得到了系统的阐述。因此,有学者认为至此"小说作为一家,一个品种,正

---

① 《辞海》,上海辞书出版社,1999年,第3147页。
② [清]郭庆藩:《庄子集释》(全4册),中华书局,1961年,第925页。
③ [清]王先谦:《荀子集解》,中华书局,1988年,第429页。
④ 徐君慧:《中国小说史》,广西教育出版社,1991年,第1-2页。
⑤ [东汉]班固:《汉书》,中华书局,1962年,第1745页。
⑥ 李建国,孟昭连:《中国小说通史》(先唐卷),高等教育出版社,2007年,第5页。

式出现在中国的历史舞台"。①

桓谭在《新论》中说，"小说家合丛残小语，近取譬论，以作短书，治身治家，有可观之辞"。② 这里的小说虽与后世的小说概念相近，但是"短书"二字却道出了其中的轻视。

之后，魏徵把"小说"归入"经史子集"四部中的子部，认为"小说者，街谈巷语之说也"。刘知几则把"小说"视为史学之一，"是偏记小说，自成一家，而能与正史参行，其所由来尚矣"。到了宋代，欧阳修把晋至隋唐的志怪著作从史部杂传类里划出来，归入小说，却又将《诫子拾遗》《茶经》之类归入小说，使小说的体例杂芜起来。明代的陆楫把小说分为七类：小录、偏记、别传、杂记、逸事、散录、杂纂。佚名的《五朝小说》把魏晋小说分为十家：传奇、志怪、偏录、杂传、外乘、杂志、训诫、品藻、艺术、记载。胡应麟则把小说分为志怪、传奇、杂录、丛谈、辨订、箴规。清代的纪昀在总撰《四库全书总目提要》时，剔除了那些没有小说性质的杂著，把小说分为三类：（1）叙述杂事，如《西京杂记》；（2）记录异闻，如《山海经》；（3）缀集琐语，如《酉阳杂俎》。至此，小说这个繁杂的概念虽然向现代小说概念越来越靠近，但是小说这一文类始终处于等而下之的地位。③

当然，也有学者指出在西洋小说的输入之前，不少士大夫努力提高小说的地位，如屠绅、陈球用文言创作长篇小说；沈复利用类似《金石录后序》《项脊轩志》的手法创作小说；咸丰年间，士大夫对《荡寇志》的推崇，以及俞樾等学者对小说的赞美，等等。只是这种改变还不够大，不足以将小说送入文学的中心，改变鄙视小说的社会观念。④ 现代小说概念的形成，以及小说由边缘走向中心，尚待西学东渐，中西小说概念相互碰撞、融合之后。所以，清末民初的小说仍然十分芜杂，一方面受西洋文学的影响，甚至是基于对西洋文学的误读，小说概念已经非常接近今天的小说概念；另一方面，

① 徐君慧：《中国小说史》，广西教育出版社，1991年，第2页。
② 北京大学中文系：《中国小说史》，人民文学出版社，1978年，第3页。
③ 同①，第2-4页。
④ 袁进：《中国小说的近代变革》，中国社会科学出版社，1992年，第141页。

传统小说概念的余毒未清,戏剧、童话等仍然混杂在小说之中。

直到 1897 年,邱炜菱在讨论"梁山泊"时仍然坚持,"诗文虽小道,小说盖小之又小者也"。[①] 可见在他心中,小说是不能和诗文相提并论的。"小说家言,必以纪实研理,足资考证为正宗。其余谈狐说鬼,言情道俗,不过取备消闲,犹贤博弈而已,固未可与纪实研理者絜长而较短也。"[②]其中"以纪实研理,足资考证为正宗""谈狐说鬼,言情道俗,不过取备消闲"告诉我们:中国传统小说观念的影响可谓深远矣!

(2)域外小说对中国小说观念的影响

中国小说的现代化可以说始于傅兰雅。[③] 早在梁启超创办《新小说》、倡导小说界革命杂志之前,傅兰雅就于 1895 年 5 月在报端刊登广告,举行新小说竞赛,可谓破题儿第一招。从文学系统来说,他是以赞助人的身份影响小说的创作,挟西洋小说之威,挑战中国旧的文学传统,引导小说生产的走向。他要将自己的诗学通过赞助的方式让中国人了解,甚至接受,让中国人明白:小说并非小道,而是大有作为的,可以"感动人心,变易风俗"。

> 窃以感动人心,变易风俗,莫如小说。推行广速,传之不久辄能家喻户晓,气息不难为之一变。今中华积弊最重大者,计有三端:一鸦片,一时文,一缠足。若不设法更改,终非富强之兆。兹欲请中华人士愿本国兴盛者,撰著新趣小说,合显此三事之大害,并祛各弊之妙法,立案演说,结构成篇,贯穿为部,使人阅之心为感动,力为革除。辞句以浅明为要,语意以趣雅为综,虽妇人幼子皆能得而明之。述事务取近今易有,切莫抄袭旧套。立意毋

---

① 　陈平原,夏晓虹:《二十世纪中国小说理论资料·第一卷(1897—1916)》,北京大学出版社,1989 年,第 15 页。

② 　同①,第 14 页。

③ 　范伯群、朱栋霖认为严复、夏曾佑在《国闻报》上发表的《本馆附印说部缘起》是中国小说近代化的发端。不过我们认为鉴于傅兰雅发起的小说征文所造成的影响,把小说征文视为中国小说现代化进程的发端更合适。

尚稀奇古怪,免使骇目惊心。限七月底满期收齐,细心评取。首名酬洋五十元,次名三十元,三名二十元,四名十六元,五名十四元,六名十二元,七名八元。果有嘉作足劝人心,亦当印行问世,并拟请其常撰同类之书,以为恒业。凡撰成者,包好弥封,外填名姓,送至上海三马路格致书室。收入发给收条,出案发洋亦在斯处。英国儒士傅兰雅谨启。①

可惜的是,在应征的 162 篇小说中,没有 1 篇符合傅兰雅的要求。虽有傅兰雅的提倡和利诱,但是传统的影响实在太大!

> 然或立意偏畸,述烟弊太重,说文弊过轻;或演案希奇,事多不近情理;或述事虚幻,情景每取梦寐;或出于浅俗,言多土白,甚至词尚淫巧,事涉狎秽,曰妓寮,动曰婢妾,仍不失淫词小说之故套,殊违劝人为善之体例,何可以经妇孺之目哉?更有歌词满篇、俚句道情者,虽足感人,然非小说体格,故以违式论;又有通篇长论、调谱文艺者,文字固佳,仍以违式论。②

傅兰雅原本希望发现能够和《汤姆叔叔的小屋》(*Uncle Tom's Cabin*)"在唤起人们反抗奴隶制度方面相媲美"的小说,③但是他显然失望了。竞赛之前,他信心十足,"无疑,中国人愿意并有足够的能力写出这样的书",但是结果却并不令他满意,他没有找出能够创作中国的《汤姆叔叔的小屋》的中国人,"中国人的创造力水平很低是常见的评语,这个事实在这些小说中得以充分表现"。④ 不过他本着"若过追求,殊失雅教"的想法,最终不仅增加了奖金,而且还增加了获奖篇数,共有 20 篇获奖,这些参赛作品当时却并没有

---

① [美]韩南:《中国近代小说的兴起》,徐侠译,上海教育出版社,2004 年,第 158 页。
② 同①,第 161 页。
③ 同①,第 157 页。
④ 同①,第 160 页。

能够付印,原稿也随着傅兰雅的离开而消失。① 尽管如此,傅兰雅的小说竞赛的确促成了一批"新小说"的问世,它们摆脱了旧小说的模式,从而引导了晚清时期新小说创作取向。根据韩南的研究,有两部小说尽管没有参加竞赛,但是的确受到了竞赛的影响,并对其后十年里小说概念和创作产生了重要影响。不过韩南认为,傅兰雅推崇的那种社会问题小说或谴责小说也许并未对梁启超的思想产生很大的影响,②但这并不确切。1897 年,梁启超提出让"说部"作为蒙学书籍之一,③指出小说"上之可以借阐圣教,下之可以杂述史事,近之可以激发国耻,远之可以旁及彝情,乃至宦途丑态,试场恶趣,鸦片顽癖,缠足虐刑,皆可穷极异形,振厉末俗"。④ 此时梁氏的主张与傅兰雅并无二致,至于其后来改变主张,则很可能是接触到了经由日本翻译的政治小说的缘故。⑤ 如果说包礼祥在对待傅兰雅对梁启超的影响这一问题上还只是揣测的话,"梁或许受过傅兰雅《求著时新小说启》的启发"。⑥ 陈伯海、袁进则明确指出,梁启超的这一主张距离傅兰雅提倡是新小说的时间只有一年多,而梁启超是《万国公报》的忠实读者,"不会没有看过傅兰雅的启示",所以,他们认为"'小说界革命'在受到日本政治小说影响之前,已经受到传教士的影响"。⑦ 袁进后来又说梁启超的观点字里

① 2006 年 11 月 22 日,美国加州大学柏克莱分校在东亚图书馆新馆落成搬迁时,在一间堆满书刊杂物的储藏室里,无意间在两个尘封已久的纸箱中找到了这批失落的原始手稿。馆方对此极为重视,立即与上海古籍出版社联系出版事宜。2011 年,这批小说以《清末时新小说集》出版。见 http:// ent. ifeng. com/zz/detail_2011_01/23/4409184_0. shtml。

② [美]韩南:《中国近代小说的兴起》,徐侠译,上海教育出版社,2004 年,第 149 页。

③ [清]梁启超:《饮冰室全集点校》,云南教育出版社,2001 年,第 53 页。

④ 陈平原,夏晓虹:《二十世纪中国小说理论资料·第一卷(1897—1916)》,北京大学出版社,1989 年,第 13 页。

⑤ 梁启超在光绪二十一年至光绪二十二年(1895—1896)期间,曾就任李提摩太的秘书,李提摩太本人及其所译小说《回头看纪略》也对其有明显的影响,不过政治小说这一名称应该是受日本人影响。

⑥ 包礼祥:《近代小说观的产生与传播观念的转变》,《江西师范大学学报(哲学社会科学版)》,2000 年第 4 期。

⑦ 陈伯海,袁进:《上海近代文学史》,上海人民出版社,1993 年,第 74 页。

行间洋溢着傅兰雅的气息。① 潘建国则认为,"傅兰雅将小说视为社会革新工具的观念,奠定了梁启超'小说界革命'的理论基础"。②

傅兰雅为了扩大小说竞赛的影响,曾邀请沈毓桂、王韬、蔡尔康等知名人士参与评选作品。随着征文活动的开展,傅氏希望通过小说以刺世除弊的主张得以推广,其基于西洋小说的小说概念渐为人知。在小说竞赛之前,传统文人虽然也知道小说比经史更受欢迎,但是却受传统观念的影响,视小说为小道,不登大雅之堂。即使是在小说概念渐趋成熟、不再被视为正史之补充、小说的虚构特性得到确认的明代,小说家"为了使自己的作品在世上流传,常常在作品自序里声称其创作目的在于'传道',以表示自己的思想与统治阶级的思想一致(尽管作品的实际内容与此相左)"。③ 这种情况在西学东渐之前,没有明显改变。

到了晚清,随着东西方交往的增多,西方的文学概念通过传教士和留学生,逐渐为国人所了解,人们在注重情节的传统小说之外,又发现了注重静态描写的西方小说。傅兰雅的小说竞赛活动可以说是东西方交流过程中的催化剂,使人们对小说这种题材和小说的功用有了新的认识,"对其后十年里小说概念和创作产生了重要影响"。④ 小说竞赛活动的影响究竟有多么重要,我们也许很难说得清,更难以量化,不过晚清小说观念的转变受域外思想的影响这一点却不容置疑。

(3) 进化论的影响

在西方思想中,其对中国人影响最大的莫过于进化论。作为引介进化论的第一人,严复的小说观也免不了受到进化论的影响。1897 年,他在和夏曾佑合作的洋洋万言长文《本馆附印说部缘起》中,以大量篇幅论述人类进化的历史,将中国历史、希腊神话和历

① 袁进:《中国文学观念的近代变革》,上海社会科学出版社,1996 年,第 68-69 页。
② 潘建国:《小说征文与晚清文学观念的演进》,《文学评论》,2001 年第 6 期。
③ 阎奇男,王立鹏:《中国小说观念的现代化历程》,中国文联出版社,1999 年,第20 页。
④ [美]韩南:《中国近代小说的兴起》,徐侠译,上海教育出版社,2004 年,第149 页。

史、基督教融为一体。文章最后指出：

> 夫说部之兴，其入人之深，行世之远，几几出于经史上，而天下之人心风俗，遂不免为说部之所持。《三国演义》者，志兵谋也，而世之言兵者有取焉。《水浒传》者，志盗也，而崔蒲狐父之豪，往往标之以为宗旨。《西厢记》、"临川四梦"，言情也，则更为专一之士、怀春之女所涵泳寻绎。夫古人之为小说，或各有精微之旨，寄于言外，而深隐难求；浅学之人，沦胥若此，盖天下不胜其说部之毒，而其益难言矣。

> 本馆同志，知其若此，且闻欧、美、东瀛，其开化之时，往往得小说之助。①

其中"夫说部之兴，其入人之深，行世之远，几几出于经史上，而天下之人心风俗，遂不免为说部之所持"与傅兰雅的"感动人心，变易风俗，莫如小说。推行广速，传之不久辄能家喻户晓，气息不难为之一变"几乎如出一辙。我们也许不能就此认为严、夏二人就一定受到了傅兰雅的影响，但是《本馆附印说部缘起》一文的西方渊源却不容置疑。严、夏用"且闻"二字摆脱了自身的责任，将道听途说当成事实，夸大小说的作用，可以说二人的小说观念虽然受到西洋小说的影响，但是距离现代小说概念尚远，仍未彻底摆脱传统小说观念的影响，有将小说视为正史之补充的嫌疑，小说仍然是一种芜杂的文体。

严、夏之外，康有为也强调小说教化方面的作用。② 他在《〈日本书目志〉识语》中提到：

---

① 陈平原，夏晓虹：《二十世纪中国小说理论资料·第一卷(1897—1916)》，北京大学出版社，1989年，第12页。

② 这似乎是当时知识界的共识。邱炜蒉在《客云庐小说话·挥尘拾遗》中曾提到林纾"索玩译本"小说，与熟悉西学之人及懂华文的西洋之人亲近，欲开启民智，翻译政治小说。因为不懂外文，所以林纾和魏君、王君合作，翻译拿破仑(Napoléon Bonaparte)、俾斯麦(Ottovon Bismarck)的传记。

> 易逮于民治,善入于愚俗,可增七略为八、四部为五,蔚为大国,直隶王风者,今日急务,其小说乎! 仅识字之人,有不读'经',无有不读小说者。故'六经'不能教,当以小说教之;正史不能入,当以小说入之;语录不能喻,当以小说喻之;律例不能治,当以小说治之。……今中国识字人寡,深通文学之人尤寡,经义史故亟宜译小说而讲通之。泰西尤隆小说学哉! ……日人通好于唐时,故文学制度皆唐时风。小说之秾丽怪奇,盖亦唐人说部之余波,要可考其治化风俗焉。①

从中可以看出,康氏虽然指出了小说的重要性,但是他心中的小说还不是文学,仍未脱"传道""教化"之俗套,不过能以日本为例,论及外国小说对本土小说的影响实自康氏始。

如果说康有为的"泰西尤隆小说学"中的小说泛指各类小说的话,其弟子梁启超则把它限定为政治小说。

> 在昔欧洲各国变革之始,其魁儒硕学,仁人志士,往往以其身之所经历,及胸中所怀,政治之议论,一寄之于小说。于是彼中辍学之子,簧塾之暇,手之口之,下而兵丁、而市侩、而农氓、而工匠、而车夫马卒、而妇女、而童孺,靡不手之口之。往往每一书出,而全国之议论为之一变。彼美、英、德、法、奥、意、日本各国政界之日进,则政治小说,为功最高焉。②
>
> 于日本维新之运有大功者,小说亦其一端也。③

这一观点在《〈蒙学报〉〈演义报〉合叙》中得到了重复:"西国教科之书最盛,而出以游戏小说尤夥。故日本之变法,赖俚歌与小说之

---

① 陈平原,夏晓虹:《二十世纪中国小说理论资料·第一卷(1897—1916)》,北京大学出版社,1989年,第13-14页。

② 同①,第21-22页。

③ 同①,第23页。

力,盖以悦童子以导愚氓,未有善于是者也。"①

　　康、梁的观点并不孤立。晚清对外战争屡战屡败,民智不开,让有识之士呼吁变革,开启明智。为了实现政治主张,利用小说这种最流行的文体,一些人往往不惜夸大外国小说在其国内的功用,挟洋以自威。他们一方面贬低本土小说,另一方面又竭力推崇外国小说。比如晚清小说理论家邱炜菱就在《小说与民智关系》一文中声称:

　　　　吾闻东、西洋诸国之视小说,与吾华异,吾华通人素轻此学,而外国非通人不敢著小说。故一种小说,即有一种之宗旨,能与政体民志息息相通;次则开学智,祛弊俗;又次亦不失为记实历,洽旧闻,而毋为虚骄浮伪之习,附会不经之谈可必也。其身价亦视吾华相去千倍。②

而衡南劫火仙则在《清议报》登文指出:

　　　　欧美之小说,多系公卿硕儒,察天下之大势,洞人类之赜理。潜推往古,豫揣将来,然后抒一己之见,著而为书,用以醒齐民之耳目,励众庶之心志。或对人群之积弊而下砭,或为国家之危险而立鉴,然其立意,则莫不在益国利民,使勃勃欲腾之生气,常涵养于人间世而已。至吾邦之小说,则大反是。其立意则在消闲,故含政治之思想者稀如麟角,甚至遍卷淫词罗列,视之刺目者。盖著者多系市井无赖辈,而无足怪焉耳。小说界之腐败,至今日而极矣。夫小说为振民智之一巨端,立意既歧,则为害深,是不可不知也。③

　　《本馆编印〈绣像小说〉缘起》则说:"支那建国最古,作者如林,然非怪谬荒诞之言,即记污秽邪淫之事;求其稍裨于国、稍利于民

---

①　[清]梁启超:《饮冰室全集点校》,云南教育出版社,2001年,第161页。
②　同①,第31页。
③　同①,第32页。

者,几几百不获一。"①本土小说的不堪,和开启民智的西洋小说形成了鲜明的对比,所以,小说界革命势在必行。事实上,小说乃不入流的小道这种观念深入人心,即便是晚清小说翻译第一人林纾,虽然他欲"以小说启发民智",②在翻译傅兰雅心中的理想小说《汤姆叔叔的小屋》时,由于担心读者会把它等同一般小说,把它视为"稗官荒唐""过当之言",因而不得不向读者强调该书虽"系小说一派,然吾华丁此时会,正可引为殷鉴。且证诸呫噜华人及近日华工之受虐,将来黄种苦况,正难逆料。冀观者勿以稗官荒唐视之,幸甚!"③"吾书虽俚浅,亦足为振作志气,爱国保种之一助。海内有识君子,或不斥为过当之言乎?"④所以,小说欲革命,必须首先革除这种偏见,提升小说的地位,使之摆脱诲盗诲淫的下九流身份,一跃而登上大雅之堂。小说界革命的实质是晚清的知识分子不满小说始终处于边缘地位,想把小说从文学系统的边缘推向中心,想修正文学传统对小说的鄙视。

(4) 小说界革命与小说观念的变化

竖起小说界革命大旗、吹起小说界革命号角的是梁启超。1902 年,梁启超发表革命宣言式的《论小说与群治之关系》,视小说为革新除弊的灵丹妙药,仿佛有了小说,一切困难都可以迎刃而解,中国一下子就可以实现群治。

> 欲新一国之民,不可不先新一国之小说。故欲新道德,必新小说;欲新宗教,必新小说;欲新政治,必新小说;欲新风俗,必新小说;欲新学艺,必新小说;乃至欲新人心、欲新人格,必新小说。何以故?小说有不可思议之力支配人道故。⑤

---

① [清]梁启超:《饮冰室全集点校》,云南教育出版社,2001 年,第 52 页。
② 同①,第 26 页。
③ 同①,第 27 页。
④ 同①,第 28 页。
⑤ 同①,第 33 页。

为什么小说会有不可思议之力呢？梁启超对"浅而易解""乐而多趣"的解释并不满意，认为"文之浅而易解者，不必小说"，①而小说中赏心乐事固然不少，但是最受欢迎的则是"可惊可愕可悲可感，读之而生出无量噩梦、抹出无量眼泪者也"。② 由此可见，小说的感染力必在"浅而易解""乐而多趣"之外。梁启超思之再三，总结出小说共有四种支配人道的力量：熏，使人"如入云烟中而为其所烘，如近墨朱处而为其所染"；浸，使人"入而与之俱化者也"；刺，"使人于一刹那顷，忽起异感而不能自制者也"；提，如前三种由外而内的力量不同，"提之力，自内而脱之使出，实佛法之最上乘也"。③ 正因为小说有这四种力量，才使得状元宰相、才子佳人、妖巫狐鬼等思想广为人知，是当时社会一切不良风气的根源，使得梁启超不由感叹"小说之陷溺人群，乃至如是，乃至如是！"④所以，"欲改良群治，必自小说界革命始；欲新民，必自新小说始"。⑤

如果说《论小说与群治之关系》还只是小说革命的理论准备的话，梁启超创立《新小说》杂志则是用行动践行着小说革命。《新小说》第一号就旗帜鲜明地指出，"小说为文学之最上乘，近世学于域外者，多能言之"。⑥ 很明显，这是借助外力而对传统进行反击，将不入流的小道一下子拔升到"文学之最上乘"，从根本上改变了小说的地位。传统小说大多为诲盗诲淫之作，远不足以藏之名山，而新小说则要"以藏山之文、经世之笔行之"，⑦实践着"不朽之盛事，经国之大业"。不过知易行难，新小说的实践者唯有师法域外小说，以他山之石来攻传统小说之玉。这里要学习的不仅包括域外小说的笔法和意境（"全为鲁宾孙自叙之语，盖日记体也，与中国小说体例全然不同。若改为中国小说体例，则费事而且无味。中国

---

① ［清］梁启超：《饮冰室全集点校》，云南教育出版社，2001年，第33页。
② 同①。
③ 同①，第34页。
④ 同①，第36－37页。
⑤ 同①，第37页。
⑥ 同①，第39页。
⑦ 同⑥。

事事物物当革新,小说何独不然！故仍原书日记体例译之。"①),更包括域外报刊对小说进行连载的方式("今依报章体例,月出一回"②)。所以,《新小说》原计划"所登载各篇,著、译各半",③这在小说革命之初,旧传统式微,新传统萌生,用域外传统(很可能是一鳞半爪的,甚至是错误的传统)来填充本土旧传统留下的空白,为新传统树立榜样,本是理所当然之事,但是新文学传统的诞生毕竟需要本土作家的努力,需要本土作家的创作来构建新的文学传统。所以,作为小说界革命先锋的《新小说》第一号为创立新的文学传统,十分自豪地宣称"此编自著本居十之七,译本仅十之三"。④ 可见译介对《新小说》来说只是手段,其目的就是要催生一些"新小说家"。这些"新小说家"一方面积极吸取外来营养,一方面又受到文学传统的影响,创作受域外小说启发的富有中国特色的小说,极大地改变了清末民初小说界的面貌。

小说界革命虽然把小说拔升为"文学之最上乘",相对于传统的小道之说,来了个一百八十度大转弯。然而这场革命并不彻底,虽然从者云集,但是主要还是因为"小说应有益于世道人心这一口号带有明显的传统文学观念的印记,容易为社会各方所接受"。⑤观念虽然变了,但是"思维方法和审美趣味并没有改变",⑥传统的影响仍然很强劲。我们从《中国唯一之文学报〈新小说〉》一文中可以看出,《新小说》虽然高举革命的大旗,其实和被剪掉了辫子的赵秀才并无本质的不同,骨子里仍然深受传统小说观念的影响,小说仍然是一种芜杂的文体。文章罗列出拟登载的小说是:历史小说、政治小说、哲理科学小说、军事小说、冒险小说、探险小说、侦探小说、写情小说、语怪小说、剳记体小说、传奇小说。其中,历史小说

---

① [清]梁启超:《饮冰室全集点校》,云南教育出版社,2001年,第49页。

② 同①,第40页。

③ 同①,第41页。

④ 同②。

⑤ 陈平原,夏晓虹:《二十世纪中国小说理论资料·第一卷(1897—1916)》,北京大学出版社,1989年,第4页。

⑥ 同⑤,第8页。

以史实为材料,用演义体进行叙述,因为"读正史则易生厌,读演义则易生感"。[①] 此议论为老生常谈,不过拟登载的作品全都译自域外,故虽有演义之名,实则不同。哲理科学小说"专借小说以发明哲学及格致学",但是我们在所罗列的作品中却发现柏拉图的《理想国》与《空中旅行》《海底旅行》等并列,这反映出《新小说》之小说观念的庞杂。语怪小说、劄记体小说这样的分类本身就是受传统小说观念影响的结果。而在传奇小说部分,我们赫然发现"索士比亚"(莎士比亚)、"福禄特尔"(伏尔泰)的名字,"本社员……欲继索士比亚、福禄特尔之风,为中国剧坛革命军"。[②] 在这里,戏剧被理所当然地视为小说的一种,这和后世将戏剧视为与小说、诗歌、散文并列的文学类型的现代文学观念大相径庭,反映出传统小说观念的流毒未清。事实上,《新小说》社员的观念并不孤立。即便是被陈平原认为"有一定的理论深度"[③]的夏曾佑,他虽然认为曲本、弹词"与小说之渊源甚异",但是并不妨碍他承认它们"亦摄入小说之中",像《玉钏缘》《再生缘》之类的曲本、弹词"因脱去演剧、唱书之范围,可以逍遥不制,故常有数十万言之作,而其用则专以备闺人之潜玩",于是乎"与小说合流",并且"流布深远,无乎不至"。[④] 楚卿在《论文学上小说之位置》一文中,响应梁启超的口号,即"小说者,实文学之最上乘也",[⑤]但是却将《水浒传》与《西厢记》并列,将施耐庵、金圣叹与汤显祖、孔尚任并列,这显示出传统小说观念的影响。1903 年,浴血生在《新小说》的"小说丛话"栏目中坚持"中国韵文小说,当以《西厢》为巨擘"。[⑥] 且不说周桂笙将报纸上一段社会新闻当成"札记小说"来翻译,刊登在 1908 年 3 月的《月月小说》上,事实上,直到 1915 年,蒋瑞藻的《小说考证》仍然将戏曲作

① 陈平原,夏晓虹:《二十世纪中国小说理论资料·第一卷(1897—1916)》,北京大学出版社,1989 年,第 42 页。
② [清]梁启超:《饮冰室全集点校》,云南教育出版社,2001 年,第 46 页。
③ 同②,第 3 页。
④ 同②,第 60 页。
⑤ 同②,第 61 页。
⑥ 阿英:《晚清小说丛钞·小说戏曲研究卷》,中华书局,1960 年,第 319 页。

为小说的一部分,仅其卷一中罗列的 15 部小说中,就包括《荆钗记》《西厢记》《汉宫秋》《琵琶记》等戏剧作品,其数量远远超过现代意义上的小说作品。同年,刘半农将屠格涅夫(Ivan Turgenev)的散文诗当成小说来翻译。所以说,晚清的小说革命并没有用新的范式代替旧的范式,充其量只不过是旧传统在外来传统的影响下,形成了新的传统,而真正意义上的现代小说概念要到"五四"新文化运动之后,才得以形成。

4.1.4　近代报刊对小说翻译与创作繁荣的助推作用

晚清文学革命中,最大的成就在于小说界,"小说是步伐最稳健、成就最大的艺术形式"。① 严复、夏曾佑、梁启超等从理论上提升了小说的地位,扫清了妨碍小说发达的思想障碍。但是仅此还不足以造就晚清小说的繁荣,还需要外部条件的保障。勒菲维尔认为,专业人士和赞助系统制约着文学的生产和消费。② 没有赞助系统提供经济上的支持,没有意识形态的允许,除非像艾略特、威廉斯那样从自己的职业中获得经济来源,或者拥有勇于献身的精神,否则就不可能有晚清小说的繁荣。晚清小说界的繁荣,翻译与创作并盛,是和近代报刊业的繁荣分不开的。潘建国认为,

> 在晚清小说史的演进过程中,物质技术因素,曾经发挥了十分重要的作用……数以百计的书局,全面参与了小说从征求、编辑、撰译到刊载、印刷、传播等各个环节的工作。可以说,如果没有书局的积极推动和参与,而仅仅依靠文学观念的转变,晚清小说是无法获得现有之繁盛局面的。③

报刊业的繁荣离不开两个条件:一是物质条件,二是环境氛围。

---

① 陈平原:《中国小说叙事模式的转变》,北京大学出版社,2003 年,第 1 页。
② Lefevere, Andre. *Translation, Rewriting and the Manipulation of Literary Fame*. 上海外语教育出版社,2004:14 - 15.
③ 潘建国:《清末上海地区书局与晚清小说》,《文学遗产》,2004 年第 2 期。

（1）物质条件

19 世纪 30 年代，传教士利用汉文木刻活字，制作铅活字。1859 年，电镀汉文活字模和以二十四盘常用字为中心的元宝式字架试制成功，经过复制和推广后，逐渐为当时的中文报刊所采用。到了 19 世纪 70 年代前后，大多数的中文报纸已经抛弃了传统的木刻雕版印刷，改用铅字印刷。土法制造的纸张逐渐被机制白报纸代替，印刷机械也由手动逐渐变成机器带动，由木制变成金属制造，印刷时不但不再需要手工喂纸和翻纸，提升了印刷速度和工作效率，而且可以印制大版面，从而为印刷大张的报纸创造了条件。1872 年，上海申报馆始用手摇机，时印数百张，此后由于以蒸汽引擎和自来火引擎代替人力的印刷机的引进，印刷速度逐渐提高。1906 年，使用电气的印刷机每小时达到千张，1911 年，申报馆的双轮转机每小时达到 2 千张。① 差不多在铅活字出现的同一时期，现代化的石印技术也被介绍到了中国。石印也就是石版印刷，是平版印刷的一种。它利用水油相拒原理，以天然多微孔的石印石，经过处理制成印版。印刷时，先用水润湿版面，使空白部分吸水后有了拒油性，上墨后，仅图文部分能附着油墨，即可成书。王燕在《晚清小说期刊史论》中，谈到了石印技术相对于活字印刷和木刻雕版的相对优势——"所需设备简单，有两块石版，一副架子，几张欺水纸，一锭欺水墨，请人书写，落石则印。成本低廉，印刷周期短，操作人员少，字迹清晰美观，尤其为书法和图画的刊印带来很大便利"。②

除了印刷技术外，西方装订技术的引进也促进了报刊业的繁荣。装订机促使传统的线装改为平装，这不仅提高了生产速度，而且使产品更加美观。正是这些从西方引进的先进工艺，提高了生产力，同时也降低了成本，从而使印刷品的价格降低下来，使得普通民众也能够消费得起，从而为报刊业的繁荣奠定了物质基础。

① 程华平：《中国小说戏曲理论的近代转型》，华东师范大学出版社，2001 年，第267 页。

② 王燕：《晚清小说期刊史论》，吉林人民出版社，2002 年，第46 页。

石印的《绣像小说》售价两角,排版精细、附有铜版照片的《新小说》也不过每册定价 4 角 4 分,《小说时报》每册售价 6 角。晚清上海的纺织男工的工资为每日 2 角 5 分,女工是 2 角 2 分,泥水匠和木匠每天 4 角。① 诚如是,这些底层工人一天的工资就足够购买《绣像小说》,两天的工资足以购买精美的《新小说》,三天的收入购买《小说时报》绰绰有余。不过也有学者指出,"1902 年,上海的米价为每石 8 元,工人与苦力的平均工资为 4~6 元",因此,工人阶级根本买不起小说,"只有具有相当收入的买办、职员、教师、记者、编辑、以及祖籍拥有大量财产或有相当收入积蓄的士大夫,才有财力订阅报刊,购买书籍"。② 尽管如此,相对于以前的书价,晚清的小说便宜得太多!③

（2）环境氛围

除了技术进步为报刊业的繁荣提供物质条件外,环境氛围的变化也是促进晚清报刊发展的重要原因。晚清的报刊大体可分为外国人创办的报刊和中国人创办的报刊。外国人创办的报刊因为所有者的身份,所受限制较小,而中国人创办的报刊却处境十分困难,动辄得咎。在新闻出版方面的法规出台之前,清政府可以依照《大清律例》,以"妖言"的罪名,对任何出版物都可以横加禁止。地方文武官员也都有权随时查封报刊。④ 换句话说,当时的意识形态是不利于小说创作的。

光绪二十六年十二月十日(1901 年 1 月 9 日),慈禧以光绪皇帝的名义发布著名的《丁未谕旨》,指责"晚近之学西法者,语言文字制造器械而已,此西艺之皮毛而非本源也……舍其本源而不学,学其皮毛而又不精,天下安得富强耶?"于是严厉要求:

---

① 宋莉华:《明清时期说部书价述略》,《复旦大学学报(社会科学版)》,2002 年第 3 期。

② 陈伯海,袁进:《上海近代文学史》,上海人民出版社,1993 年,第 75 页。

③ 明万历间,苏州舒仲甫刻印《封神演义》,定价为纹银二两,相当于 276 斤米,而当时一个七品知县的月俸是米七石五斗(900 斤),也只能买三套《封神演义》。相比之下,晚清的小说相当便宜。

④ 方汉奇:《中国近代报刊史》,山西人民出版社,1981 年,第 63 页。

军机大臣、大学士、六部九卿、出使各国大臣、各省督
抚,各就现在情弊,参酌中西政治,举凡朝章国政、吏治民
主、学校科举、军制财政,当因当革,当省当并,如何而国
势始新,如何而人才始盛,如何而度支始裕,如何而武备
始精,各举所知,各抒己见。通限两个月内,悉条议以闻,
再行上禀慈谟,斟酌尽善,切实施行。①

《丁未谕旨》要求满朝文武要员献计献策,"取外国之长,乃可
去中国之短;惩前事之失,乃可作后事之师",②旨在挽救大清覆灭
的命运。此番改革"波及的范围之广、程度之深,在大清皇朝的史
册上是空前绝后的","对整个中国的历史进程产生了深远的影
响"。③《丁未谕旨》在全国上下刮起了议政之风,报刊的面目为之
一变。人们开始针对各种时事话题开展讨论。于是,倡导民主的
《新民丛报》《新小说》,倡导革命的《浙江潮》《革命军》等纷纷问世,
并得以公开销售,直到 1903 年,《苏报》高呼"驱除满族,光复中国"
的口号,这直接威胁到清政府的统治,清政府才惊怒交加,开始查
禁报馆,缉拿报人。

有清一代,一直都有限禁小说的传统,小说的生存状况极其恶
劣。康熙朝时,朝廷正式议定"买看例",规定"买者仗一百,看者仗
一百"。雍正、乾隆朝如法炮制,对小说的禁止有增无减。道光、咸
丰、同治朝也多次下旨禁毁小说,比如同治七年(1868 年)就曾上谕
内阁,禁传奇小说,"至邪说传奇,为风俗人心之害,自应严行禁止,
著各省督抚饬属一体查禁焚毁,不准坊肆售卖,以端士习而正民
心"。④ 清政府这种自上而下的对小说的毁禁政策直到慈禧垂帘听
政后,才有所松弛。《丁未谕旨》发布之前,虽然也有刊登文学作品
的小报存在,但是大多以"社会趣闻、陋巷风情、闾里琐事、妓院歌

---

① 朱寿朋:《光绪朝东华录》,中华书局,1958 年,第 4602 页。
② 同①,第 4601 页。
③ 王燕:《晚清小说期刊论》,吉林人民出版社,2002 年,第 36 页。
④ 王利器:《元明清三代禁毁小说戏曲史料(增订本)》,上海古籍出版社,1981 年,
第 81 页。

台为主要内容"，①绝口不谈朝政，以防文字之狱。《丁未谕旨》发布之后，文网松弛，民间议论朝政蔚然成风，文艺报刊纷纷刊登与时政有关的作品以迎合读者的口味，针砭时弊、揭露黑幕、鼓吹群治、开启民智、设想未来的作品你方唱罢我登场。利用小说、报刊，发表政见，参与政治，成为当时有识之士的一种时尚。而正是这种氛围反过来又促进了报刊业的繁荣。据陈平原统计，1902—1917 年间，仅以小说命名的杂志（含报纸）就达 29 种之多。②

（3）小说生产与消费模式的变化

报刊业的繁荣不仅需要宽松的政策，也需要足以支撑报刊发展的作者群。晚清的知识分子把报刊当做发布政见的舞台，或兜售民主群治，或鼓吹"排满"革命。这部分作者是最坚定的作者，他们"衣带渐宽终不悔，为伊消得人憔悴"，直到条件不允许他们继续供稿。于是其中一部分人偃旗息鼓，但是很多人却改头换面，另创刊物，继续发表政见。除了这些"铁杆"之外，晚清报刊还吸引了一大批自由撰稿人。

另一方面，晚清报刊业的繁荣也改变了小说的生存环境，革新了传统小说的生产和消费模式，从而促进了晚清小说创作与翻译事业的繁荣。

① 小说生产方式的变化

在引进西方先进的生产工艺之前，中国传统的文学作品都是以手抄本，以雕版，或者以木活字、铜活字排版，以手工印刷的线装本形式出现，不仅印刷效率低下，而且产品价格昂贵，不易流行。所以，真正能够变易风俗、蛊惑人心的文学传播只能出现在书场和舞台上。新工艺使得报刊书籍的成本大大降低，走入寻常百姓之家，而且也使得文学作品的生产，包括小说的创作，成为可能，从而突破了小说生产和消费的传统。《新小说》第一号曾经谈到小说创作的困难，其中第三个困难就是：往昔，"一部小说数十回，其全体

---

① 王燕：《晚清小说期刊史论》，吉林人民出版社，2002 年，第 36 页。
② 陈平原：《中国现代小说的起点——清末民初小说研究》，北京大学出版社，2005 年，第 69 页。

结构,首尾相应,煞费苦心,故前此作者,往往几经易稿,始得一称意之作。今依报章体例,月出一回,无从颠倒损益,艰于出色"。①传统的话本,每到临了,总要来一句"欲知后事如何,且听下回分解",但是那不过是说书人卖的关子,其实他对整个作品结构早已了然于胸。这和报刊连载小说形成鲜明的对比。连载小说是个舶来品,比如在晚清翻译小说中占很大比重的狄更斯的作品,大多数都是通过报刊连载,然后再结集成册的。连载小说的作者在动笔之前,虽然可能有所布局,有的甚至是很详细的谋划,但是一般都是随写随登,因此对创作者来说,很具有挑战性。在构思、撰写传统小说时,小说作者可以"批阅十载,增删五次",但是却不必在很短时间内,比如一个月、半个月、一个星期,或者一天内,完成规定的字数。"昔之为小说者,抱才不遇,借小说以自娱,息心静气,穷十年或数十年之力,以成一巨册,几经锻炼,几经删削,藏之名山,不敢遽出以问世。"②但是在创作连载小说时,作者就不得不面临这样的压力,而且出版间隔越短,压力越大。在创作传统小说时,作者倘若心情不好或者别有它事,则可以暂时放下,不进行创作。但是在创作连载作品时,作者不得不面临编辑周期性的催债,而且无从躲避,否则连载就会半途而废。这样一来,作品往往不够精致,常常有率尔操觚之嫌,并且无以为继。觚庵对这种现象曾有过描写:"不假思索,下笔成文,十日呈功,半月成册,货之书肆,囊金而归。"③不过尽管如此,新的生产和消费方式却促成了小说的批量生产,从而极大地改变了小说的生态。不仅如此,报刊还有意通过发布征文启事,从而对"小说的题材、篇幅、著译、语言、趣味等文学面貌,进行宏观调控"。④ 事实上,为了迎合读者,清末报刊和出版社有所选择地翻译外国小说,向中国读者展现了与其本土大相径庭

---

① 陈平原,夏晓虹:《二十世纪中国小说理论资料·第一卷(1897—1916)》,北京大学出版社,1989年,第40页。

② 同①,第182页。

③ 阿英:《晚清小说丛钞·小说戏曲研究卷》,中华书局,1960年,第433页。

④ 潘建国:《清末上海地区书局与晚清小说》,《文学遗产》,2004年第2期。

的文学历史和风貌。

② 小说地位的提高

小说生态改变的一个重要方面就是小说地位的提高。回溯小说的发展历史，我们不难发现，迄至域外小说引发的变革之前，小说始终摆脱不了"小道""短书""小语""淫辞"的标签，虽然在民间颇有市场，起到变异风俗的作用，但是在统治阶级看来，则是淫辞邪说、蛊惑人心的毒药。勒菲维尔曾经指出，"机构将某一时期的主流诗学当做标尺，考量其时的文学生产，以此来加强，或者说最起码是企图加强这一主流诗学(Institutions enforce or, at least, try to enforce the dominant poetics of a period by using it as the yardstick against which current production is measured)。"①这里的机构包括学院、出版机构等，当然也包括控制舆论的政府机构。明崇祯十五年(1642年)四月十七日，刑科给事中左懋第奏请焚毁《水浒传》题本，称"《水浒传》一书，贻害人心，岂不可恨哉!"②同年六月，皇帝下诏查禁《水浒传》，"凡坊间家藏《水浒传》并原板，尽令速行烧毁，不许隐匿"。③ 清朝的钦定吏部《处分则例》中规定:"凡坊肆市卖一应小说淫词《水浒传》，俱严禁查绝，将板与书，一并尽行销毁。如有违禁造作刻印者，系官革职;买看者，系官罚俸一年。"④康熙二十六年(1687年)，刑科给事中刘楷上书奏请禁除淫书，声称:"见一二书肆刊单出赁小说，上列一百五十余种，多不经之语，诲淫之书……真学术人心之大蠹也。"因此，要将"一切淫词小说……立毁旧板，永绝根株"。⑤ 雍正六年(1728年)二月，郎坤"将《三国志》

---

①　Lefevere, Andre. *Translation, Rewriting and the Manipulation of Literary Fame*. 上海外语教育出版社，2004:19.

②　王利器:《元明清三代禁毁小说戏曲史料(增订本)》，上海古籍出版社，1981年，第16－17页。

③　同②，第17页。

④　同②，第19页。

⑤　同②，第24－25页。

小说之言,援引陈奏",被革职,枷号三月,鞭笞一百。① 乾隆三年(1738年)议准:"坊肆内一应小说淫辞,严行禁绝,将版与书一并尽行销毁",②"有仍行造作刻印者,系官革职,军民仗一百,流三千里,市卖者仗一百,徒三年,该管官弁不行查出者,一次罚俸六个月,二次罚俸一年,三次降一级调用"。③ 乾隆一朝的禁毁书目包括:《剿闯小说》《说岳全传》《虞初新志》《鸳鸯绦传奇》《十种传奇》《喜逢春传奇》《五色石传奇》《广爱书传奇》《双泉记传奇》。④ 直到光绪十一年(1885年),"军流以下人犯不准减条款"中,仍然包括"造刻淫词小说"。⑤ 总之,有清一朝,上层始终把小说和淫辞联系在一起。事实上,这种看法并不为上层所独有,周思仁在《欲海回狂集》(卷二)中记载的应该鼓励的风俗就包括"禁编造淫书,禁卖小说,禁写春画",⑥把小说等同于淫书、春画。范方在《鸣桷堂文钞》所附的《信天翁家训》中,告诫女儿"小说不可到眼。"⑦《靳河台庭训》认为,女子倘若"喜看曲本小说,舞文弄法,做出无耻丑事,反不如不识字,守拙安分之为愈也"。⑧ 李仲麟在《增订愿体集》(卷一)指出,"伤风败俗,灭理乱伦,则淫辞小说之为祸烈也",所以须"严行禁毁"。⑨ 汤来贺的《训儿杂说(前)》认为,"凡导淫小说,如情史、艳史之类",让少年无识者"反乐观之,沉酣渐渍,以致情窦日开,邪心日炽,竟化为禽兽而不觉",所以,"宜以毒蛇猛兽视之",有志自立者,一看到这类小说,"宜即刻焚去,以绝起萌芽"。⑩ 除了告诫自家子女不得看小说外,有时候民间还捐资收毁淫词小说,"请于大吏,示以严

---

① 王利器:《元明清三代禁毁小说戏曲史料(增订本)》,上海古籍出版社,1981年,第36页。

② 同①,第21页。

③ 同①,第41页。

④ 同①,第50—53页。

⑤ 同①,第168页。

⑥ 同⑤。

⑦ 同①,第171页。

⑧ 同⑦。

⑨ 同①,第178页。

⑩ 同①,第181页。

条,腋集其资,领司于局,先省地而各府各州各县,禁不宽容,自家藏而或贩或税或雕,搜之务尽"。① 就连评点小说的金圣叹,也成为一些读书人引以为戒的对象。②

诚然,并非所有小说都被视为"淫辞""邪说",士大夫并不拒绝文言小说,事实上,乾隆时钦定的《四库全书总目》也将文言小说列入目录之中。士大夫拒绝的主要是白话小说,也就是通俗小说。③但是占小说总量中绝大多数且真正能够变易风俗、影响人心的通俗小说,却在拒绝的范围之内,地位十分低下,被视为毒蛇猛兽。所以,敢于挑起小说界革命、挑战小说传统的不仅需要来自内部的勇士,更需要从外面世界吹来一股清新之风。自鸦片战争始,在东西方对决中,东方屡屡失败,这促使有识之士睁眼看世界,从"师夷长技"到《丁未谕旨》要求的学习西方的本源,从器的层面的模仿到道德层面的学习,从学习西夷的坚船利炮到学习其典章制度,直至哲学文艺。我们可以说中国人向洋人学习最晚的就是洋人的文学。在 1895 年傅兰雅有奖征求小说之前,西洋文学与中国传统文学之间的联系是偶然的,无论是《鲁滨孙漂流记》(The Life and Adventure of Robinson Crusoe)、《昕夕闲谈》(Night and Morning)译入中国,还是《赵氏孤儿》译入欧洲,这些都是零星而不成系统的,西洋文学对中国文学的影响更是微乎其微。傅兰雅的小说征文活动给死气沉沉的晚清小说界吹来一阵清风,又仿佛晨钟暮鼓,驱散了笼罩在士大夫心头的一团迷雾,使得部分中国人对小说起了别样的心思。事实上,傅兰雅的小说征文活动也许就是中国知识分子对小说起了别样心思的结果。韩南认为傅兰雅在计划小说竞赛时,"一定接受了中国友人的建议",其中包括王韬的建议。④

---

① 王利器:《元明清三代禁毁小说戏曲史料(增订本)》,上海古籍出版社,1981 年,第 201 页。

② 同①,第 214 - 215 页。

③ 袁进:《梁启超为什么能推动近代小说的发展》,《上海大学学报(社会科学版)》,2004 年第 3 期。

④ [美]韩南:《中国近代小说的兴起》,徐侠译,上海教育出版社,2004 年,第 155 - 156 页。

由于小说的地位很低,所以中国的知识分子尽管经常看小说,但是绝不会公开承认,否则就有可能会受到"仗一百"的惩罚。他们对这样的状况并不满意,但是又不好公然反抗,于是便鼓动洋人举办小说竞赛活动。在一定程度上,傅兰雅可以说是求变的中国知识分子的枪手,但是却是心甘情愿的枪手。他的洋人身份使得他能够较少受到中国传统和习俗的影响,以西洋小说为榜样,呼吁中国知识分子为包括妇女儿童在内的大众写作。其实傅氏迈出这一步也并非易事,韩南认为这是"极具胆识的一步",导致他迈出这一步的部分原因可能是报刊的力量。① 晚清日渐发达的报刊业和欧美报刊连载小说的传统为他树立了榜样,提供了勇气。

虽说明清以来,一直有学者致力于提高小说的地位,但是这些学者只能算是文学传统中的逆流。受到傅兰雅小说征文的催化作用,晚清知识阶层对小说的看法一下子产生了根本性的变化,小说从末流小道、邪说淫辞一跃而成为"文学之最上乘",②发生了一百八十度的大逆转。林译《巴黎茶花女遗事》不胫而走,风靡一时,可以说是占了这股风气之先。这固然是由于小说概念从汉代发展到了晚清,已经产生了很大变化,越来越接近现代小说概念,从而使得越来越多的人对传统小说的地位产生不满。但是,我们也必须承认:没有西洋小说的催化作用,晚清知识界恐怕很难在短短的几年时间内,对小说的态度就产生如此大的变化。从严复、夏曾佑到康有为、梁启超,都直陈"泰西尤隆小说学",其思想转变的渊源可见一斑。梁启超更是创办《清议报》《新小说》,刊登翻译小说和原创小说,并且亲自操刀,翻译柴四郎的《佳人奇遇》,创作《新中国未来记》等,用行动来支持他所鼓吹的小说界革命。也正因为小说界革命顺应了时代的要求,所以梁启超一呼百应,从者云集。大家不仅不再以看、买小说为耻,而且积极参与小说的创作,创办文艺刊

---

① [美]韩南:《中国近代小说的兴起》,徐侠译,上海教育出版社,2004 年,第155 - 156 页。

② 陈平原、夏晓虹:《二十世纪中国小说理论资料·第一卷(1897—1916)》,北京大学出版社,1989 年,第 39 页。

物,将小说作为发表政见、改良社会的工具。小说出版、发行的模式也在革命浪潮中发生变化。大量的文艺期刊,包括专门刊登小说的期刊,相继问世,为小说的创作和繁荣提供了舞台。据郭延礼统计,迄至"五四",仅专门的小说期刊就有 60 种。① 晚清小说界的这种变革既在情理之中,但是在外来因素的催化之下,这种突如其来的巨变却又在意料之外。应该说,传统思想的影响仍然很大,翻译、撰写小说或者进行小说批评之人大多不愿署上真名实姓,而喜欢使用笔名。在这种情况下,从事小说创作的人不免良莠不齐,所创作的小说当中,很多作品"开口便见喉咙",毫无余味,故而难以长久。于是,在这种一哄而起的革命浪潮中,一些人和作品被淘汰,待到风平浪静之后,其中的坚定分子默默耕耘,为下一次的文学革命做好准备。

③ 现代稿酬制度的诞生

晚清报刊业的繁荣促进了中国现代稿酬制度的诞生,而稿酬制度的诞生则促进了职业作家的出现。虽然在东汉就出现了类似现代稿酬的润笔,比如蔡邕就曾因为给人家撰写碑文而获得大量钱财,但是"耻言利"却是中国古代知识分子的传统。即使到了明清两代,"诗文字画也可以待价而沽,并且出现了一批职业的书画作家",②"耻言利"的传统仍然让一些知识分子拒绝承认翻译和创作小说是为稻粱谋。林纾翻译的《巴黎茶花女遗事》刻成后,③《昌言报》准备刊登,在"告白"中称该书系重价购取,引起林纾的不满,写信给高凤谦,让他转告汪康年,更正此事,声明不愿收受酬资。高凤谦给汪康年的信中道:

> 此书本系游戏之作,意不在利。今刻工既有所出,原版自无所用,仍以奉上,不必更行铅印以省糜费,并乞更登告白,将"重价购取"一语削去,但云译书人不受酬资,

---

① 郭延礼:《传媒、稿酬与近代作家的职业化》,《齐鲁学刊》,1999 年第 6 期。

② 郭浩帆:《近代稿酬制度的形成及其意义》,《山东大学学报(哲学社会科学版)》,1999 年第 3 期。

③ 据《新编增补清末民初小说目录》第 15 页,此即素隐书屋版本。

只收板价而已。此书魏君所刊,林、王二君不愿得酬资,
尊处之款,自当以归魏君。①

为此,高凤谦代汪康年拟告白如下:

> 巴黎《茶花女遗事》告白
> 此书为福建某君所译,本馆喜其新颖,拟用重价购
> 买。承译者高义,不受酬资,只收原刻板价,并将原板寄
> 来。特此声明,并志谢忱。《昌言报》告白。②

次日,高凤谦觉得有些不妥,又另拟一份告白:

> 《茶花女遗事》告白
> 此书闽中某君所译,本馆现行重印,并拟以巨资酬译
> 者。承某君高义,将原板寄来,既不受酬资,又将本馆所
> 偿板价若干元捐入福州蚕桑公学。特此声明,并志谢忱。
> 昌言报馆告白。③

之所以"将本馆所偿板价若干元捐入福州蚕桑公学",一方面是因
为"闽中试办蚕学,所需经费,多半由魏季子所出。《巴黎茶花女遗
事》板价,季子亦拟以助蚕学,"另一方面更有可能出于林纾本人的
授意,因为紧接着"季子亦拟以助蚕学"的是"故琴南有此言,甚妥
之至,请即照办"。④

这件事发生在 1901 年,此时的林纾尚以卖文为耻,以冷红生
为笔名而不愿署真名,不过很快他开始赚取每千字 6 元的高额稿
费,以他每小时 1500 字的速度计算,一天工作四小时,可挣 36
元,⑤差不多是五、六个普通工人一个月的收入。

中国近代稿酬制度可以说始于 1872 年。这一年,《申报》创刊

---

① 上海图书馆:《汪康年师友书札(二)》,上海古籍出版社,1986 年,第 1654 页。
② 同①,第 1656 页。
③ 同①。
④ 同①,第 1655 页。
⑤ 郭延礼:《传媒、稿酬与近代作家的职业化》,《齐鲁学刊》,1999 年第 6 期。

时,曾在创刊号上的"本馆条例"中刊登这么两条:"如有骚人韵士,有愿以短什长篇惠教者,如天下各区竹枝词,及长歌纪事之类,概不取值";"如有名言谠论,实有系乎国计民生、地利水源之类者,上关皇朝经济之需,下知小民稼穑之苦,附登新报,概不取酬"。① 此前,想要在报端发表文章,不仅没有报酬,而且要支付费用。所以,汤林弟认为这份"本馆条例"是"在全社会产生影响的稿酬契约","开创了中国近代稿酬制度的先河"。②

在首倡免费发表的先河之后,1877 年 10 月 17 日,《申报》登载"有《图求说》出售"广告:

> 兹有精细画图十幅,钉成一册,名曰《图求说》,托《申报》馆代售,每册收回工价钱三十文。但图中之人名、地名以及事实,皆未深悉,尚祈海内才人,照图编成小说一部,约五万字,限于十二月十五日以前,缮成清本,由《申报》馆转交。择其文理尤佳者一卷,愿送润笔洋二十元,次卷送洋十元,便即装印成书出卖,余卷仍发还作者,决不有误,惟望赐教为幸。③

之后,《申报》又刊出告白,称:

> 前所请撰小说,今仅收到安闲先生与蓬山居士两卷而已,俱未见甚佳,皆难刊印,惟依原白强分甲乙,以安闲先生为一,酬洋二十元,蓬山居士居二,酬洋十元,准予本月二十二日三点钟,在《申报》馆面交,届期莫误。此后,如有能撰得更佳而合刊印者,亦许酬谢,特此谨白。④

1884 年 6 月,《申报》为给《点石斋画报》征稿,特刊出《招请各

---

① 郭浩帆:《近代稿酬制度的形成及其意义》,《山东大学学报(哲学社会科学版)》,1999 年第 3 期。

② 汤林弟:《中国近代稿酬制度的产生》,《编辑学刊》,2004 年第 2 期。

③ 何海巍:《从〈申报〉的文学稿酬看近代文化观念的演变》,《文史杂谈》,2008 年第 2 期。

④ 同③。

处名手画新闻》的启事，宣布"海内画家，如遇本处有可惊可喜之事，以洁白纸新鲜浓墨绘成画幅，另纸书明事之原委，如果惟妙惟肖，足以列入画报者，每幅酬笔资两元"。① 尽管支付报酬的不是文学作品，但这是第一次对来稿刊用后发给稿酬。

1895 年，傅兰雅有奖求小说。1901 年，版税稿酬首次出现。这一年，东亚益智译书局在上海《同文沪报》上刊出"叙例"，向全社会征求用华文译稿，许以稿酬："译出之书……当酌送润笔之资或提每部售价二成相酬。"② 1902 年，《新小说》创刊之前半个月，在《新民丛报》上刊登《新小说社征文启》，允诺按字、按质论价：

> 小说为文学之上乘，于社会之风气关系最钜。本社为提倡斯学，开发国民起见，除社员自著自译外，兹特广征海内名流杰作，绍介于世。谨布征文例及酬润格如下：
>
> 第一类　章回体小说在十数回以上者及传奇曲本在十数出以上者

自著本	甲等	每千字酬金	四元
同	乙等	同	三元
同	丙等	同	二元
同	丁等	同	一元五角
译　本	甲等	每千字酬金	二元五角
同	乙等	同	一元六角
同	丙等	同	一元二角

> 第二类　其文字种别如下：一、杂记；一、笑话；一、游戏文章；一、杂歌谣；一、灯谜酒令楹联等类。此类投稿恕不能奉酬金，惟若录入本报某号，则将该号之报奉赠一册，聊答雅意。③

---

① 何海巍：《从〈申报〉的文学稿酬看近代文化观念的演变》，《文史杂谈》，2008 年第 2 期。

② 鲁湘元：《稿酬怎样搅动书坛》，红旗出版社，1998 年，第 123—124 页。

③ 郭浩帆：《近代稿酬制度的形成及其意义》，《山东大学学报（哲学社会科学版）》，1999 年第 3 期。

这和我们现今所熟悉的按照字数来确定稿酬的做法已经没有什么不同了,所以,郭延礼认为《新小说》"在稿酬制度的确立方面起了倡导和示范作用"。① 之后,其他报刊纷纷效仿,给来稿发放稿酬成为定例,作者不再以获得稿酬为耻,从而催生了晚清的职业作家群。

晚清对"耻言利"传统的又一冲击来自对著作权的保护,而对著作权的保护则是一个舶来的概念。1910 年,《大清著作权律》颁布,不仅以国家意志的形式表明了著作权的独立与不可侵犯,而且还系统地引进欧美国家业已发展成熟的著作权保护制度,更为产生不久的稿酬制度提供了法律保障,作家出版作品时获取稿酬变得名正言顺。② 1915 年,北洋政府又颁布《著作权法》,为稿酬制度提供了法律保障。

近代稿酬制度的诞生以及《著作权法》的颁布对晚清的小说界带来了巨大的冲击,彻底改变了小说生产和消费的传统。首先,"小人喻于利"这种传统思想在外来力量的影响下,烟消云散。人人都知道穷日子不好过,但是由于深受儒家思想的影响,封建时代的知识分子明知可以通过自己的努力获得金钱和物质上的回报,却不屑为之,认为那是"言利",是非常可耻的事,宁可"固穷"。到了晚清,西方的稿酬制度已经成熟,西方人认为通过撰稿而获取稿酬是理所当然之事。在赚取稿酬的人当中,不乏"魁儒硕学",如出生寒门、曾经两度出任英国首相的迪斯雷利(Benjamin Disraeli)。这对拥有政治抱负、希冀进行政治改良的梁启超等人的冲击可想而知。戊戌维新失败后,梁启超办报纸,启民智。他创办了《新小说》,与其说是要在文学上做出一番成绩来,不如说是把杂志看做一个工具,通过通俗小说这种形式来影响民众。鉴于当时的不利环境,他免不了要借西洋人作为榜样,其中也包括西洋人的稿酬制度。所以,近代稿酬制度与其说是古代润笔制度的发展,不如说是

---

① 郭延礼:《传媒、稿酬与近代作家的职业化》,《齐鲁学刊》,1999 年第 6 期。
② 汤林弟:《中国近代稿酬制度的产生》,《编辑学刊》,2004 年第 2 期。

对西洋稿酬制度的模仿。其次,稿酬制度促进了职业作家的诞生,从而为小说的勃兴奠定了基础。1905 年,延续千年的科举制度终于落下帷幕,断绝了中国知识分子的仕途之想。为了生计,这些人不得不另谋出路。他们手不能提,肩不能挑,除了耍弄笔杆子之外,别无所长。看到著译小说能够解决生计,况且还可以借机浇一浇胸中的块垒,他们又何乐而不为? 于是很多人就此步入了文坛,从事小说创作或报纸编辑。① 正是这些人亲历了中国现代小说的兴起,在中国文学史上写下了光辉的一页。

4.2　林纾和《巴黎茶花女遗事》

　　"一个传统,每过一段时间,总会有某个人或某件事对它产生重大影响(Once in a great while a cataclysmic event or powerful individual may have a significant effect on a given tradition)。"②林纾及其与王寿昌合作翻译的《巴黎茶花女遗事》就是这样的人和事。

4.2.1　林纾翻译《巴黎茶花女遗事》的背景

　　林纾并非第一个翻译外国小说之人,《巴黎茶花女遗事》也并非第一部被译成中文的小说,甚至不是林纾的第一部翻译小说,但是就影响而言,林纾绝对是晚清小说翻译的第一人,《巴黎茶花女遗事》也绝对称得上晚清第一翻译小说。林译《巴黎茶花女遗事》在小说观念、主题、技法,甚至语言等多个方面,对传统的小说观念造成冲击。

　　在林纾翻译《巴黎茶花女遗事》之前,已经出现了一些翻译小说,其中不乏世界名著,但是影响甚微。至于林纾究竟从何时开始翻译小说,我们不得而知。我们从樽本照雄的《新编增补清末民初小说目录》可以得知,林纾在翻译《巴黎茶花女遗事》之前,最起码

---

① 　郭延礼:《传媒、稿酬与近代作家的职业化》,《齐鲁学刊》,1999 年第 6 期。

② 　Frohnen, Bruce. Tradition, Habit, and Social Interaction: A Response to Mark Bevir. *Humanitas*, 2001(1).

在 1897 年，就曾与魏易合作，翻译了爱尔兰小说家斯蔚夫特（Jona‐
than Swift）的小说《葛利佛利葛（海外轩渠录）（*Gulliver's Trav‐*
els）》，由上海珠林书社出版。而据张俊才从林纾的《七十自寿诗》
的注释推测，1895 年底以前，林纾就已译过一些西洋小说，并向其
母讲述故事情节。① 邱炜蒉在《客云庐小说话·挥尘拾遗》中则
提到：

> 若林先生固于西文来尝从事，惟玩索译本，默印心
> 中，暇复昵近省中船政学堂学生及西儒之谙华语者，与之
> 质西书疑义，而其所得力，以视泛涉西文辈高出万万……
> 又闻先生宿昔持论，谓欲开中国之民智，道在多译有关政
> 治思想之小说始。故尝与通译友人魏君、王君，取法皇拿
> 破仑第一、德相俾斯麦克全传属稿，草创未定，而《茶花女
> 遗事》反于无意中得先成书，非先生志也。②

从邱炜蒉的话中不难发现，林纾的主张和梁启超何其相似！
不仅均欲开启民智、翻译政治小说，就连打算翻译的小说也和《新
小说》相同！不仅如此，林纾还经常"玩索译本，默印心中"。那么
林纾究竟索玩哪些译本呢？我们也许永远也不得而知。不过，根
据《新编增补清末民初小说目录》，我们知道在 1899 年《巴黎茶花
女遗事》付印之前，主要有以下译作③问世，多为冒险和寓言故事：
1840 年，《广州周报》社④（Canton Press Office）出版的由门人懒惰
生（Sloth）编辑的《意拾喻言》⑤；1851 年，慕威廉（William Muir‐

---

① 张俊才：《林纾评传》，南开大学出版社，1992 年，第 67 页。

② 阿英：《晚清小说丛钞·小说戏曲研究卷》，中华书局，1960 年，第 408 页。

③ 根据晚清的小说观念，这些译作都是小说。

④ 根据王辉文章推测，此即《广州日报》社。《新编增补清末民初小说目录》y0780
条认为《意拾喻言》是蒙昧先生（M. Robert Thom 罗伯淡）著，而王辉则认为"罗伯聘充当
的角色，是汉译伊索寓言的发起者（initiator），口述者和编纂者；真正将这些'喻言'写成
汉语文章的，是他的中文老师'蒙昧先生'（Mun Mooy Seen-Shang）。"此外 y0781 条中
《广东报》疑为《广州周报》之误，系由 Canton Press 翻译。

⑤ 早在 1608 年，利玛窦（Matteo Ricci）就在其《畸人十篇》中介绍翻译了《伊索寓
言》的部分篇章。

head)翻译的英国作家班扬(John Bunyan)的小说《行客经历传》(*The Pilgrim's Progress*);1853 年,宾(Rev. William. Chalmers Burns)将这部小说翻译成《天路历程》,并在厦门出版;1869 年,上海美华书馆出版官话版《续天路历程》;1872 年,《申报》发表斯威夫特的小说《谈瀛小录》的一部分,欧文(Washington Irving)的《一睡七十年》(*Rip Van Winkle*),以及英国小说家 Frederick Marryat 的《乃苏国奇闻》(*The Pasha of Many Tales*);①1873 年 5 月—1875 年 1 月,《瀛寰琐记(3—28 卷)》发表蠡勺居士翻译的李顿(Edward Bulwer Lytton)的《昕夕闲谈》;1876 年,东京的青山清吉发表《汉译伊苏普谭》(Aesop's Fables);1878 年 7 月—12 月,《万国公报》发表《意拾喻言》;1879 年,中田敬义在东京出版北京官话版的《伊苏普喻言》;1882 年,画图新报馆出版《安乐家》;1885 年,施医院刻本的《伊娑菩喻言》问世;1888 年,天津时报馆出版张赤山翻译的《海国妙喻》;1891 年 12 月—1892 年 4 月,《万国公报》发表李提摩太(Timothy Richard)翻译的美国作家毕拉宓的小说《回头看纪略》;②1896 年,启明书局出版蓝文海翻译的俄国作家屠格涅夫的小说《父与子》;1896 年 9 月—10 月,《时务报》发表张坤德翻译的英国作家柯南·道尔的小说《英包探勘盗密约案》,11 月发表另一篇小说《记伛者复仇事》(The Crooked Man);1897 年,上海文华书馆出版《安乐个屋里》;1897 年 4 月—6 月,《时务报》发表张坤德翻译的英国作家柯南·道尔的小说《继父诓女破案》(A Case of Identity)和《呵尔唔斯缉案被戕》(The Final Problem);1897 年 10 月 10 日—1898 年 3 月 7 日,《求是报》发表三乘槎客(陈季同)翻译的法国作家贾雨的《卓舒及马格利小说》;1897 年 7 月—1903 年 4 月,《农学报》连载法国作家麦尔香的《稽者传》;1898 年,《无锡白话报》发表梅侣女史(梁毓芳)翻译的《海国妙喻》;同年,沈祖芬翻译出版狄福(Daniel Defoe)的《绝岛漂流记》(*Life and Strange Surpris-*

---

① 只包括原著中的"引言"和第二章"希腊奴隶的故事"。
② 1894 年改名《百年一觉》,由广学会出版。

ing Adventure of Robinson Crusoe）；1898 年 5 月 11 日—8 月 8
日，《时务报》连载曾广铨翻译的英国作家解佳（Henry Rider Hag-
gard）①的小说《长生术》（*She*）；7 月，东京《漫屋》发表前田仪作翻
译的《伊苏菩物语》；12 月 23 日，《清议报》开始连载梁启超翻译的
日本作家柴四郎的《佳人奇遇》，开始了翻译政治小说的先河。这
些肯定不是全部，也许还有更多域外小说被翻译，但是在小说革命
将小说地位抬升之前，只是在私下被把玩、流传。

　　林纾对《巴黎茶花女遗事》的翻译始于 1897 年。1895 年，林纾
的母亲病重，林纾夫妇悉心照料。年末母亲去世，但是妻子刘琼姿
却积劳成疾，于 1897 年夏末去世。林纾中年丧妻，不免情绪抑郁，
心情苦闷。这时魏翰、王寿昌便鼓动林纾和他们一起翻译法国小
说。林纾一开始怕不能胜任，婉言拒绝，但是魏翰却再三请求，并
答应与其一同游览石鼓山后，林纾才勉强答应。于是，在游览福州
著名的风景区石鼓山的船上，王寿昌手执法文原著，口授小说内
容，林纾则"耳受手追"，落笔成篇。后来林纾也曾回忆过这桩往
事，他说："回念身客马江，与王子仁译《茶花女遗事》时，则莲叶被
水，画艇接窗，临楮叹喂，犹且弗怿。"②就这样，《巴黎茶花女遗事》
就这样传奇般地在中国问世了。

4.2.2　法式带来的困惑

　　根据埃文-佐哈尔的定义，法式即"制约产品生产和使用的法
则和素材（rules and materials which govern both the making and
use of any given product）"。③ 在这些法则和素材当中，有一些是
历史上延传下来的"前知识"，构成了传统的一部分，其中包括叙事
方式、主题等。

　　林纾在翻译《巴黎茶花女遗事》时，首先遇到的就是叙事视角
的问题。小仲马的这部名著是以第一人称叙事，令人觉得亲切、真

---

①　此人即清末民初大名鼎鼎的哈葛德。
②　林薇：《林纾选集（文诗词卷）》，四川人民出版社，1988 年，第 391 页。
③　Even-Zohar, Itamar. Polysystem Studies.［＝Poetics Today 11：1］. Duke Uni-
versity Press. A Special Issue of Poetics Today, 1990：39.

实、可信。在中国传统小说中，虽然不乏以第一人称叙事的作品，如唐代张文成的传奇《游仙窟》、清代沈复的《浮生六记》、纪晓岚的《阅微草堂笔记》，但是第一人称叙事模式却并非主流。所以，林纾想要开启民智，让尽可能多的人来阅读此书，就不得不顺应读者的期待视野，把"我认为"译成"小仲马曰"。林纾的处理方法和严复翻译赫胥黎的《天演论》时所采用的方法如出一辙。"赫胥黎独处一室之中，在英伦之南，背山而面野。槛外诸境，历历如在几下。乃悬想二千年前，当罗马大将恺彻未到时，此间有何景物。"①由于受传统的影响，两人都尽力避免直接用第一人称"我（余）"来叙述，而改用第三人称视角。因为《巴黎茶花女遗事》全书都是用第一人称，所以林纾在开卷伊始，用"小仲马曰"告诉读者：书中的"余"即"小仲马"，使得读者不至于感到奇怪。② 事实上，对西洋小说的第一人称叙事感到困惑的不仅仅是林、严二人，李提摩太在翻译毕拉宓的《百年一觉》时，就曾将原著的第一人称叙事改为第三人称叙事，以迎合中国读者。张坤德在翻译福尔摩斯系列侦探小说中的第一篇《英包探勘盗密约案》时，也曾将故事的叙述结构作了很大调整，采用中国读者熟悉的第三人称的全知叙述视角。

　　小仲马曰：凡成一书，必详审本人性情，描画始肖，犹之欲成一国之书，必先习其国话也。今余所记书中人之事，为时未久，特先以笔墨渲染，使人人均悉事系纪实。虽书中最关系之人，不幸夭死，而余人咸在，可资以证。此事始在巴黎，观书者试问巴黎之人，匪无不知；然非余

----

① It may be safely assumed that, two thousand years ago, before Caesar set foot in southern Britain, the whole country-side visible from the windows of the room in which I write, was in what is called "the state of nature."见［英］赫胥黎：《天演论》，严复译，商务印书馆，1981年，第1页。

② 除了在卷首外，林纾还在其他三个地方插入了"小仲马曰"，一是在第28页（原书第十一章开头），"小仲马曰：亚猛言至此，虚怯若不甚者"；二是在第72页（原书第二十五章开头），"小仲马曰：亚猛语既竟，以马克日记授予，或掩泪，或凝思，意态悲凉，倦或欲睡"；三是在第84页（原书第二十七章开头），"小仲马曰：余读日记讫，亚猛谓余读竟乎"。

亦不能尽举其纤悉之事，盖余有所受而然也。①

我认为只有在深入地研究了人以后，才能创造人物，就像要讲一种语言就得先认真学习这种语言一样。

既然我还没到能够创造的年龄，那就只好满足于平铺直叙了。

因此，我请读者相信这个故事的真实性，故事中所有的人物，除女主人公以外，至今尚在人世。此外，我记录在这里的大部分事实，在巴黎还有其他的见证人；如果光靠我说还不足为凭的话，他们也可以为我出面证实。由于一种特殊的机缘，只有我才能把这个故事写出来，因为唯独我洞悉这件事情的始末，除了我谁也不可能写出一篇完整、动人的故事来。②

英文译文如下：

In my opinion, it is impossible to create characters until one has spent a long time in studying men, as it is impossible to speak a language until it has been seriously acquired. Not being old enough to invent, I content my-self with narrating, and I beg the reader to assure him-self of the truth of a story in which all the characters, with the exception of the heroine, are still alive. Eye-witnesses of the greater part of the facts which I have collected are to be found in Paris, and I might call upon them to confirm me if my testimony is not enough. And, thanks to a particular circumstance, I alone can write these things, for I alone am able to give the final details, without which it would have been impossible to

---

① ［法］小仲马：《巴黎茶花女遗事》，林纾，王寿昌译，商务印书馆，1981年，第1页。

② ［法］小仲马：《茶花女》，王振孙译，上海译文出版社，2001年，第3页。

make the story at once interesting and complete. ①

从开篇第一段，我们就不难发现林译的典型毛病：错讹、删节。"讲一种语言"变成了"成一国之书"，"我还没到能够创造的年龄"变成了"今余所记书中人之事，为时未久"，而"只好满足于平铺直叙"却成了"特先以笔墨渲染"。尤其是"渲染"二字，和小仲马的原意刚好相反。这很可能受传统演义小说的影响，喜欢在事实的基础上进行加工，而不是平铺直叙，直陈事实。"除了我谁也不可能写出一篇完整、动人的故事来"则不见了。

译文一：

> 马克长身玉立，御长裙，仙仙然描画不能肖，虽欲故状其丑，亦莫知为辞。修眉媚眼，脸犹朝霞，发黑如漆覆额，而仰盘于顶上，结为巨髻。耳上饰二钻，光明射目。余念马克换业如此，宜有沉忧之色，乃观马克之容，若甚整暇。②

译文二：

> 的确，玛格丽特可真是个绝色女子。
>
> 她身材颀长苗条稍许过了点分，可她有一种非凡的才能，只要在穿着上稍稍花些功夫，就把这种造化的疏忽给掩饰过去了。她披着长可及地的开司米大披肩，两边露出绸子长裙的宽阔的镶边，她那紧贴在胸前藏手用的厚厚的暖手笼四周的褶裥都做得十分精巧，因此无论用什么挑剔的眼光来看，线条都是无可指摘的。
>
> 她的头样很美，是一件绝妙的珍品，它长得小巧玲珑，就像缪塞所说的那样，她母亲好像是有意让它生得这么小巧，以便把它精心雕琢一番。
>
> 在一张流露着难以描绘其风韵的鹅蛋脸上，嵌着两

---

① 笔者不懂法语，所以此处只能借 Project Gutenberg 提供的英文译本进行比较。
② ［法］小仲马：《巴黎茶花女遗事》，林纾、王寿昌译，商务印书馆，1981年，第5页。

只乌黑的大眼睛,上面两道弯弯细长的眉毛,纯净得犹如人工画就的一般,眼睛上盖着浓密的睫毛,当眼帘低垂时,给玫瑰色的脸颊投去一抹淡淡的阴影;细巧而挺直的鼻子透出股灵气,鼻翼微鼓,像是对情欲生活的强烈渴望;一张端正的小嘴轮廓分明,柔唇微启,露出一口洁白如奶的牙齿;皮肤颜色就像未经人手触摸过的蜜桃上的绒衣:这些就是这张美丽的脸蛋给您的大致印象。

黑玉色的头发,不知是天然的还是梳理成的,像波浪一样地鬈曲着,在额前分梳成两大绺,一直拖到脑后,露出两个耳垂,耳垂上闪烁着两颗各值四五千法郎的钻石耳环。

玛格丽特过着热情纵欲的生活,但是她的脸上却呈现出处女般的神态,甚至还带着稚气的特征,这真使我们百思而不得其解。①

英文译文如下:

It was impossible to see more charm in beauty than in that of Marguerite. Excessively tall and thin, she had in the fullest degree the art of repairing this oversight of Nature by the mere arrangement of the things she wore. Her cashmere reached to the ground, and showed on each side the large flounces of a silk dress, and the heavy muff which she held pressed against her bosom was surrounded by such cunningly arranged folds that the eye, however exacting, could find no fault with the contour of the lines. Her head, a marvel, was the object of the most coquettish care. It was small, and her mother, as Musset would say, seemed to have made it so in order to make it with care.

Set, in an oval of indescribable grace, two black

---

① ［法］小仲马:《茶花女》,王振孙译,上海译文出版社,2001 年,第 3 页。

eyes, surmounted by eyebrows of so pure a curve that it seemed as if painted; veil these eyes with lovely lashes, which, when drooped, cast their shadow on the rosy hue of the cheeks; trace a delicate, straight nose, the nostrils a little open, in an ardent aspiration toward the life of the senses; design a regular mouth, with lips parted graciously over teeth as white as milk; colour the skin with the down of a peach that no hand has touched, and you will have the general aspect of that charming countenance. The hair, black as jet, waving naturally or not, was parted on the forehead in two large folds and draped back over the head, leaving in sight just the tip of the ears, in which there glittered two diamonds, worth four to five thousand francs each. How it was that her ardent life had left on Marguerite's face the virginal, almost childlike expression, which characterized it, is a problem which we can but state, without attempting to solve it. ①

　　我们首先注意到,相对于英文译文和王振孙的现代汉语译文,林纾的译文要短得多,很多细节不见了。可以说,这短短的一段对马克外貌的描写,最能反映中国传统文学的影响。传统小说的不擅刻画也在这一段中表现得淋漓尽致,小仲马生动的描写变成了陈词滥调,②"长身玉立""修眉媚眼""脸犹朝霞""发黑如漆"均为中国传统言情小说中的老生常谈;大量细节被删(马克善于打扮,开司米披肩、长裙的镶边、暖手笼、小脸、鼻子、洁白的牙齿等细节,在林纾的译文中全都消失了);"仙仙然描画不能肖,虽欲故状其丑,

---

　　①　http://archive. org/stream/ladyofcamellias00duma/ladyofcamellias00duma_djvu. txt。
　　②　试对比林纾的"修眉媚眼,脸犹朝霞"和王振孙的译文"上面两道弯弯细长的眉毛,纯净得犹如人工画就的一般,眼睛上盖着浓密的睫毛,当眼帘低垂时,给玫瑰色的脸颊投去一抹淡淡的阴影"。王译的文字也许不如林纾的那么有韵味,但却是专属于马克的,而林纾的译文则适用于一切古代美人。

亦莫知为辞"纯属无中生有,将己意加诸小仲马身上,而"仰盘于顶上,结为巨髻"则全凭想象,仿佛马克是一位晚清妇女。

其实这也不难理解。按照伽达默尔的观点,我们每个人在阅读时,之所以能够理解前人或别人的作品,是因为发生了视域融合。我们以前的阅读经验使我们产生了期待视域,①当这一视域拓展扩张,涵盖了作品所展现的历史视域时,就产生了视域融合,于是我们就能理解作品了。② 接受美学家受到伽达默尔的启发,认为我们的任何理解都免不了受到我们的前见的影响,从而导致不同的人对同一作品的理解多多少少都会有所不同。换句话说,我们从前的阅读经验在某种程度上左右着我们的理解。郭建中在总结勒菲维尔的翻译理论时,指出:

> 译者往往以自己文化的诗学来重新改写原文,目的是为了取悦于新的读者。他们这样做,也能保证他们的译作有人读。译者也往往以自己的译作影响他们所处时代诗学发展的进程。译者在原作诗学与自己文化的诗学之间进行妥协,给我们提供了一种令人神往的对文化融合过程的深刻的见解和某一特定诗学影响力的无可否认的证据。译者在两种文学传统中进行妥协是有一定的目的的。他受到他所处时代的制约,他想与之妥协的文学传统的制约和他的译入语的制约。译者是妥协的艺术家。诗学和思想意识是译者决定处理原文论域与语言问题策略的主要因素。③

生活在晚清、接受传统教育的林纾在接触到外国小说时,自然免不了要受到其环境和教育的影响。忠君报国、封建伦常、中国传统文学、"古文"的清规戒律,这些扎根于林纾思想深处的东西即使

---

① 接受美学的一个重要概念,通常译为期待视野,这里为使文字统一,统称为视域。

② [德]伽达默尔:《真理与方法》(上卷),洪汉鼎译,上海译文出版社,2004年,第388-397页。

③ 郭建中:《当代美国翻译理论》,湖北教育出版社,2000年,第163页。

在他面对西洋小说时,也不免时常跳出来指手画脚,要对西洋小说
进行改造,"使得它们与当时占主导地位的或某一种占主导地位的
意识形态或诗学相一致(to make them fit in with the dominant, or
one of dominant ideological and poetological currents of their
time)"。① 而从传统的角度来说:

> 各个社会阶层也具有牢固确立的传统;一种传统从
> 一个阶层传到另一个阶层不仅会改变接受者阶层的传
> 统,而且也会在移植的过程中改变原传统本身。一种言
> 语模式、宗教信仰或理解文学作品的传统原本属于一个
> 具有悠久文化教育史的阶层,现在移植到了先前缺少该
> 文化的教育,并且具有不同传统的阶层,这将会造成被移
> 植传统的变迁。②

所以,王东风指出,"译者所代表的文化势力如何以及他对这一文
化所持的态度怎样都会在译者的不自觉中以这样或那样的方式制
约着他的语言选择"。③

明白了上述道理,我们也就不难理解为什么林纾将宋人元怀
之的书名《拊掌录》拿来翻译欧文的 Sketch Book,并且借用另一个
宋人吕居仁的《轩渠录》这一书名来翻译斯威夫特的 Gulliver's
Travels,将它译为《海外轩渠录》④了。此外,他还从狄更斯的《老
古玩店》(The Old Curiosity Shop)中,读出了"孝",把它更名为《孝
女耐儿传》;而在《英孝子火山复仇录》"序"中,他更是驳斥"欧人多
无父,恒不孝于其亲"之说,声称该书"言孝子复仇,百死不惮,其志
可哀,其事可传,其行尤可用为子弟之鉴",所以"既得此书,乃大欣

---

①　Lefevere, Andre. *Translation, Rewriting and the Manipulation of Literary
Fame*. 上海外语教育出版社,2004:8.

②　[美]希尔斯:《论传统》,傅铿,吕乐译,上海人民出版社,1991 年,第 327 页。

③　王东风:《翻译文学的文化地位与译者的文化态度》,《中国翻译》,2000 年第 4 期。

④　根据樽本照雄的《新编增补清末明初小说目录》,这是林纾和魏易合作发表的
第一部译著,1897 年由上海珠林书店出版,书名译为《葛利佛利葛》,署(英)斯蔚夫特著。
1906 年,商务印书馆以"海外轩渠录"之名出版。

悦,谓足以告吾国之父兄矣"。① 而在茶花女身上,他则读出了一个
"忠"字。他在 1901 年所写的《〈露漱格兰小传〉序》中指出:

> 余既译《茶花女遗事》掷笔哭者三数,以为天下女子
> 性情,坚于士夫,而士夫中必若龙逢、比干之挚忠极义,百
> 死不可挠折,方足与马克竞。盖马克之事亚猛,即龙、比
> 之事桀与纣,桀、纣杀龙、比而龙、比不悔,则亚猛之杀马
> 克,马克又安得悔? 吾故曰:天下必若龙、比者始足以竞
> 马克。又以为天下女子之性情,虽不如马克,而究亦鲜得
> 与马克反对之人。②

林氏为晚清著名古文家,嗜读《史记》《汉书》,不仅以"古文义
法"来译小说,还常将西洋小说和中国古代文学进行比较,③如在
《〈斐洲烟水愁城录〉序》中曾感叹"西人文体,何乃甚类我史迁
也"!④ 在《〈洪罕女郎传〉跋语》中,则称哈葛德的小说"亦恒有伏线
处,用法颇同于《史记》",⑤而《黑奴吁天录》更被他称为"开场、伏
脉、接笋、结穴,处处均得古文家义法。可知中西文法,有不同而同

---

① 陈平原,夏晓虹:《二十世纪中国小说理论资料·第一卷(1897—1916)》,北京
大学出版社,1989 年,第 138 页。

② 阿英:《晚清小说丛钞·小说戏曲研究卷》,中华书局,1960 年,第 198 页。

③ 有些学者认为林纾将狄更斯的小说与《史记》《汉书》相比附是一种错误["这见
解虽然是不对的"(吴文琪,1936);"林纾……甚至还错将狄更斯小说与我国历史中的
《史记》《汉书》相比附。"(朱栋霖,等,2000)],不过我们认为林纾的这种努力却是一种有
益的尝试,开辟了文学比较的先河,对研究文学的普适性(universality)做出了积极的贡
献。当然,我们也不能忽视林纾所受的时代局限。林纾虽然翻译了千万字以上的外国
小说,并且借鉴西洋小说技法等,进行小说创作,但是他自始至终却总是受到中国传统
小说观念的影响,将小说视同"稗史",无法同"古文"相比。林纾将狄更斯的小说和中国
古代史书进行比附,是因为小说类史,但是更重要的原因却是他想通过将小说与《史记》
《汉书》相比附,改变读者对小说的固有认识,提高小说在读者心中固有的地位,这一点
连吴文琪也承认("可以打破一般文人轻视小说的谬见")。

④ 同①,第 141 页。

⑤ 陈平原,夏晓虹:《二十世纪中国小说理论资料·第一卷(1897—1916)》,北京
大学出版社,1989 年,第 164 页。

者"。① 不过林纾在翻译《巴黎茶花女遗事》时,却是"古文惯手""翻译生手",②所以陷入古文传统和外国小说的拉锯战中,忽进忽退,此起彼伏。

其实不仅林纾如此,晚清从事翻译的人多多少少都遇到了相同的问题。我们在前文中曾经提过,中国古代小说大体可分为两类:笔记体的文言小说或通俗小说。后者使用通俗文字,被封建士大夫视为海盗海淫之物,屡遭查禁,但是在小说革命家心中,却足以感动人心,可以作启迪民智之用。在小说界革命之前,士大夫虽然在私下里阅读赏玩通俗小说,却很少公开谈论,更不用说创作和翻译通俗小说,并且堂而皇之地署上真名实姓了。所以,在《巴黎茶花女遗事》初版时,无论是口授者王寿昌还是笔录者林纾,都隐其姓名,以"晓斋主人"和"冷红生"代之。而在文字上,林纾也面临着困惑:通俗文字容易感动人心,但是林纾却并不熟悉,而林纾熟谙的古文也不利于写情。小仲马的《巴黎茶花女遗事》正是写情极笔,林纾本人在翻译过程中,也称再三搁笔,为之泪下。本宜用俗语进行的西洋小说翻译却因为林纾不惯使用俗语而不得不使用文言。不过林纾毕竟是高手,尽管受到传统及文言本身的影响和限制,却做出一篇花团锦簇的文章来,其清新流畅的译笔、曲尽其妙的叙事写情,让该书不胫而走,风行一时,"替古文划出一个新时代"。③

这里必须说明的是,古文有两种不同的概念。第一,古文是个广义的概念,等同于文言,与白话相对,曹聚仁所写的"替古文划出一个新时代"就是这个意思。第二,古文是个狭义的概念,有两方面,一是指"叙述和描写的技巧",并不与白话相对,④一则是指"语言","忌语录中语、魏晋六朝藻丽俳语、汉赋中板重字法、诗歌中隽语、南北史佻巧语,"后来更把"注疏""尺牍""诗话"也列入禁忌范

---

① 陈平原,夏晓虹:《二十世纪中国小说理论资料·第一卷(1897—1916)》,北京大学出版社,1989年,第27页。

② 钱锺书:《七缀集》,生活·读书·新知三联书店,2002年,第97页。

③ 曹聚仁:《文坛五十年》,东方出版中心,1997年,第20页。

④ 同②。

围内，使得古文家"战战兢兢地循规蹈矩，以求保卫语言的纯洁，消极的、像雪花而不像火焰那样的纯洁"。① 此外，古文还"忌小说"，亦即忌用小说语言，如"绸罗绮恨"，②所以，用纯粹的古文来翻译小说是不可能的。林纾本人也知道这一点，因此在翻译过程中，并不忌讳小说语，从上文引用的描写马克相貌的那一段就可以看出，在林纾心中，小说与古文是泾渭分明的，前者不过是游戏而已，所以翻译时，也就没有了那么多清规戒律，可以使用他心目中"较通俗、较随便、富于弹性的文言"，③不仅用词不那么考究，时常有俗语、音译词夹杂其中，比如古文中忌讳的"夜度娘"④等，而且句法有时候也和原文亦步亦趋。只不过在翻译《巴黎茶花女遗事》时，他还是个新手，虽然明知必须借助小说和时文文体，但是古文的清规戒律却像达默克利斯之剑，时刻悬在头上，让他进退失据，挣扎于古文传统和小说传统之间，其结果是相对于后来的译作，《巴黎茶花女遗事》显得晦涩、生涩、"举止羞涩"。⑤ 不过虽是新手，林纾却是非常认真地进行游戏的，并不想敷衍了之，因此时不时要显出其水平来，也就是写古文的工夫。对林纾来说，古文才是正业，是他一生

---

① 钱锺书：《七缀集》，生活·读书·新知三联书店，2002年，第93－94页。

② 同①，第94页。

③ 郝岚在《林译小说研究》中受到周作人的启发，把林纾的译文称之为"拟古文体"，得到了刘象愚的肯定（见刘象愚为该书所写的"序"）。孟昭毅、李载道在《中国翻译文学史》中，也持同样观点。我们对郝岚等的这种定位不能认同。这里古文的概念不清，郝岚似乎把"古文"等同于"文言"，把蠡勺居士翻译的《瀛寰琐记》、戢翼翚的《俄国情史》、周氏兄弟的《域外小说集》都称之为"古文"翻译的小说，和林纾作为"古文家"的"古文"大相径庭。如果说"古文"等同于"文言"，那么林译小说就是"古文"，不存在"拟"与"非拟"的问题。当我们用"拟"时，往往指原来文体生存的自然环境已经消失，比如在当下用文言写作，我们可以称之为"拟古文体"，而在晚清，白话运动尚未兴起，文言仍然是书面语的主流，只不过有深浅之分。在林纾心中，"古文"和"翻译小说"是不同的，他认为"古文"第一，"书画"第二，"翻译小说"第三。尽管他经常讨论翻译小说的"义法"，但是他却从未把"翻译小说"等同于"古文"。如果说严复用先秦文字，可以称之为"拟古文体"的话，林纾在翻译小说时，并未刻意用某一时代的文字，所以把林译小说中的语言称之为"拟古文体"是不妥的。

④ ［法］小仲马：《巴黎茶花女遗事》，林纾，王寿昌译，商务印书馆，1981年，第5页。

⑤ 同①，第98页。

勤勉用力的地方,所以在他为翻译小说找到合适的文体之前,他所惯熟的古文义法免不了要使用出来,"虽译西书,未尝不绳以古文义法也"。① 因此,在古文传统的影响下,西洋小说大篇幅描写往往被林纾简化、删节。钱锺书先生曾指出,林纾在翻译《巴黎茶花女遗事》时,在使用语言上有时甚至会选择比司马迁、班固的时代还要古老的语言。钱锺书曾指出司马迁尚肯用浅显的"有身"或"孕",林纾却从《尚书·梓材》中,摘出一个斑驳陆离的古字"嬣";班固还肯用"饮药伤堕",而林纾却仿拟《史记》,"惜墨如金地只用了一个'下'"。原文共 210 个字,林纾仅用了 12 个字来翻译:"女接所欢,嬣,而其母下之,遂病。"②试比较王振孙的译文:

> 一天,这个姑娘的脸突然变得容光焕发。在她母亲替她一手安排的堕落生涯里,天主似乎赐给了这个女罪人一点幸福。毕竟天主已经赋予了她懦弱的性格,那么在她承受痛苦生活的重压的时候,为什么就不能给她一点安慰呢? 这一天,她发觉自己怀孕了,她身上还残存的那么一点纯洁的思想,使她开心得全身哆嗦。人的灵魂有它不可理解的寄托。路易丝急忙去把那个使她欣喜若狂的发现告诉她母亲。说起来也使人感到羞耻。但是我们并不是在这里随意编造什么风流韵事,而是在讲一件真人真事。这种事,如果我们认为没有必要经常把这些女人的苦难公诸于世,那么也许还是索性闭口不谈为好。人们谴责这种女人而又不听她们申诉,人们蔑视她们而又不公正地评价她们,我们说这是可耻的。可是那位母亲答复女儿说,她们两个人生活已经不容易了,三个人的日子就更难过了;再说这样的孩子还是没有的好,而且大着肚子不做买卖也是浪费时间。
>
> 第二天,有一位助产婆——我们姑且把她当作那位

---

① 钱基博:《现代中国文学史》,中国人民大学出版社,2009 年,第 166 页。
② [法]小仲马:《巴黎茶花女遗事》,林纾,王寿昌译,商务印书馆,1981 年,第 4 页。

母亲的一位朋友——来看望路易丝。路易丝在床上躺了
几天,后来下床了,但脸色比过去更苍白,身体比过去更
虚弱。①

我们不难发现,林纾的译文简洁是简洁到了极点,但是却抛弃了所
有血肉,只剩下孤零零的筋骨,甚至是接错了的筋骨。原文中对基
督教原罪的暗示以及孕育生命所带来的幸福的描述荡然无存,原
作者对这类妇女的同情以及对路易丝(鲁意子)母亲的谴责也消失
得无影无踪,路易丝违心地顺从母亲的意思,"既无情欲又无乐趣
地委身于人",②到了林纾笔下却变得主动起来,嫖客也变成了其
"所欢"。所以,林纾的这种简洁虽得古文"义法",但是却与西洋小
说的描写背道而驰。是令人误入歧途的简洁,是浸渍在中国文学
传统中的译者的改写,"以华人之典料,写欧人之心情"。③ 所以,王
宁认为,"从字面翻译的意义来说,林纾的译文并不能算是忠实的
翻译,而是一种改写和译述……从语言的层面上对林译进行严格
的审视,他并不能算作一位成功的翻译家"。④

4.2.3 林纾的突破

值得庆幸的是,林纾并不仅仅受到中国文学传统的影响。首
先,林纾并没有用中国传统的章回小说的形式对《巴黎茶花女遗
事》进行改造,少了"且听下回分解"之类的套语,整个文本一气呵

---

① [法]小仲马:《茶花女》,王振孙译,上海译文出版社,2001 年,第 5—6 页。
② 同①,第 5 页。
③ 陈平原,夏晓虹:《二十世纪中国小说理论资料·第一卷(1897—1916)》,北京
大学出版社,1989 年,第 29 页。
④ 王宁:《现代性、翻译文学与中国现代文学经典重构》,《文艺研究》,2002 年第 6
期。王宁并没有否定林纾的翻译及其功绩。他对林译的否定仅限于对原文忠实的角
度。事实上,他紧接着就说"从文化的高度和文学史建构的视角来看,林纾又不愧为一
位现代性话语在中国的创始者和成功的实践者";"毫无疑问,林纾不仅是中国翻译史上
的开拓者,同时也是中国资产阶级革命的一位先驱。他的翻译实际上推进了中国的文
化现代性和中国现代文学话语建构的进程。从内容的转达上来说,林纾的翻译是基本
忠实的,同时达到了'再现'和'叙述'的地境;但更为重要的是,他的译作还保持了原文
的风格情调,大部分兼有文字和神韵之美,其中有些竟高于原作";"我们完全可以这样
认为,林纾的翻译本身也可算作中国现代文学的一部分"。

成,令人耳目一新。其次,虽然林纾是古文惯手,而且不懂外文,但是这并不意味着林纾就一味地守旧,死守着古文义法不放。相反,此时的林纾思想颇为开放,甚至在几年后(1905年)①的《〈美洲童子万里寻亲记〉序》中,他仍然声称:"余老而弗慧,日益顽固,然每闻青年人论变法,未尝不低首称善。"②所以,他译《巴黎茶花女遗事》并不忌讳译文中的外来传统的影响,因此音译、硬译屡见不鲜,比如"为我弹暗威打赏哑拉坪卡一操(犹华言款佳客意)"③"迨用香槟至数钟以外"④"此所谓德武忙耳(犹华言为朋友尽力也)"⑤"自念有一丝自主之权利,亦断不收伯爵"⑥。再如,"余即自往教堂,请教士诵经一点钟,以马克余钱,布施贫乏,始归。我虽不知教门之玄妙如何,思上帝之心,必知我此一副眼泪,实由中出,诵经本诸实心,布施由于诚意,且此妇人之死,均余搓其目,着其衣冠,扶之入柩,均我一人之力也"。据钱锺书先生研究,这句话对原文亦步亦趋,"整个句子完全遵照原文秩序,一路浩浩荡荡,顺次而下,不重新安排组织",不仅不理会古文的约束,而且无视"中国语文的习尚"。⑦因此,林纾翻译的《巴黎茶花女遗事》不仅在内容上打破了传统才子佳人小说的大团圆结局,为中国小说界带来新的气象,而且在语言上也不乏创新,丰富了汉语语言。

---

① 任访秋的《林纾论》中是1904年,但张俊才《林纾著译系年》和陈平原、夏晓虹均作1905年。

② 陈平原,夏晓虹:《二十世纪中国小说理论资料·第一卷(1897—1916)》,北京大学出版社,1989年,第140页。

③ [法]小仲马:《巴黎茶花女遗事》,林纾,王寿昌译,商务印书馆,1981年,第22页。

④ 同③,第23页。

⑤ 同③,第25页。

⑥ 根据钱锺书的研究,"收伯爵"即是recule comte的硬译,字面上比"接纳伯爵"更忠实,见钱锺书:《七缀集》,生活·读书·新知三联书店,2002年,第98页。

⑦ 钱锺书:《七缀集》,生活·读书·新知三联书店,2002年,第97页。

4.3　林译及其影响

　　林纾与《巴黎茶花女遗事》的结缘是偶然的。[①] 我们从前文可以发现,在林纾翻译的《巴黎茶花女遗事》问世之前,中国译介的域外小说大致可分为两类:一是传教士翻译的宗教寓言小说,如《天路历程》;二是探险志怪小说,如《谈瀛小录》《一睡七十年》。而我们从张俊才的《林纾评传》了解到,1897 年前后,林纾正满脑子的维新改良、开启明智,本拟翻译《拿破仑第一全传》及《俾士麦全传》,响应以小说救国的维新口号,"以新吾亚之耳目",不料经过林纾"渲染成书者,只《巴黎茶花女遗事》二卷而已"。[②] 就在《巴黎茶花女遗事》刻印三四个月之后,1899 年 5 月 16 日,林纾在给汪康年的讨论《巴黎茶花女遗事》(素隐书屋版)排印事宜的信中,提到"年底归闽,拟同魏季绪再翻外国史略或政书一部"。[③] 可见,林纾的翻译有着极强的功利性,翻译小说,尤其是像《巴黎茶花女遗事》这样的写情小说,对他来说是"游戏笔墨,本无足轻重",[④]尤其是在国家遭遇浩劫之际,他甚至怀疑起翻译西书能否有用来:"呜呼! 今日神京不守,二圣西行,此吾曹衔羞蒙耻,呼天抢地之日,即尽译西人之书,岂足为补?"[⑤]尽管如此,他仍然希望能够尽自己一份绵薄之力,做填海的精卫,"虽然,大涧垂枯,而泉眼未涸,吾不敢不导之;燎原垂灭,而星火犹燼,吾不能不燃之"。[⑥]

　　前文已经提到,1897 年,林纾中年丧偶,心情郁结。于是从法国归来的好友魏翰、王寿昌邀请他一起翻译法国小说,以解家国之忧。"晓斋主人归自巴黎,与冷红生谈,巴黎小说均出自名手。生

　　① 林薇:《百年沉浮——林纾研究综述》,天津教育出版社,1990 年,第 170 页。
　　② 陈平原,夏晓虹:《二十世纪中国小说理论资料·第一卷(1897—1916)》,北京大学出版社,1989 年,第 26 页。
　　③ 上海图书馆:《汪康年师友书札(二)》,上海古籍出版社,1986 年,第 1160 页。
　　④ 同③,第 1159 页。
　　⑤ 同②。
　　⑥ 同②。

请述之。诸人因道,仲马父子文字于巴黎最知名,《茶花女马克格尼尔遗事》尤为小仲马极笔。暇辄述以授冷红生。冷红生涉笔记之。"①从这段序言中,我们可以发现,林纾的观念与梁启超等主张小说革命之人何等相似——梁启超称"在昔欧洲各国变革之始,其魁儒硕学,仁人志士,往往以其身之所经历,及胸中所怀政治之议论,一寄之于小说",②林纾则说"巴黎小说均出自名手",③其目的无外乎告诉读者西洋小说与中国传统的章回小说不同。不过在动手之前,林纾却再三推却,张俊才认为林纾是担心不能胜任的,④不过《茶花女》不能像"外国史略或政书"⑤一样"新吾亚之耳目",⑥看似对开启民智、救亡图存无益,这也许也是他逡巡再三的部分原因吧。值得庆幸的是,在魏翰的力邀之下,林纾最终推却不过,半开玩笑地以同游石鼓山为条件,才答应下来,于是就在游船之上,开始了《巴黎茶花女遗事》的翻译,成就了中国近代文学史的一段佳话。

晚清小说界充斥着仙佛神怪、才子佳人大团圆的作品,而《巴黎茶花女遗事》让人耳目一新,读者仿佛在沙漠中饮到了"一盏甘冽的清泉,从未曾目睹过这样瑰美的、骇荡奇诡的作品,而其情节之哀感凄艳,译笔之清丽缠绵,尤足以令人回肠荡气"。⑦ 所以,《巴黎茶花女遗事》甫一问世,立即风靡清末文坛。陈衍在《福建通志·林纾传》中指出:"《巴黎茶花女遗事》小说行世,中国人见所未见,不胫走万本。"⑧钱基博《现代中国文学史》也说《巴黎茶花女遗

① 〔法〕小仲马:《巴黎茶花女遗事》,林纾,王寿昌译,商务印书馆,1981年,第1页。
② 陈平原,夏晓虹:《二十世纪中国小说理论资料·第一卷(1897—1916)》,北京大学出版社,1989年,第21页。
③ 同①。
④ 张俊才:《林纾对"五四"新文学的贡献》,《中国现代文学研究丛刊》,1983年第4期。
⑤ 上海图书馆:《汪康年师友书札(二)》,上海古籍出版社,1986年,第1160页。
⑥ 同②。
⑦ 林薇:《百年沉浮——林纾研究综述》,天津教育出版社,1990年,第197页。
⑧ 陈衍:《福建通志》,上海古籍出版社,1987年,第2501页。

事》"既出,国人诧所未见,不胫走万本"。① 1904年,严复给林纾的留别诗中,有"可怜一卷茶花女,断尽支那荡子魂"的诗句。② 邱炜萲在《挥尘拾遗》中称"中国近有译者,署名冷红生笔,以华文之典料,写欧人之性情,煞费匠心,好语穿珠,哀感顽艳,读者但见马克之花魂,亚猛之泪渍,小仲马之文心,冷红生之笔意,一时都活,为之欲叹观止"。③《巴黎茶花女遗事》的成功极大地鼓舞了林纾,让林纾发现在史略、政书之外,翻译小说也可以让他浇注胸中块垒。1908年,他在《不如归》"序"中感叹:"纾年已老,报国无日,故日为叫旦之鸡,冀吾同胞警醒,恒于小说序中摅其胸臆,非敢妄肆嗥吠,尚祈鉴我血诚。"④翻译小说不再仅仅是"游戏笔墨",而是也可以微言大义,像小说革命提倡者力主的那样,成为"传道"的有力工具。所以说,林纾以其自身的翻译实践在与中国文学传统进行互动,在某种程度上革新了晚清小说创作和阅读的范式,引领着晚清小说界革命。

自《巴黎茶花女遗事》之后,林纾的小说翻译事业从此一发不可收拾,在其二十多年的翻译生涯中,总共翻译了213部小说,计一千多万字,⑤成为名副其实的晚清小说翻译第一人。林纾曾自认古文第一,书画第二,翻译小说第三,不过如今公认此顺序刚好颠倒过来,翻译小说第一,肯定了其对文学翻译的贡献。

《巴黎茶花女遗事》及其随后的"林译小说"的影响在晚清无人可及,很多人因为读了"林译小说"才走上了文学之路。从文学传统的角度来看,林纾的影响主要包括对中国文学传统的继承与发扬以及对域外文学传统的引介两方面。

---

① 钱基博:《现代中国文学史》,中国人民大学出版社,2009年,第166页。

② 阿英:《阿英文集》,生活·读书·新知三联书店,1981年,第805页。

③ 陈平原,夏晓虹:《二十世纪中国小说理论资料·第一卷(1897—1916)》,北京大学出版社,1989年,第29页。

④ 阿英:《晚清小说丛钞·小说戏曲研究卷》,中华书局,1960年,第261页。

⑤ 关诗佩:《从林纾看文学翻译规范由晚清中国到五四的转变:西化、现代化和以原著为中心的观念》,《中国文化研究所学报》,2008年,第347页。

4.3.1 对中国文学传统的继承与发扬

迄至晚清,言文分离的情况越来越严重。在日常生活中,人们面对面交流时用白话,而在书写时,则使用文言。言文分离使得文言越来越僵化,不适应时代的变迁。同时,中国人骨子里的对祖先的崇拜使得文人鄙视窜入"古文"中的杂质,主张用古字、古语。作为晚清著名的"古文家",林纾在做"古文"时,严格遵守"古文"的清规戒律。不过好在林纾并非冬烘先生,并不迂腐,知道不可能用作"古文"的方法来翻译小说。所以,他在使用文言翻译《巴黎茶花女遗事》等书时,能够突破条条框框,灵活而不拘泥,为文言开辟了新天地。钱基博称:"盖中国有文章以来,未有用以作长篇言情小说者;有之,至林纾《巴黎茶花女遗事》始也。"①张静庐在《中国小说史大纲》中称:"自林琴南译法人小仲马所著哀情小说《巴黎茶花女遗事》以后,辟小说未有之蹊径,打倒才子佳人团圆式之结局,中国小说界大受其影响,由是国人皆从事译述。"②寒光则说:"自林氏和晓斋主人同译了《巴黎茶花女遗事》以后,中国的小说界才放大眼光,才打破了从前许多传统的旧观念和旧习惯;并且引动了国人看起外国的文学和提高小说家的身价。"③曹聚仁则认为:"林纾的《巴黎茶花女遗事》译本出版,替古文划出一个新时代。"④胡适在《五十年来中国之文学》中评论林译《巴黎茶花女遗事》时,说:"林纾译小仲马的《巴黎茶花女遗事》,用古文叙事写情,也可以算是一种尝试。自有古文以来,从不曾有这样长篇的叙事写情的文章。《巴黎茶花女遗事》的成绩,遂替古文开辟一个新殖民地。"⑤又说:"平心而论,林纾用古文做翻译小说的试验,总算是很有成绩的了。古文不曾做过长篇的小说,林纾居然用古文译了一百多种长篇小说,还有许多学他的人也用古文译了很多长篇小说,古文里很少有滑稽的风味,林纾居然

---

① 钱基博:《现代中国文学史》,中国人民大学出版社,2009 年,第 166 页。
② 薛绥之,张俊才:《林纾研究资料》,福建人民出版社,1983 年,第 216 页。
③ 林薇:《百年沉浮——林纾研究综述》,天津教育出版社,1990 年,第 155—156 页。
④ 曹聚仁:《文坛五十年》,东方出版中心,1997 年,第 20 页。
⑤ 胡适:《胡适文集(3)》,北京大学出版社,1998 年,第 21 页。

用古文译了欧文与迭更司的作品。古文不长于写情，林纾居然用古文译了《巴黎茶花女遗事》与《迦茵小传》等书。古文的应用，自司马迁以来，从没有这种大的成绩。"①我们必须注意的是，曹聚仁和胡适所说的古文是和白话相对的文言，而非林纾以"家"闻名的"古文"。

"古文"虽然有许多清规戒律，令人束手束脚，但是也并非一无是处。作为晚清"古文"大家，林纾在翻译小说时，不仅"绳以古文义法"，②而且经常将"古文"与西洋小说进行比较，开文学比较之先河。有学者将这种比较贬之为"比附"，认为是一种错误，但我们更赞同陈平原的观点，即"以史迁笔法解读哈葛德、狄更斯的叙事技巧，也算别有心得"，③这对我们理解"古文"和西洋小说均有所启发。在1901年的《〈黑奴吁天录〉例言》中，林纾称该小说"开场、伏脉、接笋、结穴，处处均得古文家义法。可知中西文法，有不同而同者。译者就其原文，易以华语，所冀有志西学者，勿遽贬西书，谓其文境不如中国也"。④ 我们必须知道，林纾在翻译西洋小说的时候，尽管有严复、夏曾佑、梁启超等为小说呐喊，但是国人鄙视小说的习性还未铲除，小说不过是一种可供他们茶余饭后排遣的谈助之品。白话小说虽有描写风俗人情的妙文、流利忠实的文笔，但是却总被他们视为下级社会的流品，是土腔白话的下流读物。⑤ 在这种环境下，林纾必须用"古文义法"来做翻译文章，才能引起士大夫对西洋小说的兴趣，从而抬高小说的价值和小说家的身价。所以，寒光认为："倘使那时不是林氏而是别人用白话文来译《巴黎茶花女遗事》等书，无论如何决不会收到如此的好结果。"⑥林纾将西洋小说和《史记》《汉书》相比附，在某种程度上，实在是不得已而为之。

---

① 胡适：《胡适文集(3)》，北京大学出版社，1998年，第215页。

② 钱基博：《现代中国文学史》，中国人民大学出版社，2009年，第166页。

③ 陈平原：《中国现代小说的起点——清末民初小说研究》，北京大学出版社，2005年，第46页。

④ 陈平原，夏晓虹：《二十世纪中国小说理论资料·第一卷(1897—1916)》，北京大学出版社，1989年，第27页。

⑤ 薛绥之，张俊才：《林纾研究资料》，福建人民出版社，1983年，第207页。

⑥ 同⑤。

就《黑奴吁天录》而言，他的直接目的是希望国人"勿遽贬西书"，让国人明白：今日之黑奴，即明日之黄种人也。在该书的"跋"中，林纾指出：

> 余与魏君同译是书，非巧于叙悲以博阅者无端之眼泪，特为奴之势逼及吾种，不能不为大众一号。近年美洲厉禁华工，水步设为木栅，聚数百远来之华人，栅而钥之，一礼拜始释，其一二人或踰越两礼拜仍弗释者，此即吾书中所指之奴栅也。向来文明之国，无私发人函，今彼人于华人之函，无不遍发。有书及"美国"二字，如犯国讳，捕逐驱斥，不遗余力。则谓吾华有国度耶？无国度耶？观哲而治与友书，意谓无国之人，虽文明者亦施我以野蛮之礼，则异日吾华为奴张本，不即基于此乎？若夫日本，亦同一黄种耳，美人以检疫故，辱及其国之命妇，日人大恣，争之，美廷又自立会与抗。勇哉日人也！若吾华有司，又乌知有自己国民无罪，为人囚辱而瘐死耶？上下之情，判若楚越，国威之削，又何待言？今当变政之始，而吾书适成，人人既蠲弃故纸，勤求新学，则吾书虽俚浅，亦足为振作志气，爱国保种之一助。①

其中一颗拳拳爱国之心跃然纸上。在《〈斐洲烟水愁城录〉序》中，他在感叹："西人文体，何乃甚类我史迁也！"②并对《大宛传》和哈氏的叙事方式进行比较。不过在他而言，比较不是目的，所以在比较之后，他又总结道：

> 欧人志在维新，非新不学，即区区小说之微，亦必从新世界中着想，斥去陈旧不言。若吾辈酸腐，嗜古如命，终身又安知有新理耶？书成，仍循探险小说例，名之曰《烟水愁城录》。愁城者，书中所有者也，较之桃源及别殿

---

① 阿英：《晚清小说丛钞·小说戏曲研究卷》，中华书局，1960 年，第 197－198 页。
② 同①，第 142 页。

之洞天,盖别开一境界矣。①

从这段话可以看出,此时的林纾已不复当初翻译《巴黎茶花女遗事》时的惴惴不安,嘴上虽说着"区区小说之微",实则已不再把翻译西洋小说视为笔墨游戏,而是成为指点江山、浇注胸中块垒的工具;虽仍循"小说例",实质是当大块文章来写,并希冀"有益于今日之社会"。② 1908 年,他在《〈块肉余生述〉前编序》中更指出:翻译此书,旨在将迭更司对"英伦半开化时民间弊俗"以及对种种"可哕可鄙之事"的描摹呈现在中国读者面前,"使吾中国人观之,但实力加以教育,则社会亦足改良,不必心醉西风,谓欧人尽胜于亚,似皆生知良能之彦,则鄙人之译是书,为不负矣"。③ 所以,我们可以说林纾是以翻译小说为中国小说界树立了榜样,让小说这个原本卑贱的文体为士大夫所用,对小说文体进行改造,在白话长篇小说之外,通过创作和翻译,又产生出一批文言长篇小说来,极大地改变了小说界的面貌,在一定程度上改变了中国小说传统。在清末明初创作的小说中,钟心青的《新茶花》、何诹的《碎琴楼》、苏曼殊的《碎簪记》、徐枕亚的《玉梨魂》以及林纾本人的《柳亭亭》都明显受到《巴黎茶花女遗事》的影响。不过这种影响也并不总是好的,《巴黎茶花女遗事》开言情小说之滥觞,这一类小说终于"成了滥调公式,它们的风行为辛亥革命后的鸳鸯蝴蝶派开了先河"。④

4.3.2 对域外文学传统的引介

我们在前面曾经提到,勒菲维尔认为翻译作为对原作的改写,可以引进新概念、新类型和新技巧,所以翻译史也就是文学革新史,是一种文化影响另一种文化的历史。⑤ 林纾在翻译西洋小说时,通过引进新观念、新体裁和新技法,与中国文学传统进行互动,

---

① 阿英:《晚清小说丛钞·小说戏曲研究卷》,中华书局,1960 年,第 142 页。

② 同①,第 143 页。

③ 同①,第 253 页。

④ 薛绥之,张俊才:《林纾研究资料》,福建人民出版社,1983 年,第 246 页。

⑤ Lefevere, Andre. *Translation, Rewriting and the Manipulation of Literary Fame*. 上海外语教育出版社,2004:vii.

使传统文学观念"诗言志""文以载道"及"怨刺""游戏"等,都不同程度地受到冲击,客观上起到了文学变革的作用。不仅如此,《巴黎茶花女遗事》等林译小说的成功使林纾的翻译本身成为一种传统,林纾的一些做法,如删节和增补,甚至林纾的笔调,都为后来者所仿效。这种六经注我式的翻译方式成为晚清小说翻译的特色。

首先谈新观念。林纾通过翻译《巴黎茶花女遗事》,用实践证明了西洋文学不如中国文学这个观点的谬误,而且让中国读者对小说有了全新的认识,打破了章回小说一统长篇小说天下的局面。由于受传统思想的影响,林纾将他翻译的《巴黎茶花女遗事》视作"游戏之作",①但是却并没有以游戏待之,而是用文言为中国文学带来一部写情的长篇小说,极大地改变了中国小说的面貌,在梁启超喊出"小说界革命"的口号之前,用行动在实践着"小说界革命",为提高小说的地位作出了积极的贡献。在思想上,林纾通过翻译这部小说,引进了平等观念,尤其是男女平等观念,表现出对女性人格的尊重。《巴黎茶花女遗事》通过马克和亚猛的爱情悲剧,反映了19世纪法国资本主义社会虚伪的道德观念怎样毁灭了一对年轻人纯真的爱情,怎样毁灭了一个年轻的、追求美好生活的女性,对这种当时还牢牢统治着法国社会的虚伪道德观念提出了强烈的抗议。小说中的爱情描写带有西方个性解放、人格独立、男女平等的性爱意识和新的特色,所反映出的爱情观与中国传统的道德观念背道而驰。在一个视女性为玩物的社会,在一个认为女子无才便是德的时代,《巴黎茶花女遗事》给读者带来强烈的刺激。事实上,林纾自己首先就被马克和亚猛的爱情感动了。如他在《〈露漱格兰小传〉序》中,将马克与历史上著名的贤士龙逢、比干相比(原文前已引),足见林纾对马克这样不幸的妇女的深切同情。李景光认为林纾和同时代的其他文人,哪怕是和李伯元、曾朴等人比起来,也要高出一头,更不要说视女子为玩物的刘鹗之流了。②

---

① 上海图书馆:《汪康年师友书札(二)》,上海古籍出版社,1986年,第1654页。

② 李景光:《林纾与新文化运动》,《社会科学辑刊》,1983年第4期。

其后翻译的《迦茵小传》因为涉及未婚怀孕一事,曾受到寅半生等的猛烈批评。

其次谈类型。在《巴黎茶花女遗事》问世之前,中国从没有如此规模的文言长篇叙事作品,而在众多的白话长篇叙事作品中,往往千篇一律,都是仙佛神怪、才子佳人的大团圆结局。中国古典小说中不乏刻画妓女的作品,如《杜十娘怒沉百宝箱》,但是写"欲"多于写"情",且多讲因果报应,说教意味很浓。《巴黎茶花女遗事》也写妓女的故事,但是对妓女,无论是马克,还是鲁意子,作者都充满了同情,对马克和亚猛之间的爱情悲剧,尤其是马克为保全亚猛的家声,"竟掩抑以死也",①更是洒下同情之泪。这样对纯真爱情的描写在晚清文坛犹如沙漠中"一盏甘冽的清泉"。② 邱炜菱曾对自己阅读林译《巴黎茶花女遗事》的过程进行过描绘:

> 年来忽获《茶花女遗事》,如饥得食,读之数反,泪莹然凝阑干。每于高楼独立,昂首四顾,觉情世界铸出情人,而天地无情,偏令好儿女以有情老,独令遗此情根,引起普天下各钟情种,不知情生文耶,文生情耶? 直如成连先生刺舟竟去时之善移我情矣。甚矣,言情小说之亦不易为也。③

的确,动人的故事加上清新的译笔,让晚清很多人为之感动,骚人墨客纷纷挥毫,阿英的《晚清小说丛钞·小说戏曲研究卷》就曾辑录了有关《茶花女》的诗词 29 首。④ 可以说,《巴黎茶花女遗事》在晚清的影响是空前的,为有志于小说翻译和创作之人树立了榜样,尤其是对言情小说的兴起起到了举足轻重的作用。

最后谈技法。林译《巴黎茶花女遗事》在引进新的技法方面,

---

① ［法］小仲马:《巴黎茶花女遗事》,林纾,王寿昌译,商务印书馆,1981 年,第 84 页。

② 林薇:《百年沉浮——林纾研究综述》,天津教育出版社,1990 年,第 197 页。

③ 陈平原,夏晓虹:《二十世纪中国小说理论资料·第一卷(1897—1916)》,北京大学出版社,1989 年,第 30 页。

④ 阿英:《晚清小说丛钞·小说戏曲研究卷》,中华书局,1960 年,第 584–587 页。

也非常值得称道。（1）叙事视角。《巴黎茶花女遗事》使用第一人称叙事视角,这在中国传统文学中是不多见的,因此也给林纾带来一定的困惑,不得不多次使用"小仲马曰",来表明书中所言是原作者小仲马的陈述,而非译者林纾的观点。尽管如此,该小说的译介促进了晚清及之后大量第一人称叙事的出现。（2）日记体小说。《巴黎茶花女遗事》最后一部分由 15 则日记构成,①开创了中国日记小说的先河。（3）小说形式。林纾率先打破了章回体的僵死格式,为中国小说界吹来一股清新之风。在这一点上,林纾比一些小说革命家更加革命。正是林纾的翻译实践,使得中国的长篇叙事摆脱了章回小说一统天下的局面。不要说梁启超等,就是新文化、新文学运动的干将鲁迅,其早期的小说翻译比起林纾,也要保守得多。有学者认为鲁迅早年翻译的《斯巴达之魂》《月界旅行》《地底旅行》等作品,在译风上与林纾是一致的,原因是"他们都用文言,都是意译、都有改作的成分"。② 事实上,无论是《斯巴达之魂》的改编,③还是《月界旅行》《地底旅行》的传统章回小说形式,比起林译小说,不但没有进步,反而在倒退,让鲁迅后来提起这些翻译时,颇有些悔其少作。④

4.4　文学传统影响下对翻译小说的改造

虽然"新小说家"把小说抬高到"文学最上乘"的高度,但是实际上,也只是喊一喊口号而已,并没有拿小说太当一回事。他们的文学观念实际是传统的,向西方小说的学习是"有限的""充满矛

---

① ［法］小仲马:《巴黎茶花女遗事》,林纾,王寿昌译,商务印书馆,1981 年,第73 - 84 页。

② 张俊才:《林纾对"五四"新文学的贡献》,《中国现代文学研究丛刊》,1983 年第 4 期。

③ 关于《斯巴达之魂》是创作还是翻译,一直存在争议。李昌玉、吴作桥、蒋荷贞、周晓莉认为它是鲁迅的第一篇创作小说,樽本照雄、岳新、赵乐甡则竭力证明《斯巴达之魂》即使不是直接译自日文,也是根据日文资料进行了编译。

④ 鲁迅:《鲁迅全集》(第 8 卷),人民文学出版社,2005 年,第 99 页。

盾"的。① 因此,他们在翻译小说时,和大量删节的李提摩太及张坤德的做法并无二致。这和林纾颇为不同。林纾在翻译《巴黎茶花女遗事》时,虽把翻译小说称为"游戏之作",②虽然也有疏漏、删节,但是林纾对原作还是颇为尊重的。事实上,从林纾后来把狄更斯的小说和《史记》《汉书》相比,我们不难看出林纾对原作的尊重。虽然林纾在后来的译述中,看到不满意的地方,偶尔也忍不住要改上一改,但是其数量和同期翻译者相比,几乎可以忽略不计。相反,对"新小说家"来说,小说不过是他们进行道德教化、开启民智的工具,林薇甚至认为小说对梁启超来说,只不过是"政治的传声筒",梁启超"在骨子里对于小说其实仍是鄙视的"。③ 面对"魁儒硕学仁人志士"④所创作的域外小说,小说革命的倡导者其实并没有多少敬畏,更不会觉得这些小说的形式神圣不可侵犯。这些域外小说不过是用来"注我"的"六经",只不过要借助其权威而已。在"新小说"家眼中,中国传统的白话章回小说就是榜样,白话章回小说所拥有的巨大的感染力使他们忍不住将域外小说改造成章回小说,传统的惯性在"新小说家"笔下的翻译小说中得到了充分体现。

我们且看"新小说家"的领袖梁启超。梁启超在 1902 年喊出"小说为文学之最上乘"⑤的口号之前,曾翻译过柴四郎的政治小说《佳人奇遇》,连载于《清议报》1—35 册。⑥ 这部小说是"用汉文直译体写成的",⑦在艺术表现上,其"最突出的特点是华丽高雅的汉文体和诗化倾向。小说中大量引用或者套用中国古代文学作品、汉文句式,昭明《文选》中的诗文典故随处可见"。⑧ 所以,梁启超能

① 袁进:《试论晚清小说理论流派》,《江淮论坛》,1990 年第 6 期。
② 上海图书馆:《汪康年师友书札(二)》,上海古籍出版社,1986 年,第 1654 页。
③ 林薇:《百年沉浮——林纾研究综述》,天津教育出版社,1990 年,第 165 页。
④ 陈平原,夏晓虹:《二十世纪中国小说理论资料·第一卷(1897—1916)》,北京大学出版社,1989 年,第 12 页。
⑤ 同④,第 39 页。
⑥ [日]樽本照雄:《新编补清末民初小说目录》,齐鲁书社,2002 年,第 314 页。
⑦ 郭延礼:《近代外国政治小说的翻译》,《齐鲁学刊》,1996 年第 4 期。
⑧ 黎跃进:《简论东海散士及其代表作〈佳人奇遇〉》,《日本研究》,2006 年第 3 期。

一边学习日文,一边翻译。

《佳人奇遇》以柴四郎两次游历海外的见闻、感受为基本素材,通过作者和其他人的对话,表达作者的政治见解。19世纪后期,西方列强对弱小民族和国家的掠夺、凌辱,已激起他们的觉醒和反抗,要求政治变革和民族独立的运动风起云涌。梁启超留美期间,与西班牙顿卡尔洛斯党员幽兰、爱尔兰的民族解放运动的斗士红莲邂逅,所以,小说描绘的从北美独立战争、埃及的亚历山大暴动,还有波兰、墨西哥、中国、印度、缅甸直到朝鲜的东学党起义等都是这类改革和斗争。不过黎跃进认为柴四郎写作《佳人奇遇》的根本出发点,"不是表现这些民族和国家的改革和现实,而是探索在这样的大背景下,日本应该怎么办?"①所以,这样的小说对刚刚经历维新失败、不得不逃往日本的梁启超来说,无疑具有巨大的吸引力。因此,他不仅亲自操刀,翻译《佳人奇遇》,在他主编的《清议报》上连载,后来在小说集结成册后,还将那篇著名的《译印政治小说序》稍加修改,②作为《佳人奇遇序》。③ 此外,他还在《清议报》36—69册(1900年2月20日—1901年1月11日)发表周宏业翻译的是矢野文雄的政治小说《经国美谈》。④

梁译《佳人奇遇》共16回,每一回并没有像他翻译《十五小豪杰》那样,起一个对仗的名字,也没有"话说""且说""下回分解"之类的白话章回小说套语。之所以如此,是因为梁启超翻译《佳人奇遇》时,对日文尚不熟悉,是一边学习日文,一边翻译,所以对原文跟随得比较紧,不敢大胆地进行裁剪。而在1901年翻译《十五小豪杰》时,⑤他已经不再是个新手,所以翻译时也就相对而言比较随意。此时,他不仅为每一回增加了对仗的标题,甚至还仿造《三国

---

① 黎跃进:《简论东海散士及其代表作〈佳人奇遇〉》,《日本研究》,2006年第3期。

② 篇末"今特采外国名儒所撰述,而有关切于今日中国时局者,次第译之,附于报末"几句改为"今特采日本政治小说《佳人奇遇》译之"。

③ 阿英:《晚清小说丛钞·小说戏曲研究卷》,中华书局,1960年,第14页。

④ 〔日〕樽本照雄:《新编增补清末民初小说目录》,齐鲁书社,2002年,第347页。

⑤ 前九回为梁启超所译。

演义》那样的小说,在第一回的开头增加了一首词:

第一回　茫茫大地上一叶孤舟　滚滚怒涛中几个童子
调寄摸鱼儿

莽重洋惊涛横雨,一叶破帆飘渡。入死出生人十五,都是髫龄乳稚。逢生处,更堕向天涯绝岛无归路,停辛伫苦。但抖擞精神,斩除荆棘,容我两年住。英雄业,岂有天工能妒?殖民偃辟新土,赫赫国旗辉南极,好个共和制度。天不负,看马角乌头奏凯同归去,我非妄语。劝年少同胞,听鸡起舞,休把此生误。

看官!你道这首所讲的是什么典故呢?话说距今四十二年前,正是西历一千八百六十年三月初九日,那晚上满天黑云,低飞压海,濛濛暗暗,咫尺不相见……①

看官!你想这个船在恁么大一个太平洋上……看官!若使那时候有别只船在这洋面经过……闲话休提,却说过了一日,风势越大,竟变成了一个大飓风……看官,须知莫科系船上细崽,自然该有些航海的阅历……看官!你说莫科因何跑在这里?……②

正是:

山穷水尽,怜我怜卿。肠断眼传,是真是梦?

究竟莫科所见到底是陆地不是?且听下回分解。③

且不说凭空生造出来的一首词,"看官""你道""话说""你想""须知""你说"全都是白话章回所特有的说书人的口吻,结尾处的总结和"且听下回分解"更是章回小说的典型特征。就这样,梁启超将西洋的冒险小说改造成为了章回小说。对于这一点,梁启超本人也并不否认。就在第一回结束之后,梁启超对翻译《十五小豪

---

　①　[清]梁启超,罗普译:《十五小豪杰》,《梁启超全集(八)》,北京出版社,1999年,第5664页。

　②　同①,第5665-5666页。

　③　同①,第5666页。

杰》做了说明：

> 此书为法国人焦士威尔奴所著，原名《两年间学校暑假》，英人某译为英文，日本大文学家森田思轩又由英文译为日本文，名曰《十五少年》。此编由日本文重译者也。英译自序云"用英人体裁，译意不译词，惟自信于原文无毫厘之误。"日本森田氏自序亦云："易以日本格调，然丝毫不失愿意。"今吾此译，又纯以中国说部体裁代之，然自信不负森田。果尔，则此编虽令焦士威尔奴复读之，当不谓其唐突西子耶？

> 森田译本共分十五回，此编因登陆报中，每次一回，故割裂回数，约倍原译。然按之中国说部体制，觉割裂停逗处，似更优于原文也。

> 此书寄思深微，结构宏伟，读者观全豹后，自信余言不妄。观其一起之突兀，使人堕五里雾中，茫不知其来由，此亦可见泰西文字气魄雄厚处。武安为全书主人翁，观其告杜番云，"我们须知这身子以外，还有比身子更大的哩"，又观其不见莫科，即云"我们不可以不就他"，即此可见为有道之士。①

在这几段说明中，梁启超透出了强烈的自信（"虽令焦士威尔奴复读之，当不谓其唐突西子"），在我们今天看来有些不可思议。梁译本就是从日译本译出，而日译本又根据英译本转译，中间经过两次转译，译文与原著相比，早已经面目全非，"不复是原来意义上的外国文学作品"，②那么究竟是什么让梁启超自信"于原文无毫厘之误"呢？这其中最重要的原因就在于"译意不译词"。在中国文学传统中，虽然对修辞也很重视，比如"言之无文，行而不远"等，但

① ［清］梁启超，罗普译：《十五小豪杰》，《梁启超全集（八）》，北京出版社，1999年，第5666页。

② 谢天振，查明建：《中国现代翻译文学史（1898—1949）》，上海外语教育出版社，2004年，第2页。

是"命意"始终比"修辞"更重要,当两者发生冲突而必选其一时,总会牺牲后者而保留前者。① 所以,对梁启超来说,原文的形式并不重要,关键是原作"深微"的"寄思",因此,只要译文表达出了这种"寄思",就可以称为"不倍本文"。② 其次,有例可循。英人译法人,日人译英人,都"不失原意",梁启超又为何不能有同样的自信? 凡尔纳的原作 *Deux ans de vacances* 在 1888 年 1 月至 12 月期间,分24 期连载,其英译本于 1888 年至 1889 年间,分 36 期在 *Boy's Own Paper* 上连载。1888 年,两卷本的英译本 *A Two Year's Vacation* 在美国问世;同年稍后,单卷本的节译本 *Adrift in the Pacific* 在英国问世。1890 年 2 月 22 日至 3 月 14 日,*Boston Daily Globe* 连载 Adrift in the Pacific: the Strange Adventure of a Schoolboy Crew。③ 梁启超所译的森田的日译本问世于 1896 年,根据哪一个英译本所译,已经不可考,但是从结构上所作的调整却很明显。森田将原作裁剪为 15 回,做了初一,也就怪不得梁启超要做十五,"割裂回数,约倍原译"。不仅如此,梁启超还觉得"割裂停逗处,似更优于原文也",因为依据的是"中国说部体制"。这也进一步说明梁启超对原作的形式并不太重视,原作的形式成为他任意搓捏的玩具。他的这种做法贻害甚大,开了一个很坏的头,被称为"豪杰译"。

据不完全统计,在《十五小豪杰》之后,还出现了以下章回体翻译小说:《毒蛇圈》《海底旅行》《二勇少年》《惨社会》《极乐世界》《回天绮谈》《电术奇谈》《狱中花》《小英雄》《雪中梅》《游侠风云录》《瑞西独立警史》《月界旅行》《地底旅行》《侠恋记》《回头看》《珊瑚美人》《黑狱之光》《卖国奴》《谷间莺》《青年镜》《双艳记》《双金秋》《红茶花》《七日奇缘》《万里鸳》《旅顺落难记》《海底漫游记》《堕溷花》《世界豪杰美谈记》《无人岛》《一捻红》《旧金山》《铁假面》《刺国敌》

---

① 这种思想一直绵延不绝,"神似"对"形似"的胜利依稀可以看出这种思想的作用,20 世纪 80 年代翁显良的翻译理论和实践可以视为这种思想的延续。

② 〔英〕赫胥黎:《天演论》,严复译,商务印书馆,1981 年,第 vi 页。

③ http://en.wikipedia.org/wiki/Two_Years%27_Vacation。

《黑蛇奇案》《剧盗遗嘱》《五更钟》《机器妻》《色媒图财记》《魔海》《强盗洞》《空谷兰》《向隅仙》《红泪影》《合欢草》《最贪者》《梅花落》《美人兵》《不如归》《断肠酒》《酒恶花愁录》。1910年之后,章回体翻译小说数量明显下降。

　　在这些章回体翻译小说中,周桂笙的《毒蛇圈》虽然对小说开头"凭空落墨"的问答非常欣赏,"爱照译之",①但是却并不妨碍他将小说裁剪成章回小说,给每一回起个对仗的名字,在每一回结尾添加"且待下文分说"之类的套语。如果说周桂笙对原作的形式多少还有几分敬意,"爱照译之",另一些译者对原作并不十分尊重,不要说形式,就是内容,这些译者在需要时,也会毫不犹豫地加以改动。即使是鲁迅这样的新文学家,在刚刚走上文学之路时,也不免于俗,将凡尔纳《月界旅行》和《地底旅行》都翻译成章回小说。鲁迅在《月界旅行》"辩言"中指出:"培伦者,名查理事,美国硕儒也",②"盖胪陈科学,常人厌之,阅不终篇,辄欲睡去,强人所难,势必然矣。惟假小说之能力,被优孟之衣冠,则虽析理谭玄,亦能浸淫脑筋,不生厌倦"。③　其论调明显受到梁启超的影响,而对原书的处理,也颇似梁启超的"豪杰译"。

> 　　《月界旅行》原书,为日本井上勤氏译本,凡二十八
> 章,例若杂记。今截长补短,得十四回。初拟译以俗语,
> 稍逸读者之思索,然纯用俗语,复嫌冗繁,因参用文言,以
> 省篇页。其措词无味,不适于我国人者,删易少许。体杂
> 言庞之讥,知难幸免。书名原属《自地球至月球在九十七
> 小时二十分间》意,今亦简略之曰《月界旅行》。④

初读之下,我们不敢相信:这还是那个主张"宁信而不顺"的鲁迅

---

　　①　陈平原,夏晓虹:《二十世纪中国小说理论资料·第一卷(1897—1916)》,北京大学出版社,1989年,第94页。

　　②　同①,第50页。

　　③　同①,第51页。

　　④　同③。

吗？28章的小说竟然被截长补短，成了14回！而关于《地底旅行》，鲁迅在给杨霁云的信中指出："《地底旅行》也为我所译，虽说译，其实乃是改作。"①

再看1903年刊登于《新小说》的《电术奇谈》。这本由日本作家菊池幽芳所著的作品原为方庆周所译，使用的是文言。方译仅6回，经吴趼人衍义，成了24回，而且：

> 改用俗语，冀免翻译痕迹。原书人名地名，皆系以和文译西音，经译者一律改过，凡人名皆改为中国习见之人名字眼，地名皆借用中国地名，使读者可省脑力，以免艰于记忆之苦，好在小说重关目，不重名词也。
>
> 书中间有议论谐谑等，均为衍义者插入，为原译所无，衍义者拟借此以助阅者之兴味，勿讥为蛇足也。②

好个"小说重关目，不重名词"！传统小说重情节的思想在这里表露无遗，插入议论谐谑也是传统章回小说的惯用技法，也反映出译者（或者更确切地说衍义者）毫无"仆人"的自觉。像这样对原作缺乏敬意，任意进行改动，常常产生一些可称之为"半翻译"的作品，模糊了翻译和创作的界限。苏曼殊翻译的《惨社会》就是另一个典型的例子。

《惨社会》即法国作家嚣俄（Victor Hugo）的 *Les Misérables*，如今通译为《悲惨世界》，作者嚣俄则译为雨果。《惨社会》最早连载于《国民日报》[1903年10月8日—11月1日（12月1日？）]，③计11回。1914年，《惨社会》经陈独秀润色，成14回，改名《惨世界》，由东大陆图书译印局和镜今书局出版。

苏曼殊翻译的《惨世界》第一回"太尼城行人落魄　苦巴馆店主无情"写道：

> 话说西历一千八百十五年十月初旬，一日天色渐晚，

---

① 鲁迅：《鲁迅全集》（第11卷），人民文学出版社，1973年，第181页。
② 陈平原，夏晓虹：《二十世纪中国小说理论资料·第一卷（1897—1916）》，北京大学出版社，1989年，第147页。
③ [日]樽本照雄：《新编增补清末民初小说目录》，齐鲁书社，2002年，第57-58页。

四望无涯。一人随那寒风落叶,一片凄惨的声音,走进法
国太尼城里。此人年纪约莫四十六七岁,身量不高不矮,
脸上虽是瘦弱,却狠有些凶气;头戴一顶皮帽子,把脸遮
了一半,这下半面受了些风吹日晒,好像黄铜一般。进得
城来,神色疲倦,大汗满脸,一见就知道他一定是远游的
客人了。但是他究竟从甚么地方来的呢? 暂且不表。①

这里的"话说""暂且不表"都是典型的章回小说口吻,是以域外小
说来就中国小说传统。这样的例子在《惨世界》中比比皆是,"要知
道他去到何方,做些甚么事,且待下回分解",②"且说这个客寓"③
"看官""闲话休提"④"要听他后事如何,且听下回分解"⑤"话说"⑥
"却说这太尼城"⑦"要知道他走到那里,后事如何,且待下回分
解"⑧。不仅如此,人名也进行了中国化,比如"孟主教""凡妈""宝
姑娘"⑨等。尤其是这"宝姑娘"三字,让人乍一看,还以为薛宝钗到
了太尼城了呢!

晚清翻译常见的删节在《惨世界》中也不能幸免。不仅不能幸
免,《惨世界》除了保留最基本的情节外,和原作已经没有任何相似
之处。不仅如此,苏曼殊为了表达自己的政见,不惜增加人物和
情节:

且说同时巴黎有个财主姓范的,他三两年前在乡下
本很贫寒,随后来到巴黎,就胡乱学了外国话,巴结外国
人,在一个外国洋行里当了买办;两三年间,就阔气起来,

---

① 苏曼殊:《惨世界》,《苏曼殊全集(二)》,中国书店,1985 年,第 65 页。
② 同①,第 73 页。
③ 同①,第 77 页。
④ 同①,第 79 页。
⑤ 同①,第 85 页。
⑥ 同①,第 88 页。
⑦ 同①,第 90 页。
⑧ 同①,第 93 页。
⑨ 同①,第 96 页。

因此人人都唤他做范财主。

　　这范财主只生一子，名叫做阿桶。那范桶自幼养得娇惯，到念多岁，还是目不识丁。只因他家里有些钱财，众人都来巴结他，要和他做朋友。一日，有两位朋友，前来探访。你道这两位是什么人？一位姓明，名白，字男德。一位姓吴，名齿，字小人。范桶见他们来到，就和他们各施一礼坐下。①

很显然，范桶即饭桶，吴齿小人即无耻小人，明白男德即明白难得。苏曼殊通过这个增加的主人公男德，来表述自己的一些见解，如"那支那国孔子的奴隶教训，只有那班支那贱种奉作金科玉律，难道我们法兰西贵重的国民，也要听那些狗屁吗？"②在"以孝治国"的晚清，把孔子的教育视为"狗屁"，可谓是惊世骇俗。再如：

　　那范财主道："世界上总有个贫富，你有什么不平呢？"

　　男德道："世界上有了为富不仁的财主，才有贫无立锥的穷汉。"

　　范财主道："无论怎地，他做了贼，你总不应该帮着他。"

　　男德道："世界上物件，应为世界人公用，那铸定应该是那一人的私产吗？那金华贱不过拿世界上一块面包吃了，怎么算是贼呢？"

　　范财主道："怎样才算是贼呢？"

　　男德道："我看世界上的人，除了能作工的，仗着自己本领生活，其余不能做工，靠着欺诈别人手段发财的，那一个不是抢夺他人财产的蠹贼？……"③

这段译文也是原著所没有的，其中所表达的思想显然受到了

①　苏曼殊:《惨世界》,《苏曼殊全集(二)》,中国书店,1985年,第126页。
②　同①,第131页。
③　同①,第133－134页。

20世纪初从日本传入的社会主义思想的影响。此外苏曼殊为了表现"排满"的思想,塑造了一个姓"满"名"周苟"的村官,因诈骗人民的钱财而被男德刺死。所以,《惨世界》与其说是雨果对法国社会的刻画,不如说是苏曼殊借雨果之名,发表自己对现实的看法,发泄对现实的不满。难怪此书发表后,遭到清政府的查禁。

当然,并非所有翻译小说都被改造成章回小说,可以说被改造成章回小说的只占翻译小说的很小一部分,但是中国传统小说的重情节、轻环境心理刻画的特点左右着晚清的小说译者。为了照顾或者说迎合读者,很多译者像林纾一样,将与外小说中有关心理和环境的描写省略,从而突出情节。与"豪杰译"相比,这类翻译大体上忠于原作,虽然在翻译中免不了使用旧小说笔法、词汇,但是原作也不是任意搓捏的玩物。不过究竟该怎么做,林纾等也在探索。郝岚在《林译小说论稿》中指出:中国的翻译传统直到晚清才和文学沾上了关系,所以林纾可以借鉴的翻译经验是关于宗教、科技、政令等问题的,"在他那个时代,这些问题要比文学的翻译'严肃'得多。无论将林译小说视为'译述'还是'改编',它不拘泥于原著的收放自如和独特韵味无疑是林译小说最为引人注目之处,这些特点来源于两点:一是文学翻译传统的缺乏使得林译小说没有约束,二是对文学原著的非权威观念"。① 的确,因为没有经验可以借鉴,所以林纾翻译时就少了条条框框;因为不把原著当成权威,所以林纾翻译时就可以根据读者的期待,进行增补和删节。其结果是,林纾以其优美的文笔,使得其翻译小说风行一时,使得"林译小说"成为一个专门的概念。"林译小说"的成功引起有志于文学之人争相仿效,林纾翻译小说时的某些做法本身甚至成为传统:文言、基于误解的删节和增补。虽然从后世的观点来看,这种传统存在许许多多的毛病,但是我们绝不能否定这种传统对当时主流的文学传统所带来的冲击,乃至革命。林纾翻译《巴黎茶花女遗事》时,并未将小仲马的著作改写成章回小说,单从这一点来看,林纾

---

① 　郝岚:《林译小说论稿》,天津社会科学出版社,2005年,第73页。

远远走在许多后辈的前面。一个不懂外国人的人,在其视为游戏的小说翻译中,却能够不被本土的小说传统所左右,尊重原作,尤其是其形式,可谓是难能可贵!

4.5 小 结

文学传统就是历史上延传下来的有关文学的观念、思想、技巧、主题等,所以小说传统就是延传下来的有关小说的观念、思想、技巧、主题等。在中国文学传统中,小说一向被视为小道,不登大雅之堂。在文学系统内部,明清以来,一直有人致力于提升小说的地位,但是效果不大。在晚清西学东渐的浪潮中,西洋小说极大地影响了中国传统知识分子对小说的看法,小说一跃而成为文学最上乘。此外,晚清的科技和相对宽松的氛围以及受外来因素影响而改变了的小说生产与消费模式也进一步促进了小说创作与翻译的繁荣。以林纾为首的晚清小说翻译家为晚清读者打开了一扇窗子,使得中国读者得以一窥西洋小说的风景。在外来小说传统的影响下,晚清对小说的地位、技巧、主题的认识都产生了变化。不过,传统并不甘于退场,在传统的影响下,翻译家往往对西洋小说进行裁剪,削足适履,使读者不能看到真正的西洋小说。

5　外来文学传统对中国近代小说翻译和创作的影响

本章首先指出：晚清小说界革命其实源于一种错误的认识——晚清政治家为了启迪民智，夸大（政治）小说的功用，虚构了西洋政治小说的神话，并以这种虚构的外来传统破除中国轻视小说的传统，然后从新体裁的引介和叙事模式的入侵两个方面分析西洋小说对中国近代小说的影响，以及给中国小说传统带来的冲击。

5.1　虚构的传统

霍布斯鲍姆认为：当社会的迅速转型削弱甚至摧毁了那些"旧"的社会模式，新的社会模式与"旧传统"格格不入时，或者当"旧传统"及其机构载体和传播者已经僵化，缺乏灵活性，甚至已经消亡时——总之，"当需求方或供应方发生了相当大且迅速的变化时"，①传统就有可能被发明。此外霍氏还指出，传统的发明往往是通过改造的方式来实现的，比如环境变化后，对旧用途进行调整，为了新的目的而使用旧的模式。②

我们知道，有清一代，满人以数百万人奴役数万万汉人，虽口头上说满汉一家，实则对汉人极不信任，因此，为巩固其统治，对汉人极其防备，始终采取高压、愚民的政策，从精神、肉体上实施双重的奴役。因为是少数异族统治多数汉民，所以这些满人有着非常

---

① 〔英〕E·霍布斯鲍姆，〔英〕T·兰格：《传统的发明》，顾杭，庞冠群译，译林出版社，2004 年，第 5 页。

② 同①，第 6-7 页。

矛盾的心理:一方面狂妄自大、不可一世,另一方面又惴惴不安,随时准备逃跑,返回其"龙兴之地"。这种心理导致清朝实行闭关锁国政策,对数万万汉民进行"圈养",防止他们受到海外那些"天朝弃民"的影响,从而动摇清朝的统治。结果是:明末的资本主义萌芽被扼杀,清朝借以打败明王朝的某些落后的方式被片面夸大,以"祖宗之法"的方式被强调再强调。就这样,东方和西方,一个在后退,一个在大踏步前进;一个闭关自守,养成夜郎自大的心态,一个在资本的驱动下,放眼世界,四处出击。就这样,东方相对于西方,其本来占优势的实力就在此消彼长中,渐渐落后于西方,而且差距越来越大,导致晚清时中国对外战争每战必败。一次次的战争失利刺痛了已经被高压和愚民政策弄得有些麻木的国民,迫使有识之士"师夷长技"。于是,中国有了洋务运动。然而甲午战争的失利却犹如当头一棒,使得中国人认识到,西方战胜中国靠的不仅仅是"船坚炮利"。与日战争的失败让中国人认识到清王朝这间"破屋子"已经破烂不堪,不能遮风避雨,所以仅仅简单地糊一糊是不行的,必须进行大修,或者干脆推倒重建。于是有了自上而下的维新,但是在旧势力的反扑下,不过百日即以失败告终,其主要干将非死即逃。于是想到了开启民智。于是想到了通俗小说,想通过对有关通俗小说观念的改造,来达到目的。

　　小说在中国向来被视作小道,不登大雅之堂,尤其是通俗小说,在近几百年来,一直都被视作诲盗诲淫之作,受到禁毁。不过通俗小说的巨大影响力却让志士仁人看到了小说在开启民智方面的巨大作用,但是小说的卑微地位却让他们有些犹豫,于是他们想到了借力打力,拿来了西洋小说。他们不仅仅拿来了西洋小说,而且"发明"了西洋小说传统,夸大小说在西方发展过程中的作用,杜撰了西洋小说的神话。发明是因为有需要,中国传统小说观念已经极大妨碍了他们利用小说来进行宣传、启智的诉求,因此,要想充分利用小说,就必须改变人们对小说的看法,提高小说的地位。而在西方对东方的全面胜利当中,夸大西洋小说在西方崛起过程中的作用,挟洋以自威,从而提高小说的地位,实现小说界革命。

严复、夏曾佑仅仅"且闻欧、美、东瀛,其开化之时,往往得小说之助",①就"不惮辛勤,广为采辑,附纸分送。或译诸大派之外,或扶其孤本之微"。② 康有为感叹"泰西尤隆小说学哉",③因此"亟宜译小说而讲通之"。④ 不过我们却不知道康有为的论断有何依据,"尤隆"二字暗示西洋小说特别发达,超过诗歌、散文等其他题材,而这和我们所了解的西方文学史并不相符。梁启超作为康有为的弟子,在《〈蒙学报〉〈演义报〉合叙》中声称,"西国教科之书最盛,而出以游戏小说尤夥。故日本之变法,赖俚歌与小说之力,盖以悦童子以导愚氓,未有善于是者也"。⑤ 而在《译印政治小说序》中,则更进一步指出,"在昔欧洲各国变革之始,其魁儒硕学,仁人志士,往往以其身之所经历,及胸中所怀,政治之议论,一寄之于小说"。⑥并且"彼美、英、德、法、奥、意、日本各国政界之日进,则政治小说,为功最高焉。英名士某君曰:'小说为国民之魂。'"⑦"国民之魂"之说是否有据,我们不得而知,⑧但是梁启超对小说功用的夸大却使我们对这一说法的可靠性产生怀疑。翌年,梁启超再发高论,"于日本维新之运有大功者,小说亦其一端也"。⑨ 我们不否认小说能够宣扬作者的政治主张,但是文艺作品毕竟不同于战斗檄文,其作用是间接的,因此把小说视为日本维新成功的一个原因是夸大了文艺作品的作用,虚构出这样的神话是"出于对'以文治国'的迷信"。⑩ 邱炜萲在《挥麈拾遗》中指出,"吾闻东、西洋诸国之视小说,与吾华异,吾华通人素轻此学,而外国非通人不敢著小说。故一种

---

① 陈平原,夏晓虹:《二十世纪中国小说理论资料·第一卷(1897—1916)》,北京大学出版社,1989年,第12页。

② 同①。

③ 同①,第14页。

④ 同③。

⑤ [清]梁启超:《饮冰室全集点校》,云南教育出版社,2001年,第161页。

⑥ 同①,第21页。

⑦ 同①,第22页。

⑧ 武润婷直接说"这些话查无实据"。

⑨ 同①,第23页。

⑩ 袁进:《中国小说的近代变革》,中国社会科学出版社,1992年,第152页。

小说,即有一种之宗旨,能与政体民志息息相通,次则开民智,祛弊俗,又次亦不失为记实历,洽旧闻,而毋为虚憍浮伪之习,附会不经之谈可必也".① 很显然,邱炜萲有关东、西洋小说的见解来自于康有为、梁启超等人。衡南劫火仙认为,"欧美之小说,多系公卿硕儒,察天下之大势,洞人类之颐理,潜推往古,豫揣将来,然后抒一己之见,著而为书,用以醒齐民之耳目,励众庶之心志".② 这实际上不过是将梁启超的观点换了一种说法而已。对小说作用的夸大,在梁启超的《论小说与群治之关系》中达到了极致,"欲新一国之民,不可不先新一国之小说".③ 于是乎,要想出现新的道德、宗教、政治、风俗、学艺,乃至人心、人格,就必须革新小说。为了革新小说,梁启超假借洋人之力,让传统中小道的小说打了一个翻身仗,"小说为文学之最上乘,近世学于域外者,多能言之".④ 又说"泰西论文学者必以小说首屈一指".⑤ 1903 年,商务印书馆主人的《本馆编印〈绣像小说〉缘起》开头那一段几乎是在抄袭衡南劫火仙的观点:

> 欧美化民,多由小说,榑桑崛起,推波助澜。其从事于此者,率皆名公巨卿,魁儒硕彦,察天下之大势,洞人类之颐理,潜推往古,豫揣将来,然后抒一己之见,着而为书,以醒齐民之耳目。⑥

同年,楚卿在《论文学上小说之位置》一文中指出,"吾昔见东西各国之论文学家者,必以小说家居第一,吾骇焉".⑦ 在第二段,他重复梁启超的"小说为文学之最上乘"以及小说具有两种德、四

---

① 陈平原,夏晓虹:《二十世纪中国小说理论资料·第一卷(1897—1916)》,北京大学出版社,1989 年,第 31 页。

② 同①,第 32 页。

③ 同①,第 33 页。

④ 同①,第 39 页。

⑤ 同①,第 41 页。

⑥ 同①,第 51 页。

⑦ 同①,第 61 页。

种力的观点。显然,到了此时,梁启超等人杜撰的有关西洋小说的神话已经深入人心,中国读者已经接受一个经过加工的甚至说是杜撰的西洋小说传统。有趣的是,正是这个虚构的西洋小说传统促进了中国小说界的革命。在本土势力的配合下,小说界革命所向披靡,迅速取得成功,不仅引进了新体裁,更输入了新思想、新内容。

5.2 新体裁的引介

晚清的小说革命其实是建立在一个虚构的西洋文学传统上的,换句话说,晚清的小说革命家用一个虚构的神话推动了晚清小说的革命。这个虚构的神话的中心是政治小说,晚清的小说革命可以说是围绕政治小说展开的,但是由政治小说发轫的小说革命却并没有在政治小说方面结出丰硕的果实,相反,在中国文学的土壤上最先生根发芽、苗壮成长的却是侦探小说,另外言情小说、科学小说、军事小说等也均有所发展。一句话,这场由政治小说开始的小说界革命使得清末民初的小说类型变得前所未有的丰富,小说逐渐改变了小道的地位,成为一个重要文学类型。

5.2.1 政治小说

1898 年 12 月 23 日,梁启超在《清议报》第一册上发表了著名的《译印政治小说序》,称"政治小说之体,自泰西人始也"。[1] 郭延礼认为,这是第一次在中国人的文章中出现了"政治小说"这个概念。[2] 1902 年,新小说社在《新民丛报》十四号的广告《中国唯一之文学报〈新小说〉》中,对政治小说进行了定义:"政治小说者,著者欲借以吐露其所怀抱之政治思想也"。[3]

"政治小说"这一小说类型发源于英国,其代表作家是曾两度

---

[1] 陈平原,夏晓虹:《二十世纪中国小说理论资料·第一卷(1897—1916)》,北京大学出版社,1989 年,第 21 页。
[2] 郭延礼:《近代外国政治小说的翻译》,《齐鲁学刊》,1996 年第 4 期。
[3] 同[1],第 44 页。

出任过英国首相的迪斯累里和曾任过英国国会议员的布韦尔·李顿。在日本维新第二个 10 年的翻译文学勃兴时期,迪斯累里和李顿的近 20 部政治小说被译成日文,在日本翻译文学中红极一时,"政治小说"这一概念也在日本获得新生。在翻译小说的影响下,日本一部分政治家兼新闻界人士的文人也开始写作政治小说,最早出现的是 1880 年户田钦堂的《(民权演义)情海波澜》,其后这类作品接踵而来,其中具有代表性和影响较大的当推末广铁肠的《二十三年未来记》《雪中梅》及其续集《花间莺》,以及柴四郎的《佳人奇遇》和矢野文雄的《经国美谈》,其中最后两种影响最大。

"戊戌政变"后,梁启超在日本友人的帮助下逃亡日本。在前往日本的轮船上,船长将《佳人奇遇》交给他解闷。① "因为这部小说是用汉文直译体写成的,稍懂日文的中国人即可破译。"②于是梁启超便萌生了翻译这部小说的念头,在逃亡的船上,一边学习日文,一边翻译,之后发表在《清议报》第一册,紧随在《译印政治小说序》之后。《佳人奇遇》共 16 回,连载于《清议报》1—35 册(1898 年 12 月 23 日—1900 年 2 月 10 日),1901 年广智书局出版单行本。③阿英在《晚清文学丛钞·小说戏曲研究卷》中指出,《译印政治小说序》"后改为日本柴四郎著《佳人奇遇》叙言,惟篇末'今特采外国名儒所撰述,而有关切于今日中国时局者,次第译之,附十报末'数语,原作'今特采日本政治小说《佳人奇遇》译之'"。④但是梁启超是否在广智书局出版单行本时就将《译印政治小说序》改为《〈佳人奇遇〉序》,我们不得而知。

值得注意的是,在梁启超大量译印日本政治小说之时,这类作品在日本已经过时,不再为人注目,但梁启超从启迪民智和政治需要出发,仍然选择译介日本的政治小说,希望"每一书出,而全国之

① 丁文江,赵丰田:《梁启超年谱长编》,上海人民出版社,1983 年,第 158 页。
② 郭延礼:《近代外国政治小说的翻译》,《齐鲁学刊》,1996 年第 4 期。
③ [日]樽本照雄:《新编增补清末民初小说目录》,齐鲁书社,2002 年,第 314 页。
④ 阿英:《晚清小说丛钞·小说戏曲研究卷》,中华书局,1960 年,第 14 页。

议论为之一变"。① 梁启超认为变法之所以失败,其根本原因就在于中国民众的觉悟低,所以想要救国,就必须先开启民智,而开启民智最方便、最有效的途径莫过于小说。不管梁氏是否真的相信小说有不可思议的能力,他为了实现其政治抱负,竭力使人相信"彼美、英、德、法、奥、意、日本各国政界之日进,则政治小说,为功最高焉"。②

不得不说梁启超的观点在晚清很有市场。邱炜萲在论《小说与民智关系》中就曾说过:

> 故谋开凡民智慧,比转移士夫观听,须加什佰力量。其要领一在多译浅白读本,以资各州县城乡小馆塾,一在多译政治小说,以引彼农工商贩新思想,如东瀛柴四郎氏(前任农商部侍郎)、矢野文雄氏(前任出使中国大臣)近著《佳人奇遇》《经国美谈》两小说之类,皆于政治界上新思想极有关涉,而词意尤浅白易晓。吾华旅东文士,已有译出,余尚恨其已译者之只此而足,未能大集同志,广译多类,以速吾国人求新之程度耳。③

邱炜萲的看法并不孤立,郭延礼认为可以反映"当时国内有识之士对翻译政治小说的认同和赞许"。④ 晚清政治小说译介的成绩也许不如其他类型那么显著,但确实是小说界革命的重要一环,对中国近代思想界和文学创作的影响是显而易见的。

晚清译介的政治小说极其繁杂,主要有以下三类:

第一类,宣传民族独立和民族解放运动的作品。如《瑞西独立警史》《侠英童》《黑奴吁天录》《云中燕》,等等。此类作品的翻译,或是激励国人猛醒,积极进取,或是以其他民族的苦难为前车之

---

① 陈平原,夏晓虹:《二十世纪中国小说理论资料·第一卷(1897—1916)》,北京大学出版社,1989年,第21页。

② 同①,第22页。

③ 同①,第30-31页。

④ 郭延礼:《近代外国政治小说的翻译》,《齐鲁学刊》,1996年第4期。

鉴,希望国人能够振作志气,爱国保种。由于清末中国正面临着亡国灭种的危险,唤起国人觉醒已成为最紧迫的时代任务,因此这类作品很受晚清翻译家的重视,翻译家则都把自己的译介活动自觉地纳入救亡图存的政治轨道上来。1901 年,林纾在《〈黑奴吁天录〉跋》中指出:"吾书虽理浅,亦足为振作志气,爱国保种之一助。"①他之所以翻译《利俾瑟战血余腥记》,是希望"是书果能遍使吾华之人读之,则军行实状,已洞然胸中,进退作止,均有程限,快枪急弹之中,应抵应避,咸蓄成算,或不至于触敌即馁,见危辄奔,则是书用代兵书读之,亦奚不可者?"②而在《〈雾中人〉叙》中,他说:

> 今之阰我、吮我、挟我、辱我者,非犹五百年前之劫西班牙耶? 然西班牙固不为强,尚幸而自立,我又如何者? 美洲之失也,红人无慧,故受劫于白人。今黄人之慧,乃不后于白种,将甘为红人之逊美洲乎? 余老矣,无智无勇,而又无学,不能肆力复我国仇,日苣其爱国之泪,告之学生,又不已,则肆其日力,以译小说。其于白人蚕食斐洲,累累见之译笔,非好语野蛮也。须知白人可以并吞斐洲,即可以并吞中亚。③

又如 1905 年,法国小说《云中燕》出版,译者大陆少年在"叙言"中谈及翻译该书之原因时,指出:

> 回首故国,荆棘铜驼,瓜分之危,为奴之惨,近在眉睫,社会腐败,已达极度,欲施针砭,着手无从,尚有一线之希望者,惟吾辈少年同胞之兴起耳。呜呼! 我中国之少年军何时起乎? 我中国之少看护妇何时起乎? 二十世纪中大陆上少年听者:"尔辈负千钧之重任在身,其好自

① 陈平原,夏晓虹:《二十世纪中国小说理论资料·第一卷(1897—1916)》,北京大学出版社,1989 年,第 28 页。
② 同①,第 123 页。
③ 同①,第 167 页。

为之?"①

评论家们也千方百计地引导读者去领会域外小说的政治意味,并联系本国的现实借题发挥。如荣骥生在《〈瑞西独立警史〉序》中说:"是书行文疏畅,无奥博难读之患,用以输入自由独立之精神,以激醒我民心,以振作我民气,吾知四万万同胞,必将感动奋发,投袂而起也。"② 1907 年,反映法国大革命的英国小说《侠英童》由沈海若翻译出版后,徐念慈在该刊《小说管窥录》中写道:"此书不独结构精严,而描写乱离时状态,一朝决裂,玉石不分,殊足戒轻谈国事者。且见民心愤激,压制愈甚,则将来报酬之道亦倍烈。是等小说,有益于国家社会,殊非浅鲜。"③这些反映民族苦难和民族解放运动的译作出版后,的确产生了极其广泛的社会影响。

第二类,虚无党小说。所谓虚无党,即无政府主义者(anarchist)。此类作品主要来源于俄国。虚无党即反抗沙皇专制统治的俄国民粹派,他们坚决主张推翻帝制,斗争方式常采用暗杀等恐怖手段。晚清统治和沙皇俄国一样残酷,所以虚无党人的极端行为颇能唤起革命党人的共鸣,使两国革命者的行动有了不少契合点。此外,国内重视译介虚无党小说,还受到了日本的影响。俄国民粹派运动,曾给日本最早的民主主义运动即自由民权运动以极大的鼓舞和激励,虚无党小说在日本的流行及其产生的社会效应,无疑启示了中国的维新派人士。尽管维新派人士并不十分赞成俄国民粹派的斗争方式,但他们却认为虚无党小说毕竟有助于人们认识封建专制主义的罪恶,有助于开启民智,于是也纷纷译介此类小说,如陈景韩翻译的《虚无党》《虚无党奇话》、周桂笙翻译的《八宝匣》、华子才翻译的《虚无党秘密会》、奚若翻译的《虚无党案》、大哀氏翻译的《皇室之虚无党》、芳草馆主人翻译的《虚无党真相》、陈景韩翻译的《俄国皇帝》、帝召翻译的《虚无党奇谈》、杨心一翻译的

---

① 阿英:《晚清小说丛钞·小说戏曲研究卷》,中华书局,1960 年,第 305 页。
② 同①,第 299 页。
③ 同①,第 525 页。

《虚无党飞艇》和《虚无党之女》《虚无党复仇记》、周瘦鹃翻译的《盲虚无党员》等。有学者认为,这类作品的流行于政治的关系甚大,而文学之意义则几乎全无。① 译者翻译这类小说,也主要出于政治斗争的需要,极少文学本体的审美观照。如最热心译介虚无党小说的陈冷血,在其所译《虚无党》一书的"叙"中,便阐明翻译该书之原因乃在"我爱其人勇猛,爱其事曲折,爱其道为制服有权势者之不二法门",又说,"我喜俄国政府虽无道,人民尚有虚无党以抵制政府"。②

第三类,宣扬西方资产阶级的政治主张和政党理想的小说,如《经国美谈》《佳人奇遇》《雪中梅》及其续篇《花间莺》,《圣人软盗贼软》《珊瑚美人》《模范町村》,等等。此类作品的范围最为宽泛,大凡反映欧洲近代历史的作品,以及以近代观念去描写古代生活的小说,都被晚清翻译家视为政治小说而加以译介,而真正以宣扬资产阶级政党理想为宗旨的政治小说,其实并不多见。有志于启迪民智的晚清翻译家几乎在每一部外国小说中都窥见了政治风云,于是,国外政要所写的东西自不必说,就连托尔斯泰、司各特、莎士比亚、雨果、伏尔泰等人的作品,也都可以划入政治小说的范围。

在文学系统内,任何文学行动都不是孤立的,所以政治小说的翻译除了启迪民智外,对系统本身而言,则更多地促进了系统本身的演变。所以,政治小说的大批输入,还对本土的文学创作产生了极大的影响。许多政治活动家,如梁启超、陈天华、蔡元培、黄小配等,都把小说视为社会变革的利器,亲自撰著政治小说。另一方面,专业作家如吴研人、刘鹗、李伯元、曾朴等,也在小说中表达自己的政治倾向。

1902 年,梁启超在《新小说》第一号上发表了《论小说与群治之关系》,明确提出了"小说界革命"的口号,同时还刊出了他创作的新小说《新中国未来记》。小说明显受到日本政治小说《雪中梅》的

---

① 袁获涌:《论清末政治小说的译介》,《贵州大学学报(社会科学版)》,1990 年第 3 期。
② 同①。

影响:《新中国未来记》开头即写 1962 年全国人民举行的纪念维新 60 周年的庆典大会,这明显是模仿《雪中梅》开头写明治 173 年纪念国会成立 150 周年大会。这种雷同的构思方式不仅反映了中日两国政治小说作者共同希望改革现实的理想或梦幻,而且反映了中国政治小说作者面对早一步实现维新的日本,心中充满了敬意,不惜吞噬其体,吸收其营养以自壮。梁启超在小说的"序言"中指出,他创作《新中国未来记》,是因为他"确信此类之书,于中国前途,大有裨助",是"专欲发表区区政见,以就正于爱国达识之君子"。① 也正因为如此,小说成了四不像,连梁启超本人也承认,"一复读之,似说部非说部,似稗史非稗史,似论著非论著,不知成何种文体"。② 所以,他自己看了后,也觉得好笑。由于小说是要发表政见,商讨国计,所以免不了出现一些法律章程、演说论文等。但是小说中这样的内容连篇累牍(黄克强与李去病的辩论长达 40 回合),梁启超也不得不承认"毫无趣味",让读者失望了。③ 所以,《新中国未来记》只写了五回,就写不下去了。艺术上的幼稚使得《新中国未来记》失去了小说本应有的感动人心之力。《新中国未来记》以及随后的震旦女士的《自由结婚》、陈天华的《狮子吼》、颐琐的《黄绣球》等虽然作为一种崭新的类别登上文学史的舞台,在当时"新民"方面也起到了一定的作用,但是从艺术的角度来看,这类作品是不成功的。

　　政治小说有两类作者。在这两类作者中,不说政治活动家,就是专业作家,有时候在政治上的考量也胜过对艺术的追求,在小说中插入大量政论和预言,或借男女之浓情,曲喻英雄之抱负。这样一来,便不可避免地将中国文学"载道""言志"之传统推向了一个极端,将小说当成论文和政治宣言来写,结果也就不难想象了。由于这些作者过于急功近利,过分强调文学的教诲作用,完全忽略了文学本身的审美品格,只是把小说当成宣传的工具,所以他们创作

---

① ［法］佛林玛利安:《世界末日记》,梁启超译,中华书局,1936 年,第 1 页。
② 同①,第 2 页。
③ 同②。

的小说，很快便受到了一部分评论家的责难和读者的冷遇。俞佩兰在《女狱花·序》中指出："近时之小说，思想可谓有进步矣，然议论多而事实少，不合小说体裁，文人学士鄙之夷之。"①公奴在《金陵卖书记》中指出：

> 小说书亦不销者，于小说体裁多不合也。不失诸直，即失诸略；不失诸高，即失诸粗；笔墨不足副其宗旨，读者不能得小说之乐趣也……
>
> 以小说开民智，巧术也，奇功也，要其笔墨绝不同寻常……今之为小说者，俗语所谓开口便见喉咙，又安能动人。②

小说读者得不到阅读小说的乐趣，因此小说也就难以行销。政治小说的译著在清末文坛仅仅流行了几年时间，和这类小说缺少小说趣味不能说没有关系。政治小说的失败在一定程度上可以说是本土文学的载道传统干预新引进的新体裁所造成的结果。

5.2.2 侦探小说

侦探小说是以案件的发生和推理侦破过程为主要描写领域的小说，故又称侦探推理小说、侦破小说、推理小说等。侦探小说最早产生于美国。1841 年，美国小说家埃德加·爱伦·坡在 *Graham Magazine* 发表《莫尔街凶杀案》。这是文学史第一篇侦探小说，和《玛丽·罗杰的秘密》《失窃的信》等成就了爱伦·坡的侦探小说之父之名。1863 年，法国作家埃米尔·加博里奥(émile Gaboriau)发表《血案》。1868 年，英国作家威尔基·柯林斯(William Wikie Collins)发表《月亮宝石》(The Moonstone)，扩大了侦探小说的影响。1887 年，英国作家柯南·道尔开始发表的《血字的研究》，把侦探小说的创作推向高潮。

侦探小说是一种集惊险、神秘、趣味、娱乐于一体的小说，具有独特的历史文化蕴含和艺术风格。首先，侦探小说多以具有超强

---

① 阿英：《晚清小说丛钞·小说戏曲研究卷》，中华书局，1960 年，第 191 页。
② 张静庐：《中国近代出版史料(初编)》，群联出版社，1954 年，第 389 页。

的推理和判断能力的私人侦探为主人公,再配上一些平平常常的人,如警察、侦探的朋友或助手、罪犯、受害人、目击者和见证人。这些私人侦探语言幽默风趣,洞察力惊人,在与罪犯的对话中,语言犀利无比,直刺对方心脏,使其毫无反驳之力。他们侦察破案时所表现的超人的智慧、敏锐的洞察力和平常之人的平庸、无能形成鲜明的对比,也使前者更令人心折。其次,侦探小说的情节结构相对固定,先对侦探本人进行介绍,然后描写犯罪事实,找出侦破线索,层层推进地描写案件的调查和分析,最后宣布侦破结果,并解释疑点。故事情节神秘、刺激,对于读者具有很强的吸引力。最后,侦探小说多产生于科学技术和实证主义相对发达的社会,所写的案情复杂、诡秘,侦破手段巧妙、严谨,以严格的科学精神、缜密的逻辑推理服人,和中国传统的公案小说颇为不同。所以,侦探小说是舶来品,正如侠人所说:"唯侦探一门,为西洋小说家专长。中国叙此等事,往往凿空不近人情,且亦无此层出不穷境界,真瞠乎其后矣。"①尽管如此,侦探小说传统与中国传统公案小说传统的契合之处却使得侦探小说迅速流行开来。

郭延礼认为,在近代译坛上,侦探小说约占全部翻译小说的五分之一,且欧美侦探小说名家几乎均有译介,甚至几与西方侦探小说创作同步,所以倘就翻译数量之多、范围之广、速度之快来讲,在整个翻译文学的诸门类中均名列前茅。②

我国翻译的第一部侦探小说是柯南·道尔的《海军协定》(The Naval Treaty),桐乡张坤德把它译为《英包探勘盗密约案》(译歇洛克呵尔唔斯笔记),发表在《时务报》6—9册(1896年9月27日—1896年10月27日)。此外,张坤德还翻译了《记伛者复仇事》(译滑震所撰歇洛克呵尔唔斯笔记)(The Crooked Man)、《继父诓女破案》(滑震笔记)(The Case of Identity)和《呵尔唔斯缉案被戕》(译滑震笔记)(The Final Problem),分别发表于《时务报》10—12册

① 陈平原,夏晓虹:《二十世纪中国小说理论资料·第一卷(1897—1916)》,北京大学出版社,1989年,第76页。

② 郭延礼:《中国近代翻译文学概论》,湖北教育出版社,1997年,第140页。

(1896 年 11 月 5 日—11 月 25 日)、24—26 册(1897 年 4 月 22 日—1897 年 5 月 12 日)、27—30 册(1897 年 5 月 22 日—1897 年 6 月 20 日)。1899 年,这四篇小说和《英国包探访喀迭医生奇案》一起由上海素隐书屋印行,题名《新译包探案》。《英国包探访喀迭医生奇案》刊登于《时务报》第一册(1896 年 8 月 9 日),注明译自《伦敦俄们报》。从内容看,《英国包探访喀迭医生奇案》并非小说,只不过是一篇医生杀人案告破的报道,由于晚清人对小说的认识不足,因此把它误称小说。

自此之后,侦探小说的翻译绵延不绝。根据《新编增补清末民初小说目录》,1895—1917 年间,有明确标记的小说共 1062 部/篇,标记为侦探小说的翻译小说共 192 部/篇,另有一部小说标记为侦探言情小说,一部标记为侦探艳情小说,占有标记小说综述的 18.23%,涉及英、法、美、日四个国家。此外,1906 年,小说林社出版《福尔摩斯再生一至五案》《福尔摩斯再生六至十案》《福尔摩斯再生十一至十三案》;1907 年,小说林社出版《聂格卡脱侦探案》16 册;1916 年 5 月,中华书局出版《福尔摩斯侦探全集》12 册,共 44 篇,均未标记为侦探小说。总的说来,郭延礼的估计,亦即侦探小说约占全部翻译小说的五分之一,大差不离。从标记为侦探小说的翻译小说的数量来看,①1907 年前后,侦探小说翻译达到第一个高潮。武润婷认为造成这一点的原因有两个:其一和中国刑律的改良有关。过去,处理刑事案件的是地方行政长官,而这些长官未经过专门培训,办案难免刑讯逼供,审案时难免疏漏。所以,在和西方接触之后,晚清要求刑法改良的呼声高涨。但是法律易于修订,执法机构也易于改组和建立,如何提高办案人员的素质和侦破能力却成了难题。在这种情况下,西方的侦探小说为人们提供了这种借鉴。其二是因为侦探小说是人们喜闻乐见的作品。中国本土的公案小说让民众对同是侦破案件的故事感到熟悉,而公案小说描写破案的手段粗率、幼稚,情节也不够曲折,又让民众觉得侦探

---

①   1906 和 1908 年均为 18 部/篇,1907 年为 19 部/篇。

小说新鲜,将侦探小说视为了解西方社会生活的一个窗口。所以,郭延礼认为侦探小说在我国的盛行"绝不是诸如'宣扬凶杀色情''小市民趣味'和什么'反动逆流'几句话可以概括并解释清楚的"。①

舶来的侦探小说使本土的公案小说相形见绌,促使中国作家对公案小说进行改造或创作我国的侦探小说,在创作技巧上为我国作家提供了有益的借鉴。特别是我国近代小说中倒装叙事的运用,更是直接得益于此类作品,最显著的例子是法国鲍福的《毒蛇圈》对吴研人《九命奇冤》的影响。另外,在柯南·道尔创作的福尔摩斯系列作品中,华生直接参与案件并加以记录的第一人称叙事手法对我国近代侦探小说的创作也有影响。我国著名侦探小说家程小青的《霍桑探案》就受到柯南·道尔这种创作模式的影响。

5.2.3 科学小说

1905 年,侠人在《新小说》第十三号的《小说丛话》中指出:"西洋小说尚有一特色,则科学小说是也。"②郭延礼认为所谓的科学小说也就是我们今天统称的"科幻小说",不过晚清时却经常被标为"理想小说"或"冒险小说"。③ 王燕则指出,"还有相当多的人着眼于科学小说的情节转换的跌宕起伏,把部分'冒险小说''奇情小说''奇幻小说'视为科学小说"。④

晚清国势江河日下,内忧外患,灾难重重。但是洋务运动的失败使得晚清知识分子认识到仅靠少数精英不足以改变国运,必须开启民智,对群众进行普及教育,其中也包括科学教育。不过纯粹的科学书籍:

> 常人厌之,阅不终卷,辄欲睡去,强人所难,势必然矣。惟假小说之能力,被优孟之衣冠,则虽析理谭玄,亦能浸淫脑筋,不生厌倦……我国说部,若言情谈故刺时志

① 郭延礼:《中国近代翻译文学概论》,湖北教育出版社,1997 年,第 166 页。
② 陈平原,夏晓虹:《二十世纪中国小说理论资料·第一卷(1897—1916)》,北京大学出版社,1989 年,第 76 页。
③ 同①,第 167 页。
④ 王燕:《近代科学小说论略》,《明清小说研究》,1999 年第 4 期。

> 怪者,架栋汗牛,而独于科学小说,乃如麟角。智识荒隘,
> 此实一端。故苟欲弥今日译界之缺点,导中国人群以进
> 行,必自科学小说始。①

鲁迅的这段话反映出晚清知识分子对科学书籍的普遍看法,也道出了他们积极翻译科学小说的初衷。

我国翻译的第一部科学小说是薛绍徽在她丈夫帮助下译的儒勒·凡尔纳的作品《八十日环游记》。② 1900年,该书由经世文社刊印,原署房朱力士著,署薛绍徽译,共37回。小说系根据英译本转译,但是却相当忠实,几乎没有删节和随意的增添。③ 虽然小说中人物名字的翻译明显地带有中国色彩,如福格的仆人路路通译为阿荣,艾娥达夫人译为阿黛,但在体制上也还是传统的章回体,把37章改成了37回,每回有七字回目,但是却无"话说""且说""且听下回分解"等俗套。虽然和《巴黎茶花女遗事》相比,忠实有余,但是受章回小说传统的影响却要大过《巴黎茶花女遗事》,而远小于《十五小豪杰》——另一部被转译的凡尔纳的作品。

晚清翻译的科学小说大致可分为三类:空间探险、灾难小说以及科技发明。第一类科学小说,仅译介凡尔纳的作品就有鲁迅翻译的《月界旅行》、佚名翻译的《空中旅行记》④、佚名翻译的《环游月球》、谢炘翻译的《飞行记》等数种。世纪之交的人们挖空心思构想飞向太空、征服空际的方式,如周桂笙翻译的刊登于《月月小说》1年5号的《飞访木星》,描写科学家葛林士与其助手用氢气球举陨石上天,访求木星。此外这一时期翻译的太空探险小说还有海天独啸子翻译的《空中飞艇》、包天笑翻译的《法螺先生谭》和《法螺先

---

① 陈平原,夏晓虹:《二十世纪中国小说理论资料·第一卷(1897—1916)》,北京大学出版社,1989年,第51页。

② 郭延礼:《中国近代翻译文学概论》,湖北教育出版社,1997年,第169页。由于对科学小说的定义存在争议,因此也有人将毕拉宓的《百年一觉》视为我国翻译的第一部科学小说。

③ 郭延礼:《中国近代翻译文学概论》,湖北教育出版社,1997年,第170页。

④ 王燕作《太空旅行记》。此处从樽本照雄,作《空中旅行记》。

生续谭》、佚名翻译的《幻想翼》、佚名翻译的《新飞艇》等。"飞行器""空中飞艇""空中战舰"成为一时炙手可热的时髦字眼。① 与太空探险相对应的是地底与海底探险,如卢藉东译的《海底旅行》、鲁迅译的《地底旅行》、奚若翻译的《秘密海岛》、周桂笙译的《地心旅行》,以及署名海外山人翻译的《海底漫游记》、悾悾翻译的《海中人》等。正如《新世界小说月报》第六、七期所刊登的《读新小说法》所说的那样,在这类科幻小说中,真可谓"天上可以鼓轮,海底可以放枪,上碧落而下黄泉,幻言也,见诸实事"。②

第二类科学小说描写灾难,如梁启超根据日文转译的《世界末日记》、佚名翻译的《杞忧星灾》等。《世界末日记》则勾画了一幅世界走向死寂的苍凉景象,一切的文明与先进面对宇宙寂灭都显得不再重要,感叹"世界终末之期,早已至矣"。③ 小说指出,人类自身贪图享受,五官受到强烈刺激,导致寿命锐减,再加上地球寒气日盛,因此更加争分夺秒地享受。如此恶性循环,人类终于走向毁灭。这对一心"师夷长技以制夷"、沉溺于盲目的"格致兴国"的热情中的中国知识阶层来说,在对科学的一片欢呼声中,无异于被泼了一盆冷水。在中国的传统中,杞人忧天向来被看做一个笑柄,所以科技所带来的人祸是晚清知识分子所不能想象的。晚清知识分子担心的是缺少科学技术,以及缺少科学技术所带来的坚船利炮,因此导致国人面临亡国亡种的危险。所以,王燕认为,在这种背景下,"能够译介或创作科技灾难小说尤其难能可贵"。④ 在经过初期的狂热之后,人们对科学技术稍微理智,开始译介描述由于科技的广泛应用导致的一系列社会问题的科学小说,比如杨心一翻译的威尔士的《火星与地球之战争》《八十万年后之世界》等。这类作品有利于人们真正高瞻远瞩,对科技采取批判的理性接纳态度。

---

① 王燕:《近代科学小说论略》,《明清小说研究》,1999 年第 4 期。
② 陈平原,夏晓虹:《二十世纪中国小说理论资料·第一卷(1897—1916)》,北京大学出版社,1989 年,第 277 页。
③ [法]佛林玛利安:《世界末日记》,梁启超译,中华书局,1936 年,第 2 页。
④ 同①。

第三类是以科技发明为题材的科学小说，这也是数量最大的一类。这类作品覆盖面广，涉及自然科学的多个学科，如方庆周译述、吴趼人衍义的《电术奇谈》，金石翻译的《秘密电光艇》，陈鸿璧翻译的《电冠》，史九成翻译的《微生物趣谈》，包天笑、张毅汉合译的《乔奇小传》，定九、蔼卢、包天笑合译的《人耶非耶》等。其中《微生物趣谈》写一无政府党人窃得微生物病菌，欲加害他人，后事败自吠病菌，涉及微生物知识。在所有自然科学中，以化学知识为素材的作品较为突出，但总体而言，成就不大。《乔奇小传》写迂拙的乔奇不堪家人讥嘲，离家自谋生路，利用化学知识探得金矿骤富。《人耶非耶》译自威尔士的名著《隐形人》(*The Invisible Man*)，讲述人因为服用药物，导致身体透明，从而达到隐形的故事。

外国科学小说的译介也催生了中国科学小说的诞生。中国科学小说的开篇之作是署名荒江钓叟的《月球殖民地小说》，于1904年3月17日—1905年11月11日在《绣像小说》21—62期上连载。在此之后，中国科学小说作家们吸收传统神魔小说和西方科学小说的精华，创作出一系列上天入地、云游太空的科幻作品。比如吴趼人创作的描写贾宝玉漫游时光隧道的《新石头记》，徐念慈在读了包天笑译的《法螺先生谭》《法螺先生续谭》之后创作的《新法螺先生谭》，叙述了法螺先生航向太阳系诸星球的冒险故事。谢直君的《科学的隐形术》明显受到威尔士的小说《隐形人》的启发。《科学隐形术》中提到又一个英国哲学博士史迭笙，此人用真黑色全部反射的原理，在身体或衣服上涂上黑色，从而达到隐身的效果。王燕认为，该小说虽然套上科学的外衣，实质和中国古代的隐形故事并无差异，显得不伦不类。

> 这些小说离奇古怪、猎奇取巧，人物刻画肤浅、情节故弄玄虚。伪科学小说歪曲了科学的思维方式，混杂在"科学"的行列中宣扬怪异与神灵，粗制滥造、平庸乏味，影响了近代科学小说的整体艺术品位。①

---

① 王燕：《近代科学小说论略》，《明清小说研究》，1999年第4期。

当然,科学小说本要借小说的形式来阐述科学道理,起到科学启蒙的作用。如李迫创作的《放炮》只是平铺直叙化学课上老师演习通过"电气分水"和"亚铅"取"水素"的过程,像是学生毫无声息地对一次化学实验课所作的记录。半废创作的《亚养化氮》写化学教师劳勃用"亚养化氮"使人神经麻木的特点,作为"笑气"治疗夫妻吵架。天卧生创作的《鸟类之化妆》通过一个嫁到乡间的知识女性的叙述,介绍了燕子的飞速、家禽的砂浴等动物知识。由于过于注重传授科学知识,这些小说写得有些沉闷。

不过也有些科学小说写的生动活泼,比如端生创作的《元素大会》,刊登于《东方杂志》第十卷第十一号(1914 年 5 月 1 日)。小说以幽默诙谐的笔调介绍化学元素,写八十多种元素济济一堂,有"衣冠皓洁,形容光艳,常左右驰走于四隅,与人周旋"的"敏捷活泼""青年"——"水银";①有"克薄族"的"奇僻"少女——"亚可儿(酒精)","此女生有异秀,闻者辄为心醉";②有"性外温和而内刚烈,好扶弱锄强""曳绿色之"的格鲁林(氯气)夫人。③ 作者通过这种拟人化手段介绍元素的性质、作用,故事情节也构思巧妙、令人忍俊不禁。比如结尾处写座中诸人正静听"水素"的美妙歌喉,心旷神怡。突然:

> 一莽汉排闼直入,大呼硫化水素至矣。众人闻之,默然。金属派中人尤畏之如虎,相顾失色。独有格鲁林夫人,神色不变,从人丛中指硫化水素而詈之曰:"汝可厌之匹夫,汝品性恶劣,不知自臭,强欲厕身我可贵之元素盛会,侮辱同人。汝何人斯?速去。不者,我必杀汝而分解之。"言已,曳长裾而出,势将格斗。④

"不知自臭"四字尤为绝妙,将硫化水素(硫化氢)有臭鸡蛋气味这

---

① 于润琦:《清末民初小说书系·科学卷》,中国文联出版社,1997 年,第 122 页。
② 同①,第 123 页。
③ 同②。
④ 同①,第 126 页。

一特点点出。这样，既有小说的情趣，又附带普及了基本化学常识，使人了解了元素之间的相互作用与反应。可惜的是，在清末民初，这样的作品并不多见。

5.3　叙事模式的入侵

翻译小说除了给晚清的小说界带来思想和体裁的变化，在技法上也产生了巨大影响，使中国小说完成了叙事模式的现代化转变。这种转变是由两代作家共同完成的，第一代是以梁启超、林纾、吴趼人为代表的新小说家，第二代则是以鲁迅、郁达夫、叶圣陶为代表的"五四"作家。限于研究范围，我们只考虑第一代小说家。

第一代小说家以 1902 年的《新小说》创刊为标志，用原创小说和翻译小说实践着"小说界革命"。他们的作品既不同于古代小说，又不同于"五四"以后的现代小说，带有明显的过渡色彩，时人称之为"新小说"。[①]　不过王德威也指出："不客气地说，'五四'精英的文学口味其实远较晚清前辈为窄"，[②]对新小说加以肯定。新小说家曾经进行过多方面的实验，但是"五四"作家面对西方各种新颖的文潮，只继承了"新小说"的感时忧国的叙述，推举西方写实主义最安稳的一支作为颂习的对象。[③]

为了比较准确地描绘清末民初小说叙事模式的转变轨迹，陈平原曾分五个时期进行抽样分析：第一期为 1906 年上半年；第二期为 1906 年下半年至 1911 年；第三期为 1912 年至 1916 年；第四期为 1917 年至 1921 年；第五期为 1922 年至 1927 年。[④]　我们根据研究范围，只选取前三个时期。

图 5-1 为 1902—1927 年著译和著作部分突破传统叙事模式比例。表 5-1 为 1902—1916 年部分期刊小说叙事情况统计。表 5-2

[①]　陈平原：《中国小说叙事模式的转变》，北京大学出版社，2003 年，第 6 页。
[②]　王德威：《被压抑的现代性》，宋伟杰译，北京大学出版社，2005 年，第 10 页。
[③]　同②。
[④]　同①，第 7 页。

为 1902—1916 年部分期刊小说叙事情况统计及比例。表 5-3 为 1917—1927 部分期刊小说叙事情况统计及比例。

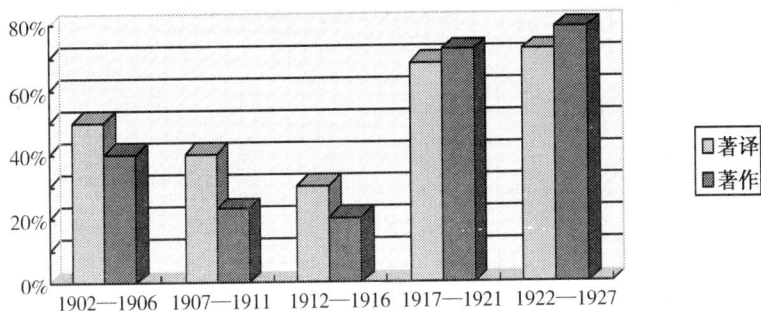

图 5-1　1902—1927 年著译和著作部分突破传统叙事模式比例

从上述图和表中可以看出,在陈平原所考察的五个时期中,前三个时期叙事模式部分突破叙事传统的比例逐次下降,向传统回归,"但也没有完全回到传统模式"。[①] 这说明在经历了最初的新鲜之后,传统的惯性发挥作用,直到新的文学革命彻底打破文学传统。具体来说,在叙事时间上,部分作品采用了倒装叙述,但是即使是在倒装叙述比例最高的第一时期,也只占到 1/3,而在 1917 年之前,没有交错叙述,并且著作中的倒装叙述的比例比译著中的低,而在 1917 年之后,情况则几乎相反。从叙事视角来看,前三个时期采用全知叙事的占 70% 以上,有部分第一人称叙事,还有少量的第三人称限制叙事以及极少的纯客观叙事;著作中的第一人称叙事的比例也同样比译著中的低,第三人称限制叙事及纯客观叙事比例太低,几乎是孤例,不足以说明问题。1917 年后,著作中的第一人称叙事的比例比译著中的要高。从叙事结构来看,前三个时期的叙事主要是以情节为中心,以性格为中心的不足 5%,以背景为中心的为零,这和后两个时期形成了鲜明的对比。在后两个时期,以情节为中心的叙事下降到不足 75%,以性格为中心的最低也占到 18%,到了最后一个时期的著作中,竟然占到了 35%,以背

---

① 陈平原:《中国小说叙事模式的转变》,北京大学出版社,2003 年,第 12 页。

表 5-1 1902—1916 年部分期刊小说叙事情况统计①

杂志名称	出版时间	类别	总数	连贯叙述	倒装叙述	交错叙述	全知叙事	第一人称叙事	第三人称限制叙事	纯客观叙事	情节中心	性格中心	背景中心	部分突破传统模式
新小说	1902—1906	著译	22	15	7	0	19	3	0	0	22	0	0	10
		著	9	6	3	0	8	1	0	0	9	0	0	3
绣像小说	1903—1906	著译	40	26	14	0	27	10	3	0	37	3	0	21
		著	13	13	5	0	16	0	2	0	17	1	1	6
月月小说	1906—1909	著译	107	85	22	0	74	31	1	1	107	0	0	45
		著	65	61	4	0	52	11	1	1	65	0	0	15
小说林	1907—1908	著译	25	29	6	0	27	8	0	0	35	0	0	12
		著	19	18	1	0	15	4	0	0	19	0	0	4
小说丛报②	1914	著译	26	24	2	0	22	4	0	0	26	0	0	5
		著	20	20	0	0	19	1	0	0	0	0	0	1
小说月报(一)	1914	著译	26	24	2	0	22	4	0	0	26	0	0	5
		著	19	19	0	0	16	3	0	0	19	0	0	3
中华小说界	1914	著译	18	14	4	0	12	4	0	2	18	0	0	8
		著	13	9	4	0	12	4	0	1	13	0	0	5
礼拜六	1914	著译	31	25	6	0	23	7	1	0	30	1	1	10
		著	28	24	4	0	23	4	0	0	27	1	0	7

① 表中数据采集均参照陈平原《中国小说叙事模式的转变》,北京大学出版社,2003年,第8-10页。
② 《小说丛报》《小说月报》《中华小说界》《礼拜六》均为一部分。

表5-2　1902—1916年部分期刊小说叙事情况统计及比例

杂志名称	出版时间	类别	总数	连贯叙述	倒装叙述	交错叙述	全知叙事	第一人称叙事	第三人称限制叙事	纯客观叙事	情节中心	性格中心	背景中心	部分突破传统模式
新小说 绣像小说	1902—1906	著译	62	41	21	0	46	13	3	0	59	3	0	31
		占比(%)	100	66	34	0	74	21	5	0	95	5	0	50
		著	27	19	8	0	24	1	2	0	26	1	0	9
		占比(%)	100	70	30	0	89	4	7	0	96	4	0	33
月月小说 小说林	1906—1909	著译	142	114	28	0	101	39	1	1	142	0	0	57
		占比(%)	100	80	20	0	71	27	1	1	100	0	0	40
		著	84	79	5	0	67	15	1	1	84	0	0	19
		占比(%)	100	94	6	0	80	18	1	1	100	0	0	23
小说丛报(一) 小说月报 中华小说界 礼拜六	1914	著译	105	89	16	0	82	20	1	2	104	1	0	32
		占比(%)	100	85	15	0	78	19	1	2	99	1	0	30
		著	80	72	8	0	66	12	1	1	79	1	0	16
		占比(%)	90	10	0	83	15	1	1	1	99	1	0	20

表 5-3 1917—1927 年部分期刊小说叙事情况统计及比例

杂志名称	出版时间	类别	总数	连贯叙述	倒装叙述	交错叙述	全知叙事	第一人称叙事	第三人称限制叙事	纯客观叙事	情节中心	性格中心	背景中心	部分突破传统模式
新青年 新潮 小说月报(二)	1917—1921	著译	126	104	18	4	47	41	28	10	93	23	10	86
		占比(%)	100	83	14	3	37	33	22	8	74	18	8	68
		著	57	48	8	1	20	21	10	6	42	12	3	41
		占比(%)	100	84	14	2	35	37	18	10	74	21	5	72
小说月报(三) 创造 莽原 浅草—沉钟	1922—1927	著译	362	266	77	19	121	134	99	8	237	106	19	272
		占比(%)	100	74	21	5	34	37	18	10	74	21	5	72
		著	272	190	63	19	83	102	85	2	165	95	12	216
		占比(%)	100	70	23	7	30	38	31	1	61	35	4	79

景为中心的作品所占比例虽然不足 10％,但是却实现了零的突破。从部分突破叙事模式的比例来看,前三个时期译著中的突破的比例均高于著作中的比例,但均未突破 50％,这说明"小说界革命"后,小说叙事模式虽然有了变化,但是革命并不彻底,革命者仍然处在学习阶段,传统势力仍然很强,在小说创作中表现得尤为明显。这种情况在"五四"之后,才得到彻底改变。

5.3.1 叙事时间

在中国传统文言小说中,不乏倒叙的作品,但是在中国小说史上占主导地位的长篇章回小说基本上采用连贯叙述方法。[①] 所以,当中国读者初次接触到西方的倒叙小说时,往往感到很突兀。周桂笙在《毒蛇圈·译者语》感叹:

> 我国小说体裁,往往先将书中主人翁之姓氏、来历,叙述一番,然后详其事迹于后,或亦有用楔子、引子、词章、言论之属,以为之冠者,盖非如是则无下手处矣。陈陈相因,几于千篇一律,当为读者所共知。此篇为法国小说巨子鲍福所著。其起笔处即就父母〔女〕问答之词,凭空落墨,恍如奇峰突兀,从天外飞来,又如燃放花炮,火星乱起。然细察之,皆有条理。自非能手,不敢出此。虽然,此亦欧西小说家之常态耳。[②]

事实上,我国引进的第一部倒叙小说应该是李提摩太节译的毕拉宓的《百年一觉》,不过李提摩太为了顺应中国人的阅读习惯,将原书的叙事时间理顺。其次是 1896—1897 年间,张坤德翻译的发表于《时务报》的四篇侦探小说以及 1899 年林纾翻译的《巴黎茶花女遗事》。

张坤德所译的第一篇柯南·道尔的侦探小说《英包探勘盗密约案》是这样开头的:

---

① 陈平原:《中国小说叙事模式的转变》,北京大学出版社,2003 年,第 38 - 39 页。
② 同①。

英有攀息(名)翻尔白斯(姓)者,为守旧党魁爵臣呵尔黑斯特之孙,幼时尝与医生滑震同学,年相若,而班加于滑震二等。众以其世家子文弱,颇欺之,蹴球则故掷球其身以为乐。然性敏慧,馆中课试辄高列,得奖赏最多。后学成,入大书院,已而仕外部,以有才又得舅之援,故每得差遣。后其舅为外部大臣,又与升转,部中有要事,无不与闻。一日呵密召攀息至其室,以灰色纸一卷授之,曰:"此英意密约,俄法使臣欲以重金购之。外间报馆已有知者,不可再泄。故特命汝书。汝宜锁诸书桌屉内,迨晚我当遣各人去,汝速书竟,仍藏诸屉,明早我至部,呈我可也。"攀息谨受教,日将没,文案房中人散尽,惟车尔斯各落忒未去。攀息乃出晚食。攀息本约其妻舅约瑟于夜十一下钟,乘华忒路火车至华肯勃来勃雷屋中。故亟归署,见车尔斯各落忒已去。①

试比较 *The Adventure of the Naval Treaty* 的原文,我们不难发现:原文开头,华生(滑震)提到其婚后不久,有三个案件令人难以忘怀,《海军协定》(《英包探勘盗密约案》)是其中之一。在张坤德译文中,原文的倒装叙事变成了中国读者熟悉的第三人称的全知叙述视角,而且像传统小说一样,将"主人翁之姓氏、来历,叙述一番,然后详其事迹干后"。不过等到翻译最后一篇侦探小说《呵尔唔斯缉案被戕》时,张坤德已经能够从容面对倒装叙事,依照原文的叙事时间进行翻译。

林纾翻译的《巴黎茶花女遗事》也采用倒装叙事,不过林纾并没有像李提摩太那样将倒装理顺。《巴黎茶花女遗事》曾经风行一时,不过由于晚清小说家注重政治,再加上我国的言情小说源远流长,所以对《巴黎茶花女遗事》的技法并不太重视,直到徐枕亚才开

---

① 《强学报·时务报1》,中华书局,1991年,第372页。原文只有黑实心圆点句读,现代标点为本书作者所加。以下张坤德引文同此。

始学习小仲马的倒叙手法。①

在《巴黎茶花女遗事》之后，另一部有重大影响的倒叙小说是梁启超翻译的《十五小豪杰》。梁启超在第一回后，曾写下批语："观其一起之突兀，使人堕五里雾中，茫不知其来由，此亦可见泰西文字气魄雄厚处。"②不过译者也许担心叙述太过"突兀"，因此还以叙述人的身份在译文中直接出面干涉叙述。

第三回

放暑假航海起雄心　遇飓风片帆辞故土

前回讲到武安绞下盘涡里去，连影也不见。看官啊，你不必着急。这武安是死不去的。他是这部书的主人公，死了他那里还有十五小豪杰呢？却是前两回胡乱讲了许多惊心动魄的事情，到底这些孩子们是那个国家的？是什么种类的人？这肯罗船到底欲往那里？为何没有船主，只剩这儿个乳臭小儿？我想看官这个闷葫芦，已等得不耐烦了。如今乘空儿补说一番罢。③

这一大段叙述显然是原文没有的，叙述者之所以出面干涉，是考虑当时读者的接受水平，担心倒叙手法会让当时的读者感觉太唐突，无法接受，这可以说是本土小说传统干预域外小说译介的典型例子。有学者认为叙述者三番五次地出面说明，虽然"使得这种倒叙手法的效果减半"，但是这种努力"还是值得肯定的"，"不然读者很可能从一开始就没有兴趣阅读了"。④ 不过换个角度来看，这也说明突破传统的不易。传统也许默默无语，但是却从来不甘心离场，藐视传统就会受到传统的藐视。面对传统的无声的威胁，梁启超部分屈服了，因为他担心与传统直接对抗，会让他受到传统的

---

① 陈平原：《中国小说叙事模式的转变》，北京大学出版社，2003年，第48页。

② ［清］梁启超，罗普译：《十五小豪杰》，《梁启超全集（八）》，北京出版社，1999年，第5666页。

③ 同②，第5669页。

④ 王志松：《析〈十五小豪杰〉的"豪杰译"——兼论章回白话小说体与晚清翻译小说的连载问题》，《中国比较文学》，2000年第3期。

惩罚,失去读者。在与传统的对抗中,他虽然高举小说革命的大旗,但是和三年前的林纾相比,他显然落伍了。

不过梁启超毕竟是小说革命家,不甘心这"突兀"的倒叙手法只停留在翻译小说中,因此,在其创作的小说中,他也想借鉴这种"泰西文字气魄雄厚"之处,于是便有了《新中国未来记》这样的倒叙小说。《新中国未来记》第一回记述西历二千零六十二年正月初一,南京举行维新 50 周年大庆,上海开设大博览会,孔觉民老先生发表"中国近六十年史",引出黄克强的故事来。陈平原认为,这一"突兀"的开场明显受到《百年一觉》和《雪中梅》的影响。① 尽管《新中国未来记》不是直接受到《十五小豪杰》的影响,但是它却是中国近代第一部采用倒叙手法的原创小说。由此我们还可以得出另一个结论:原创小说有时候还会受外文小说的直接影响,而不必经过翻译者的翻译加工。

在晚清小说中,模仿西洋小说倒装技法的最著名的例子是吴趼人的《九命奇冤》。1903 年,周桂笙翻译发表了法国作家鲍福的作品《毒蛇圈》。周桂笙在《毒蛇圈·译者语》中比较了中西小说的差距之后,声称自己将"爱照译之,以介绍于吾国小说界中,幸弗以不健全讥之"。② 以下是《毒蛇圈》第一章"逞娇痴佳人选快婿 赴盛会老父别闺娃"的开头部分:

> "爹爹,你的领子怎么穿得竟是歪的?"
>
> "儿呀,这都是你的不是呢。你知道没有人帮忙,我是从来穿不好的。"
>
> "话虽如此,然而今天晚上,是你自己不要我帮的。你的神气慌慌忙忙,好像我一动手,就要耽搁你的好时候似的。"
>
> "没有的话。这都因为你不愿意我去赴这回席,所以

---

① 陈平原:《中国小说叙事模式的转变》,北京大学出版社,2003 年,第 41 页。

② 陈平原,夏晓虹:《二十世纪中国小说理论资料·第一卷(1897—1916)》,北京大学出版社,1989 年,第 94 页。

努起了嘴,什么都不高兴了。"

……

"哼,我何曾有什么钱! 这份产业是你母亲的姑母留下的,一年可以得六万法郎的进益。现在不过为的是你年纪还小,所以替你经管。再等两三年,我就应该交还给你了。要是你对了亲嫁了人,这份产业就要归你丈夫执掌了。"

"哦,故此你要把我嫁掉吗?"

"你总不能老死不嫁人呀! 我要丢开你呢,本来也是舍不得,然而你也总不能说是一定等我死了再去嫁人,因为我还想再长长久久的多活上他几年呢。"

"丢开我吗? 为什么呢? 我也并没有一点意思要丢开你。即使有人要娶我,我自然要同他说明白,商量一个妥当的办法,我们大家总得住在一块儿过日子呢。这间屋子住三四个人也还住得去,你老人家应得在楼下一层,才与相馆进出近便,也省得你老人家偌大年纪,在楼梯上上上下下的。我们两口子住在第二层。第三层还可以给丽娟表姊做个卧房,她是年轻力壮的人,再高一两层也不要紧的。"

"好呀,好呀,你已经打算得那么周到了吗,既是这么着,你索性把装修陈设都支配好了吧。可见得古人说的,你们女孩儿家是个天生的奇怪东西,这句话是一点儿都不错的。照这样看来,恐怕谁都要疑心你已经拣着个老公了呢。"①

周桂笙是吴趼人的好友和合作者,所以可以相信吴趼人看到过周译的《毒蛇圈》。果不其然,相隔仅四期,吴趼人的《九命奇冤》就在《新小说》上发表,其以对话开头的方式几乎与《毒蛇圈》的父女对话方式如出一辙。② 下面是《九命奇冤》第一回"乱哄哄强盗作

---

① [法]鲍福:《毒蛇圈(外十种)》,周桂笙译,岳麓书社,1991 年,第 9 - 11 页。
② 苗怀明:《从公案到侦探:论晚清公案小说的终结与近代侦探小说的生成》,《明清小说研究》,2001 年第 2 期。

先声　慢悠悠闲文标引首"开头的对话,明显受到《毒蛇圈》的影响。

"唅! 伙计! 到了地头了! 你看大门紧闭,用甚么法子攻打?"

"呸! 蠢材! 这区区两扇木门,还攻打不开么? 来,来,来! 拿我的铁锤来!"

"砰訇! 砰訇! 好响呀!"

"好了,好了! 头门开了! ——呀! 这二门是个铁门,怎么处呢?"

"轰!"

"好了,好了! 这响炮是林大哥到了。"

"林大哥! 这里两扇铁牢门,攻打不开呢!"

……

"兄弟们搬过柴草来,浇上桐油,就在这门前烧起来,拿风箱过来,在门缝里喷烟进去……阿七! 你飞檐走壁的功夫,还使得么?"

"老实说,我虽然吃了两口鸦片烟,这个本领是从小学就的,哪里就肯忘记了!"

"既这么着,你上去把四面的小窗户,都用柴草塞住了,点上一把火。"

"可以,我就干这个。"

"凌大爷! 这里有马鞭,你且坐在上风一边,看俺老林成功也! 兄弟们快来动手!"①

5.3.2　叙事角度

中国传统小说主要采用第三人称全知视角进行叙事,所以当译者遇到第一人称叙事时,就会感到不知所措。在这种情况下,张坤德在翻译《英包探勘盗密约案》时,不仅将原文的倒叙变成了顺叙,而且将第一人称叙事改为第三人称全知叙事,即"英有攀息

---

① 我佛山人:《九命奇案》,苑城出版社,1986年,第1—2页。

(名)翻尔白斯(姓)者,为守旧党魁爵臣呵尔黑斯特之孙,幼时尝与医生滑震同学,年相若,而班加于滑震二等".① 这样一来,原文中的"我",也就是滑震,只作为故事中的一个人物存在,不仅丧失了原文故意安排的技巧性,而且让滑震显得有些多余。张坤德自己也许也觉察到这种改译的方法在翻译侦探小说时,有些不妥,因此在翻译第二篇福尔摩斯系列作品《记枢者复仇事》时,在补充说明"译歇洛克呵尔唔斯笔记"后,还用小字补充"此书滑震所撰",并且在译文的开头加了"滑震又记歇洛克之事云"这句话。译文仍采用第三人称叙述,但是几乎保留了原书以华生视角叙述案情的特色,只是把"我"改成了"滑"。

> 滑震又记歇洛克之事云:滑震新婚后数月,一日夜间,方坐炉旁,览小说。是日为人视疾甚瘁,时妻已登楼,诸仆扃门卧。滑方敲烟嘴,忽闻门铃骤摇,亟视钟,已十一点三刻,谓必有病家来。夜间又恐不得睡,含怒启扃。甫开,则见歇洛克立阶上,正骇异。歇谓曰:"深夜相扰,得毋见怪。"滑因延入座。歇曰:"今夜欲奉假一宿,得否?"滑许之……②

第三篇《继父证女破案》只有"滑震笔记"四字的简单说明,叙事时间、视角和原文一样,未作改动,以"余"来讲述。"余尝在呵尔唔斯所,与呵据灶觚语,清谈未竟,突闻叩门声。仆人通谒曰:'有女名迈雷色宾者,请一见谈密事。'语至半,则女已入。"③第四篇《呵尔唔斯缉案被戕》有五字"译滑震笔记"的说明。小说为第一人称倒装叙事,张坤德在翻译时,未改变原文的视角和结构的安排。

> 余友呵尔唔斯,凤具伟才。余已备志简端,惜措词猥芜,未合撰述体例。兹余振笔记最后一事,余心滋戚。盖自第一章考验红色案起,至获水师条约案至,即欲辍笔,

① 《强学报·时务报1》,中华书局,1991年,第372页。
② 同①,第656页。
③ 同①,第1625页。

不复述最后之一事。诚以提论此事,使余哀怆。时逾两纪,犹未慊也。然余因夕姆斯莫立亚堆副将来函,曲护伊弟行为,余不得不将颠末录之,以供众览。①

张坤德从翻译《英包探勘盗密约案》到翻译《呵尔唔斯缉案被戕》的变化,"反映了对侦探小说这种中国从未出现的文学类型的接受过程先是不理解侦探小说原有的结构,从而将其错误的改造,其后开始意识到了它们这样安排的妙处。虽然还只是处于起步阶段,但预示着对这类小说作品开始有了正确的理解"。②

事实上,我们可以把张坤德的这种转变视为中国译者接受西洋小说整个过程的缩影:从一开始的以彼就我,到最后的坦然接受,再到小说家们的欣然仿效。换言之,本土小说传统先是抵抗外来传统,对外来传统加以改造,然后逐渐淡然处之,并最终接受外来传统的改造,形成新的传统。

林纾在翻译《巴黎茶花女遗事》之前,是否看过张坤德翻译的侦探小说,我们不得而知。不过我们从译文中所添加的"小仲马曰"可以知道林纾所遇到的尴尬。与张坤德在《英包探勘盗密约案》中将滑震变成一个普通的人物而非叙述者相比,林纾的"小仲马曰"有点类似于张坤德在第二篇开头所添加的"滑震又记歇洛克之事云",因此林纾并未从根本上改变原文的叙事视角,仍然以"余"的口吻来叙述《巴黎茶花女遗事》。不仅如此,林纾的《巴黎茶花女遗事》中所保留的茶花女日记第一次向中国人展示了日记体小说的魅力。徐枕亚的《玉梨魂》第 29 章引录筠倩的临终日记 10则③,显然是学自林纾的《巴黎茶花女遗事》。和林纾的无意识保留茶花女日记相比,其后的小说革命者则有意保留原小说的日记体例,以期达到示范的作用。《大陆报》第一卷第一号(1902)所刊登的《〈鲁宾孙漂流记〉译者识语》指出:"原书全为鲁宾孙自叙之语,盖日记体

---

① 《强学报·时务报 1》,中华书局,1991 年,第 1830 - 1831 页。

② 阚文文:《晚清报刊小说翻译研究——以八大报刊为中心》,华东师范大学博士学位论文,2008 年。

③ 徐枕亚:《玉梨魂》,江西人民出版社,1988 年,第 178 - 182 页。

例也,与中国小说体例全然不同。若改为中国小说体例,则费事而且无味。中国事事物物皆当革新,小说何独不然! 故仍原书日记体例译之。"①也许"费事而且无味"是译者不作改动的根本原因,但是译者希望能给小说界带来冲击、引发革新之心也不容否认。正是由于一代又一代译者的孜孜努力,给中国小说界带来了榜样,才使得中国小说逐渐走出了传统的束缚,成就了近代小说的辉煌。

以性格、背景为中心的小说的翻译和创作在 1917 年之后才逐渐多起来,而在此之前,只有寥寥无几的以性格为中心的小说,而以背景为中心的小说一篇也没有。因为我们研究的时间界限为 1895 年至 1917 年,所以有关小说叙事结构的转变不在此加以讨论。

5.4 小 结

中国传统通俗小说地位低下,但是却能够感动人心,是启迪民智的理想工具。所以,要想理直气壮地利用通俗小说这一形式来发表政见、开启民智,就必须首先打破传统,革除对小说的偏见。于是晚清小说革命家编织了一个有关域外小说的神话,亦即小说在东西洋的社会变革中起到了莫大的作用,先从舆论上为小说界革命扫清了障碍。在实践上,出于救国图存的目的,小说革命家首先关注的是政治小说,从政治小说的译介开始,为中国小说引进了新的体裁。当然,新体裁的引进也不仅仅限于政治小说,也包括侦探小说、科学小说等。此外,新的叙事模式,如倒叙、背景中心,以及新的思想观念,如自由平等,给中国小说带来巨大的冲击和启迪,使得中国小说界的风景变得丰富多彩。这场始于政治小说译介的革命最终却在侦探小说、言情小说等方面结出硕果,极大地改变了中国小说的面貌,使得中国小说传统——观念、思想、主题、技巧等——为之一变。

---

① 陈平原,夏晓虹:《二十世纪中国小说理论资料·第一卷(1897—1916)》,北京大学出版社,1989 年,第 49 页。

6　变化中的文学传统

文学传统不是一成不变的。面对外国文学传统的冲击，中国文学传统不断调整，进行自我适应。本章主要讨论面对外国文学传统冲击，变化中的中国文学传统。首先讨论的是在域外小说影响下，中国现代小说意识的形成；其次，以《域外小说集》和《欧美名家短篇小说丛刊》为对象，研究小说翻译走向成熟的过程；最后讨论域外小说对中国第一部现代小说《狂人日记》的影响。

6.1　现代小说意识的形成

现代小说不同于现代派小说。20 世纪 20 年代，西方社会知识分子对科技进步和工业化所带来的灾难感到震惊，以至对人类社会是否能够一步步走向更加美好的明天感到怀疑，从而产生忧郁彷徨的情绪。这种思想和情绪反映到艺术上，便造就了所谓的现代派艺术，而表现这种思想和情绪的小说就被称为现代派小说。

6.1.1　现代小说的定义

现代小说是与古典小说相对的概念，是在域外小说影响下而形成的一门语言艺术。早在 1934 年，胡怀琛就讨论过现代小说与中国原有小说的区别，指出现代小说具有以下特质：

① 是用现代语写，脱尽了古代文言的遗迹。

② 绝对是写的，不是说的，绝对脱尽了说书的遗迹。

③ 所写的是一般人的日常生活，不是特殊阶级的特殊生活。

④ 绝对脱离了神话和寓言的意味。

⑤ 结构无妨平淡，不必曲折离奇。

⑥ 结构却不可不缜密，绝对不可松懈。

⑦ 注意能表现出民众的生活实况及某地方的人情风俗。

⑧ 注意于人物描写的逼真和环境、人物配置的适宜。①

我们把这八条归一下类,不难发现第三、四、七条谈的是小说的内容和主题,第一、二、八条谈的是小说的技巧和语言,第五、六条谈的是小说的结构。再仔细分析一下,我们会进一步发现,胡怀琛的八条是针对传统小说的一些特点提出的,似乎急于和传统小说割离,走向传统小说的对立面,从而显得有些片面。就内容和主题而言,他虽然道出了部分现代小说应该描写的内容,但是却把另一部分内容完全排除在外,使得现代小说概念过于狭窄。这一点他自己也知道,"这种小说的范围当然是比较的最小"。② 就技巧和语言而言,第八条最能反映现代小说的特征,而第一、二两条却并非现代小说的必要特征,反而把范围缩小了。就结构而言,第六条可谓是现代小说与传统小说的一个重要差别。所以,胡怀琛的八条虽然涉及了现代小说与传统小说的一些差别,但是其中一部分并非现代小说的本质特征。

那么究竟什么是现代小说呢? 现代小说就是在西洋小说的影响下,形成的以叙述为主,描写、抒情、议论等多种手法并用的文学的一大样式,刻画一定环境中的相互关系、行动和事件以及相应的心理状态、意识流动等,从不同角度反映社会生活。与传统小说相比,现代小说内容和主题更加丰富,技巧更加多样,结构更加缜密。

6.1.2 现代小说意识的形成过程

从傅兰雅举行小说竞赛,试图改变中国人对小说的偏见开始,历经二十多年,中国人才获得现代小说意识。虽然在 1902 年,梁启超高举小说革命的义旗时,响应者云从影随,但是这场革命并不彻底。事实上,晚清的"小说界革命"虽然提高了小说的地位,对小说的认识也有所提高,但是却始终没有能够彻底摆脱传统小说观

---

① 吴福辉:《二十世纪中国小说理论资料(第三卷)(1928—1937)》,北京大学出版社,1997 年,第 261 - 262 页。

② 同①,第 262 页。

念的影响。① 随着时间的推移,人们对小说的认识逐步加深,现代小说意识渐渐形成。而所谓的现代小说意识,就是摆脱传统小说观念,在西方小说的影响下形成的,将小说要素分为情节、性格和背景的意识。

贺根民认为,中国小说观念的近代化是"一个新小说家不断扬弃的过程","一个新小说家接纳异域文化,并不断检讨、对比和化用的文学实践过程"。② 不过早期小说理论批评家如梁启超等,对传统小说思考得并不多,"对西方小说也是耳食多于真知,对外国小说理论更是处在略知皮毛的程度上"③,常常以讹传讹,造就了晚清有关西洋小说的神话。他们从错误的认识出发,主张小说界革命,提倡政治小说之类的新小说,用小说来启迪民智,借此改良群治,富国强民。他们将中国文学传统中的"载道"观念推向极致,将小说当成工具,其理论口号多于翔实的分析,未能提出符合小说发展规律的理论来。

"中国小说观念转型的大致方向是由小说与社会关系的外围讨论趋向小说本质认识内核的研讨。"④"新小说家"对小说功用的过分强调导致对审美的忽视,"开口便见喉咙"⑤的小说不仅让读者不满,也让小说理论家不满。在《〈小说林〉发刊词》中,黄人明确指出:"小说者,文学之倾于美的方面之一种也。"⑥黄人强调小说的审美作用,并不是说小说就应当"极藻绘之工,尽缠绵之致,一任事理之乖僻,风教之灭裂也",⑦并不是要否认小说的社会功用价值,而

---

① 事实上,即使是胡怀琛,又何尝摆脱了传统小说观念的影响!他急于走向传统小说的对立面,实则表明他还受着传统小说观念的影响。

② 贺根民:《近代小说观念的转型特征和体认》,《殷都学刊》,2008 年第 4 期。

③ 程华平:《中国小说戏曲理论的近代转型》,华东师范大学出版社,2001 年,第281 页。

④ 同②。

⑤ 张静庐:《中国近代出版史料(初编)》,群联出版社,1954 年,第389 页。

⑥ 陈平原,夏晓虹:《二十世纪中国小说理论资料·第一卷(1897—1916)》,北京大学出版社,1989 年,第234 页。

⑦ 同⑥。

是想说明小说发挥社会作用是通过小说带给读者的美感去实现的。如果小说家不屑"为美",只求"立诚明善",那么这样的小说就成了"无价值之讲义、不规则之格言而已"。① 也就是说,如果小说家只是一味地强调小说之用,不讲究小说的艺术性,那么,这对于小说来说则是"名相推崇,而实取厌薄",是对小说的另一种意义上的贱视。小说和哲学、科学、法律以及经训的不同之处就在于它的美感价值,其他的价值则是在美感价值中实现的。这种通过审美而获得教益,与哲学、科学等直接教导人是完全不同的。"小说的文学品格,首先应该是审美。"②

徐念慈也同样十分推崇小说的美学价值。"所谓小说者,殆合乎理想美学、感情美学,而居其最上乘乎?"③但是美究竟表现在何处呢? 小说的审美特征是如何表现出来的呢? 徐念慈从五个方面来进行阐释。他首先引述黑辨尔(黑格尔)的观点,"艺术之圆满者,其第一义,为醇化于自然",④然后解释说这就意味着满足人"美的欲望,而使无遗憾也"。⑤ 这显然误解了黑格尔。⑥ 黑格尔是极为推崇"悲剧"的,但在徐念慈的解释下,他成了反对"悲剧"的美学家,成了大团圆结局的支持者。接下来,他又征引了黑格尔的"典型"理论:"事物现个性者,愈愈丰富,理想之发现,亦愈愈圆满,故美之究竟,在具象理想,不在于抽象理想。"⑦黑格尔的"典型"是个性与理念的统一,这段翻译概括基本上表达了这一思想,但是他说:

> 西国小说,多述一人一事,中国小说,多述数人数事,

---

① 陈平原、夏晓虹:《二十世纪中国小说理论资料·第一卷(1897—1916)》,北京大学出版社,1989 年,第 234 页。

② 程华平:《中国小说戏曲理论的近代转型》,华东师范大学出版社,2001 年,第 35 页。

③ 同①,第 235 页。

④ 同③。

⑤ 同③。

⑥ 同②。

⑦ 同③。

> 论者谓为文野之别,余独不谓然。事迹繁,格局变,人物
> 则忠奸贤愚并立,事迹则巧拙奇正杂陈,其首尾联络,映
> 带起伏,非有大手笔、大结构,雄于文者,不能为此,盖深
> 明乎具象之道,能使人一读再读,即十读百读亦不厌也。
> 而西籍中富此味者实鲜,孰优孰细,不言可解。①

这就有些过了,是他的民族自尊心在作怪。正如袁进指出的那样,"中国小说诚然大多是人物众多,事迹纷陈,但除了几部表现人生较为透彻,人物性格塑造得较好的小说尚有较高的美学价值,多数作品都是不堪卒读的"。② 其次,徐念慈以邱希孟氏(基尔希曼)的审美快感来自"实体之形象"来说明小说能引起读者"美的快感",或"令人快乐",或"令人轻蔑",或"令人苦痛、尊敬",这些感情,都是由小说中"实体之形象"引起的,③即读者对小说形象的审美感受。再次,小说要有形象性。"形象者,实体之模仿也。"④模仿现实的艺术形象在读者中引起的审美感受最为强烈,小说最具有形象性,最能使读者感到亲切,触动感情,引起快感。最后,小说必须理想化。"理想化者,由感兴的实体,于艺术上除去无用分子,发挥其本性之谓也。"⑤换言之,理想化,首先是艺术的典型化,其次是在现实基础之上的科学想象。

徐念慈在西方美学思想的影响下,从美学的角度来分析小说的审美特征,为晚清小说理论批评开辟了一条新的途径。尽管他对刚刚被引进国门的黑格尔、基尔希曼等的美学思想还有不少的误解,但他毕竟运用了全新的思想来论证小说的审美价值,并将理论初步系统化,所以黄霖认为,"徐念慈在某种程度上可以说是代

---

① 陈平原,夏晓虹:《二十世纪中国小说理论资料·第一卷(1897—1916)》,北京大学出版社,1989 年,第 235 页。

② 袁进:《试论晚清小说理论流派》,《江淮论坛》,1990 年第 6 期。

③ 同①,第 236 页。

④ 同③。

⑤ 同③。

表了晚清小说的理论高度"。①

不过阎奇男、王立鹏认为对小说的见解最为深刻的是王国维和周氏兄弟。② 他们的共同之处是否定文学作为政治的工具,但并不否认文学之于人生的意义。他们强调艺术的独立价值,不依傍经史,不谋求直接功利,其论调与早期的"新小说"理论家有明显的差异,与当时的潮流相左,但是却更贴近真正意义上的文艺观。

王国维的小说理论主要体现在《红楼梦评论》中。他深受康德、叔本华的哲学美学思想的影响,就文学的性质、功能、价值、目的,形成了一套崭新的文学观念,确立了艺术表现人生的理论,从理论上深刻批判了传统的"文以载道"文学观。他在《红楼梦评论》中指出:"美术中以诗歌、戏曲、小说为其顶点,以其目的在描写人生",③"美术之价值,对现在之世界人生而起者,非有绝对的价值也。其材料取诸人生,其理想亦视人生之缺陷逼仄,而趋于反对之方面。如此之美术,唯于如此之世界,如此之人生中,始有价值耳"。④ 王国维认为文学的性质就是描写人生。虽然文学有时也描写自然,但那也是对人生的间接描写,人是带着自己对人生的体验去描写自然的,描写自然的文艺作品从本质上仍旧是对人生的描写。王国维还认为文学的目的在于探索人生的真理,文学的功能在于人们通过艺术可以获得人生的慰藉,从痛苦中解脱出来。

王国维的《红楼梦评论》是第一次运用从西方舶来的新型的文学观来解剖中国传统小说。王国维是我国历史上第一位能体察作者用心,领会作品意图,道出《红楼梦》真谛的评论家。当世人还热衷于用索隐、影射之说来研究《红楼梦》时,他却直奔中心,以《红楼梦》本身作为研究对象,指出《红楼梦》是我国文学中唯一的真正

① 黄霖:《中国文学批评通史·近代卷》,上海古籍出版社,1996年,第595页。
② 阎奇男,王立鹏:《中国小说观念的现代化历程》,中国文联出版社,1999年,第85页。
③ 王国维,等:《王国维、蔡元培、鲁迅评点红楼梦》,团结出版社,2004年,第7页。
④ 同③,第26页。

"具厌世解脱之精神"①的"悲剧中之悲剧"②,具有极高的美学价值。可以说,正是由于王国维,中国古代小说的优秀传统才开始展示在世人面前,人们才开始懂得怎样读小说,怎样理解《红楼梦》中的悲欢离合。当然,王国维的小说理论带有相当严重的唯美主义倾向。在"文以载道"观念甚嚣尘上的文学传统中,王国维能将西方美学思想引进,"无异于在层层黑夜里给人们带来了一束火把……它使文学不再依附于道,不再作为政治道德的工具。文学与哲学、宗教、伦理道德并列,获得了独立存在的意义,找到了自身存在的价值。这就从根本上改变了中国传统文学观念的价值体系"。③

鲁迅、周作人兄弟早年受到"小说界革命"理论的感召,积极投身到"小说界革命"当中去。兄弟二人皆把译著小说当做救世的良方,鲁迅积极翻译励志及科学小说,如《斯巴达之魂》④《月界旅行》⑤《地底旅行》⑥《造人术》等,周作人则翻译《侠女奴》⑦《玉虫缘》⑧《荒矶》⑨《天鹨儿》⑩《红星佚史》⑪《匈奴奇士录》⑫等,以实践

---

① 王国维,等:《王国维、蔡元培、鲁迅评点红楼梦》,团结出版社,2004年,第16页。

② 同①,第19页。

③ 阎奇男,王立鹏:《中国小说观念的现代化历程》,中国文联出版社,1999年,第85页。

④ 刊登在《浙江潮》第5、9两期,樽本照雄误作5—9期。

⑤ 凡尔纳作品,由东京进化书社出版,得稿酬30元。

⑥ 凡尔纳作品,第一、二回刊登在《浙江潮》第10期,署名索子。

⑦ 根据英译《阿里巴巴和四十大盗》翻译,刊登在《女子世界》第8、9、11、12期上,署名萍云女士。

⑧ 爱伦·坡的著名侦探小说,1905年2月17日译完,初名《山羊图》,5月出版时,改名《玉虫缘》。

⑨ 陶尔(柯南·道尔)的《福尔摩斯探案全集》中的一篇,刊登在《女子世界》第2年第3号,署名萍。樽本照雄作第2、3号,署名萍云。

⑩ 雨果作品,刊登在《女子世界》第2年第4、5期合集,署名黑石。

⑪ 即哈格德与安德鲁·兰合著的《世界之欲》(*The World's Desire*)。书中有十八九首诗歌,由周作人口译,鲁迅笔述,非韵文部分由周作人翻译,商务印书馆出版。

⑫ *Egy Az Esten*,匈牙利肯珂摩尔著,商务印书馆出版。原小说发表于1876年。1901年,Percy Favor Bicknell将该书翻译成英文,由Manasseh出版。英文名为*God is One*。估计周作人是根据这个版本翻译的。

自己科学救国、醒民启智的心愿。鲁迅和周作人早期的翻译显示他们不免于俗,对小说形式的不够重视,而对小说审美价值的重视当是在日本留学期间,其表现为《域外小说集》的出版。在《域外小说集》问世之前,鲁迅发表了他的第一篇文艺论文《摩罗诗力说》,从中可以看出鲁迅的文艺观点。他们真正的现代小说意识的形成则应当是在"五四"前后。

6.2 从《域外小说集》到《欧美名家短篇小说丛刊》

鲁迅早期的翻译作品多多少少都有些问题。最早的《斯巴达之魂》任意剪裁,最多只能算是编译。《月界旅行》的问题也不少,将原来的章改为回,把不适合中国人口味的地方删除,甚至把原著者凡尔纳张冠李戴,成了"美国硕儒查理士·培伦",而在另一篇译作《地底旅行》中,凡尔纳又成了"英国人威男",也改成了章回小说。1934 年,鲁迅在给杨霁云的信中,回忆当年的翻译时,说"年青时自作聪明,不肯直译,回想起来真是悔之已晚"。①

其实,把鲁迅放到当时的语境中去,就会发现鲁迅还是很"潮"的。1902 年,梁启超在《新小说》发表《小说与群治之关系》,喊出小说革命的口号。时隔一年,他便翻译了《斯巴达之魂》《月界旅行》《地底旅行》,所选择的题材都是当时很时髦的东西:科学救国、启迪民智,所采取的方法也是当时流行的翻译方法。其中《月界旅行》得了 30 元稿酬。②

周作人的翻译始于 1903 年。这一年下半年,他得到一本伦敦纽恩斯(Newnes)公司发行的英文插图本《天方夜谭》,非常喜欢,便翻译了其中的《阿里巴巴和四十大盗》,改名为《侠女奴》,于 1904年 7 月至 11 月发表在《女子世界》。③ 小说名字让人想起唐人的传奇小说《昆仑奴》,而"侠""女"二字又显得很香艳,很符合当时小说

---

① 鲁迅:《鲁迅全集》(第 8 卷),人民文学出版社,2005 年,第 99 页。
② 同①,第 93 页。
③ 张菊香,张铁荣:《周作人年谱 1885—1967》,天津人民出版社,2000 年,第 57 页。

读者的口味。其后翻译的《玉虫缘》和《荒矶》是侦探小说,《红星佚史》原名《世界之欲》,是晚清最负盛名的英国作家哈葛德与安度阑俱①合著的小说,讲述的是阿迭修斯(奥德修斯)冒险的故事,②而匈牙利作家育珂摩尔的作品 *Egy Az Esten* 被译成《匈奴奇士录》,本身就能说明作品(在译者心目中)的类型。《红星佚史》和《匈奴奇士录》均为兄弟二人合作的产物,其中《红星佚史》中的诗歌由周作人口述,鲁迅用骚体译出。据周作人回忆:

> 译红星佚史,因为一个著者是哈葛德,而其他一个又是安特路朗的缘故。当时看小说的影响,虽然梁任公的"新小说"是新出,也喜欢它的科学小说,但是却更佩服林琴南的古文所翻译的作品。其中也是优劣不一,可是如司各得的"劫后英雄略"③和哈葛德的"鬼山狼侠传",却是很有趣味,直到后来也没有忘记。安特路朗本非小说家,乃是一个多才的散文作家,特别以他的神话学说和希腊文学著述著作,我便取他的这一点,因为红星佚史里所讲的正是古希腊的故事。这书原名为"世界欲"因海伦佩有滴血的星石,所以易名为"红星佚史",说老实话,这里面的故事虽然显得有点"神怪",可是并不怎么见得有趣味,至多也就只是用那"金字塔剖尸记"仿佛罢了⋯⋯但是我们所苦心搜集的索引式的附注,却完全删去了⋯⋯但似乎中国读者向来就怕"烦琐"的注解的,所以编辑部就把它一裹[股]脑儿的拉杂摧烧了。不过这在译者无法抗议,所以也就只好默尔而息。好在学了一个乖,下次译书的时候,不来再做这样出力不讨好的事情,这就很好了。④

---

① 现译作哈格德、安德鲁·兰,后者即《知堂回想录》中的安特路朗。

② 陈平原,夏晓虹:《二十世纪中国小说理论资料·第一卷(1897—1916)》,北京大学出版社,1989 年,第 232 页。

③ 原文标点符号如此。以下同。

④ 周作人:《知堂回想录》,群众出版社,1999 年,第 185 - 187 页。

周作人翻译《红星佚史》和《匈奴奇士录》之类的书是为了以书养书。留学费用（每月 31 元）只够将就着过日子，又要买书，所以不得不另筹经费。那时候，"平常西文的译稿只能得到两块钱一千字，而且这是实数，所有标点空白都要除外计算"。①《红星佚史》书稿卖了两百块钱，对周作人来说是笔不小的数目，②让他很受鼓舞。《知堂回想录》没说《匈奴奇士录》得了多少稿酬，只说书店少算了字数，经过讨要，又补回了十几块大洋。③《周作人传》的作者止庵说《匈奴奇士录》得了 120 元，④估计是根据字数和当时稿费费率计算出来的结果。

6.2.1 《域外小说集》

立志要做新文学家的周氏兄弟也是要食人间烟火的。他们要介绍新文学，就要搜集资料，而搜集资料，就必须有金钱支撑。⑤ 所以，周氏兄弟只得小本经营。在计划中，《域外小说集》也是要靠自己养活自己的。1921 年《域外小说集》再版时，鲁迅⑥在《域外小说集序》中指出："当初的计画，是筹办了连印两册的资本，待到卖回本钱，再印第三第四，以至第 X 册的。如此继续下去，积少成多，也可以约略绍介了各国名家的著作了。"⑦可以说，刚开始时，兄弟俩是踌躇满志，"新纪文潮，灌注中夏，此其滥觞矣！"⑧可惜的是计划没有成功，《域外小说集》只能中途戛然而止。

《域外小说集》是鲁迅与周作人合译的外国短篇小说选集，共两册，己酉二月十一日（1909 年 3 月 2 日）、六月十一日（1909 年 7 月 27 日）先后由日本东京神田印刷所印制，署"会稽周氏兄弟纂

① 周作人：《知堂回想录》，群众出版社，1999 年，第 185 页。
② 同①，第 187 页。
③ 同①，第 189 页。
④ 止庵：《周作人传》，山东画报出版社，2009 年，第 29 页。
⑤ 同①，第 84-85 页。
⑥ 署"一九二〇年三月二十日，周作人记于北京"，但据周作人回忆，实为鲁迅所作。
⑦ 同⑤。
⑧ 鲁迅：《鲁迅全集》（第 8 卷），人民文学出版社，2005 年，第 455 页。

译"，周树人发行，上海广昌隆绸庄总寄售。第一册原收小说 7 篇，其中安德烈夫的《谩》和《默》署"树人"译；第二册原收小说 9 篇，其中迦尔询的《四日》署"树人"译。1921 年增订改版合为一册，所收译作增至 37 篇，重新编排次序，由上海群益书社出版。

《域外小说集》的"序言"将出版该小说集的目的说得明明白白：

> 《域外小说集》为书，词致朴讷，不足方近世名人译本。特收录至审慎，逐译亦期弗失文情。异域文术新宗，自此始入华土。使有士卓特，不为常俗所囿，必将犁然有当于心。按邦国时期，籀读其心声，以相度神思之所在，则此虽大涛之微沤与，而性解思惟，实寓于此。中国译界，亦由是无迟莫之感矣。①

"序言"是鲁迅写的，和小说集中的译文一样有些拗口。这和 1908 年兄弟二人师从章炳麟学习文字学有关。这年 7 月，兄弟二人和许寿裳、钱玄同等 8 人去民报社听章炳麟讲学，地点在小石川区新小川町。上课时间是每个星期日的清晨，用的书是段玉裁的《说文解字注》、郝懿行的《尔雅义疏》。这个班一直开到 1909 年，持续时间约半年。

学习文字学的结果在《域外小说集》的译文中得到了体现，"当初的译文里，很用几个偏僻的字"，"不但句子生硬，'诘屈聱牙'"。② 语言深奥是《域外小说集》售卖失败的一个重要原因。小说集在上海、东京两地寄售，第一册在东京卖出了 21 本，第二册卖出了 20 本。第一册之所以多售出一本，据说是"有一位极熟的友人，怕寄售处不遵定价，额外需索，所以亲去试验一回，果然划一不二，就放了心，第二本不再试验了"。③ 在上海的销售情况也差不多，剩下的书只能堆在寄售处，过了几年，因为寄售处发生火灾，全被烧光了。

---

① 鲁迅：《鲁迅全集》（第 10 卷），人民文学出版社，2005 年，第 168 页。
② 同①，第 177 页。
③ 同①，第 176 页。

因小说集销售惨淡,第三册只好作罢。

周氏兄弟的计划虽然中途夭折,但是仅存的硕果《域外小说集》第一、二册在后世却得到交口称赞,在近代文学翻译史上,拥有重要地位。《域外小说集》究竟有什么样的特质才使得它得到推崇呢?

《域外小说集》第一册和第二册共收译文 16 篇,其中俄国小说占了 7 篇,波兰 3 篇,波斯尼亚 2 篇,英、美、法、芬兰各 1 篇。俄国小说在第一册中所占比重最大,全册 7 篇作品中就占了 5 篇。表6-1 为《域外小说集》收录小说国籍分布情况表。表 6-2 为《域外小说集》收录作品一览表。

表 6-1　《域外小说集》收录小说国籍分布情况表

	波兰	波斯尼亚	俄国	法国	芬兰	美国	英国
第一册	1		5				1
第二册	2	2	2	1	1	1	
总　数	3	2	7	1	1	1	1

表 6-2　《域外小说集》收录作品一览表

作家名	国　籍	作　品	作品出处	小　计
哀禾	芬兰	先驱	第二册	1
安特来夫	俄国	谩	第一册	2
		默		
淮尔特(王尔德)	英国	安乐王子	第一册	1
迦尔洵	俄国	邂逅	第一册	2
		四日	第二册	
摩波商(莫泊桑)	法国	响夜	第二册	1
穆拉淑微支	波斯尼亚	不辰	第二册	2
		摩诃末翁		
契诃夫	俄国	戚施	第一册	2
		塞外		

续表

作家名	国　籍	作　品	作品出处	小　计
斯蒂普虐克	俄国	一文钱	第二册	1
显克微支	波兰	乐人扬珂	第一册	3
		天使	第二册	
		灯台守	第二册	
亚伦坡	美国	默	第二册	1

　　《域外小说集》第一册中选择的作家和作品是：波兰作家显克微支的《乐人扬珂》、俄国作家契诃夫的《戚施》和《塞外》、迦尔洵的《邂逅》、安特莱夫的《谩》和《默》以及英国作家淮尔特（王尔德）的《安乐王子》，其中安特来夫的《谩》和《默》两篇出自鲁迅之手，其余均为周作人所译。

　　第二册中选择的作家和作品是：芬兰作家哀禾的《先驱》、美国作家亚伦坡的《默》、法国作家摩波商（莫泊桑）的《响夜》、波斯尼亚作家穆拉淑微支的《不辰》和《摩诃末翁》、波兰作家显克微支的《天使》和《灯台守》、俄国作家迦尔洵的《四日》、斯蒂普虐克的《一文钱》。[①] 其中迦尔洵的《四日》出自鲁迅之手。显克微支《灯台守》中引用的密茨凯维支的诗也是鲁迅的手笔。其余均为周作人所译。

　　就所选择的作家的国籍而言，《域外小说集》第一、二册虽然只选择了 16 篇作品，但是却涉及 7 个国家的 10 位作者。而根据樽本照雄的《新编增补清末民初小说目录》，我们对 1909 年翻译小说所涉及的国籍进行统计，发现这一年的翻译小说共来自 11 个国家：英国、法国、俄国、美国、日本、希腊、波兰、德国、意大利、芬兰、波斯尼亚，其中波兰、芬兰和波斯尼亚均因为《域外小说集》而出现在被翻译国家名单中，而芬兰和波斯尼亚更是首次成为被翻译国度。所以，就涉及的广度而言，《域外小说集》是之前任何小说集都无法

────────

　　①　1905 年，周作人以"三叶"的名义翻译的《一文钱》发表于《民报》第 21 号，收入《域外小说集》时原作者改译为"斯蒂勃鄂克"，1917 年又改为"斯蒂普虐克"。

相比的。尤其是它对弱小民族作品的推介,更具有重大意义。因此,我们不得不佩服兄弟二人视野的广阔。

就翻译方法而言,《域外小说集》摒弃晚清流行的意译法,采取直译的方法,这对引进新观念、新技法具有积极意义。鲁迅在为第一册所做的广告中声称:"因慎为译,拙意以期于信,绎辞以求其达。"①我们试比较一下安特来夫的小说《谎言》开头几段的两个不同的译本:

鲁迅翻译的安特来夫的《谩》:

> 吾曰,"汝谩耳! 吾知汝谩。"
>
> 曰,"汝何事狂呼,必使人闻之耶?"
>
> 此亦谩也。吾固未狂呼,特作妖语,妖极呬呬然,执其手,而此含毒之字曰谩者,乃尚鸣如短蛇。
>
> 女复次曰,"吾爱君,汝宜信我。此育未足信汝耶?"遂吻我。顾吾欲牵之就抱,则又逝矣。其逝出薄暗回廊间,有盛宴将已,吾亦从之行。是地何地,吾又安知者。惟以女祈吾茬止,则遂来,观彼舞偶如何婆娑至终夜。众不顾我,亦弗交言,吾离其群,独茕然坐室隅,与乐工次。巨角之口正当吾坐,自是中发滞声,而每二分时,辄有作野笑者曰,呵——呵——呵!
>
> 白云馥郁,时复近我,则彼人也。吾不知胡以能辟除众目,来贡媚于吾一人。顾一刹那间,乃觉其肩与吾倚。一刹那间,吾下其目,乃见颈色皎洁,露素衣华缝中。上其目,乃见辅频,其白如象齿,发亦盛制。计惟天神,屈膝幽垒之上,为见忘于世之人悲者,始有之也。吾又视其目,则美大而靖,憬于流光,目睛蔚蓝,抱黑瞳子。方吾相度时,其为黑常尔,为深邃不可彻常尔。特能视者又止一时,恐且不逾吾心一跃。惟所咸至悠之久,至大之力,皆不前经。吾为之恫栗痛苦,似全生命自化微光,见摄于

---

① 鲁迅:《鲁迅全集》(第8卷),人民文学出版社,2005年,第455页。

眸,以至丧我,——空虚无力,几死矣。而彼人复去,运吾
生惧行。偕一伟美傲岸者舞,吾因得审谛其纤微,凡履之
形,膊之广,以至卷发回旋同一之状皆悉。时是人忽目
我,初不经意,而几迫吾入于壁。吾受目,亦自平坦无有,
若室壁也。①

靳戈翻译的《谎言》:

"你撒谎! 我知道,你在撒谎!"

"你干吗大声嚷嚷? 难道是想叫人家都听到我们?"

她这也是在撒谎。因为我并没有嚷嚷,而是声音很
轻很轻说的。我挽着她的一只胳膊,轻声地说,而"撒谎"
这个恶毒的字眼就一直像条小蛇嗖嗖沙沙在作响。

"我爱你,"她继续说,"你应该相信。难道这还不能
使你相信吗?"

接着,她吻了吻我。但是当我伸出双手想紧紧拥抱
她时,她却已经不见了。她从一道半暗不明的走廊上离
开了。我在一个欢乐的宴会快要收场的地方重新跟上了
她。我怎么会知道那地方的呢? 那是她告诉我到那儿去
的。我去了,看到那儿人们都一对一对地跳了一整夜的
舞。谁也没有到我跟前来,也没有人同我说话。于是我
就完全像个局外人那样孤零零独自坐在乐队旁边。一个
大铜号的口子直对着我,有个被捆住的人每隔两分钟就
从那里发出断断续续粗野的大笑声:哈——哈——哈!

有时,一片芳香四溢的白云飘到我身边。那就是她。
不知道她怎么能人不知鬼不觉地对我表示温柔。刹那
间,她的肩膀贴近了我的肩膀:我垂下双眼,透过白色连
衣裙的缝口窥见了她那玉洁的脖子;稍抬起头,又看到了
她的脸颊。她的脸颊是那么洁白、匀称、端正,就像被遗
忘的死者坟头上正陷入沉思的天使的脸颊一般。我还看

---

① 周氏兄弟,巴金,汝龙,等:《域外小说集》,岳麓书社,1986 年,第 237 - 238 页。

到了她的眼睛。一双大大的,渴求光明的,美丽平静的眼睛。不管我怎么看,那颗嵌入蓝晶晶眼眶里的眼珠子总是那么既黑又深,令人神秘莫测。也许是因为我看得时间不很长,甚至不到心脏再跳动一下的功夫,所以才如此有力地感到自己是多么深沉可怕地不理解:什么叫永恒!我可怕和痛苦地感觉到,只要自己是个身不由己、空虚无力、几乎死了一般的人,整个生命就不过犹如她眼睛里的一丝微光罢了。她走开了,同时也带走了我的生命;她同一个高大、傲慢的美男子跳舞去了。我仔仔细细地研究着这美男子身上的每一个部位,他的眉毛、宽阔笔挺的肩膀、整整齐齐分成两半拉的头发;而他,却用冷漠、目空一切的眼光看着我,好像要把我逼进墙里边。我于是仿佛被压迫到了扁平的墙里头,已经不复存在了。①

通过比较这两个不同的译本,我们发现除了一个是文言,一个是白话外,两者在细节上几乎没有不同,没有任何的省略。尤其是舞会那一段,这样的描写在传统文学中十分罕见,类似的内容在晚清小说翻译过程中,往往被省略。将这样的段落直译出来,可以为中国小说输入新鲜血液,提供可资借鉴的范型。

周氏兄弟为什么会逆潮流而动,采用直译法呢?这和他们当时所处的环境有关。想当初二人也是采用的意译法,不过他们翻译《域外小说集》中的作品时,却正在日本留学。19世纪末,日本一些译者对明治初年小说翻译的粗糙不堪感到不满,不想仅仅介绍故事梗概,而"想极力传达原文的风格韵味,于是采用了逐字逐句地翻译原文的方法,即所谓的'周密译法'"。② 二人显然受到了这种"周密译法"的影响。事实上,《红星佚史》的翻译已经初见端倪。1906年9月,周作人与返乡同朱安完婚的鲁迅一同去了日本,开始

① 周氏兄弟,巴金,汝龙,等:《域外小说集》,岳麓书社,1986年,第245-246页。
② 王志松:《析〈十五小豪杰〉的"豪杰译"——兼论章回白话小说体与晚清翻译小说的连载问题》,《中国比较文学》,2000年第3期。

了留学生涯。1907 年 3 月，兄弟二人合作翻译《红星佚史》，并"苦心搜集"，做了"索引式的附注"，①可惜却都被编辑部给删去了。周作人说"似乎中国读者向来就怕'烦琐'的注解的"，②这是否是在暗示日本读者不怕"烦琐"的注解呢？他们苦心搜集的索引式附注是否是受到"周密译法"的影响呢？答案恐怕是肯定的。有果必有因。在短短几年期间，鲁迅兄弟二人的译风就从一个极端走向另一个极端，必有其原因。我们从章炳麟处找到了《域外小说集》用词古奥的根源，我们从"周密译法"中看到了《域外小说集》直译的理据。

除了日本的榜样外，文学传统内部反传统的传统也促成了周氏兄弟采用直译法。兄弟俩都是有文学野心的人，希望向国人介绍西洋的新文学，"异域文术新宗，自此始入华土"。③ 他们对当时流行的林纾那种词句优美但是却不太忠实的译文感到不满，想走一条不同的路，背离林纾等形成的翻译传统，使"迻译""弗失文情"。④ 他们自谦"词致朴讷，不足方近世名人译本"，⑤但是骨子里却透露出不屑。林纾为晚清古文大家，但是听过章炳麟讲学的兄弟二人似乎对林纾不太看得上，翻译时"很用几个生僻的字"，⑥显示自己的学问大，用的字更有来头。⑦ 当然，他们也知道自己反潮流、反传统的行为可能得不到大家的认可，所以希望能有一些志同道合者，"使有士卓特，不为常俗所囿，必将犁然有当于心"。⑧

他们的确找到了一些志同道合者，东京和上海两地各 20 人，不过人数却太少，不足以支持他们实现其伟大的抱负。他们太前

---

① 周作人：《知堂回想录》，群众出版社，1999 年，第 186 页。
② 同①。
③ 鲁迅：《鲁迅全集》(第 10 卷)，人民文学出版社，2005 年，第 168 页。
④ 同③。
⑤ 同③。
⑥ 同③，第 177 页。
⑦ 王友贵把这种说法称为"保守后退的回流"。我们认为与其把这种做法看做"保守倒退"，不如说是惴惴不安的前卫分子为显示权威拉大旗作虎皮的无奈之举。
⑧ 同③，第 168 页。

卫,太先锋,而"形式的先锋性必然以一定程度的脱离群众为代价"。① 鲁迅谈到《域外小说集》的失败时,曾指出:"《域外小说集》初出的时候,见过的人,往往摇头说,'以为他才开头,却已完了!'那时短篇小说还很少,读书人看惯了一二百回的章回体,所以短篇便等于无物。"②《域外小说集》并不是晚清的第一部小说集,但是其所选的小说本身以及翻译的方法却和当时流行的侦探小说、冒险小说等大相径庭,体现了周氏兄弟的前瞻性。正因为他们的思想、观念和做法太超前,使得他们直到 10 年后,才为人所理解。"到近年,有几位著作家,忽然又提起《域外小说集》,因而也常有问到《域外小说集》的人。"③

先锋性还表现为不成熟。《域外小说集》将一些散文、寓言和童话当做小说而收入,表明译者的小说概念还不成熟,对小说与其他文类如散文和童话之间的差别并不十分了然。亚伦坡的《默》明显是寓言,淮尔特的《安乐王子》则明显是童话,但是却堂而皇之地收入《域外小说集》。这说明作为新文学干将的周氏兄弟,当时还不够成熟! 希尔斯曾说过:

> 刚起步的作家都寻求传统,直到他找到一个或几个传统;然后,他便开始培养自己的风格;但是,他必须具备勇气和毅力才能无视他的教师、同代人、朋友,以及批评家和出版者所坚持并引荐给他的传统。如果他能从遗产、资助人或他自己的职业中获得经济来源,如果他具有必要的、执着的献身精神,坚持自己关于如何创作文学作品的想法,那他便能我行我素,去冒被拒绝出版的风险。④

周氏兄弟坚持了自己的观点,"为中国现代小说提供了西方小

---

① 　陈平原:《中国小说叙事模式的转变》,北京大学出版社,2003 年,第 248 页。
② 　同①,第 178 页。
③ 　同①,第 177 页。
④ 　[美]希尔斯:《论传统》,傅铿,吕乐译,上海人民出版社,1991 年,第 214 页。

说的诗化叙事的范本和先例"，①为新文学传统的建立做出了不可
磨灭的贡献，但是却受到了文学传统的惩罚，直到新文学传统肯定
了其贡献。不过由于《域外小说集》在晚清流传不广，杨联芬认为
"它的文学价值几近没有实现"，②只能说是"潜文本"。③ 不过我们
却不能因此而否定其在文学史上的地位，它"别立新宗，开创了文
学翻译的新潮流"。④

6.2.2 《欧美名家短篇小说丛刊》

从第 4 章的统计数据可以看出，无论从翻译作品的数量，还是
从所涉及的国家数量来看，1909 年是晚清小说翻译的一个高峰。
此后，翻译作品的数量和所涉及的国家数量有所下降，1912 年到达
谷底，然后开始攀升，1917 年到达巅峰，其中原作者可考的翻译作
品多达 364 部/篇，所涉及国家达 15 个。1917 年 2 月，周瘦鹃翻
译、集结出版了《欧美名家短篇小说丛刊》，⑤"尽管各篇风格不一
致，水平也参差不齐"，⑥但是总的来说，无论从所选作品的质量、所
涉及国家、译文所使用语言，还是从影响来看，都堪称清末民初小
说翻译的标志性成果，中国小说翻译由此走向成熟。

《欧美名家短篇小说丛刊》由上海中华书局出版，全书分为上、
中、下三卷：上卷收"英吉利之部"18 篇，中卷收"法兰西之部"10 篇
和"美利坚之部"7 篇，下卷收"俄罗斯之部"4 篇、"德意志之部"2 篇
及意大利、匈牙利、西班牙、瑞士、丹麦、瑞典、荷兰、塞尔维亚、芬兰
诸国各 1 篇，共计收录了 14 个国家的 47 位作家的 50 篇小说。这

---

① 杨联芬：《晚清至五四：中国文学现代性的发生》，北京大学出版社，2003 年，第
156 页。

② 杨联芬：《〈域外小说集〉与周氏兄弟的新文学理念》，《鲁迅研究月刊》，2002 年
第 4 期。

③ 同①，第 127－156 页。

④ 曹亚明：《承续与超越——论梁启超与五四新文学》，暨南大学博士学位论文，
2008 年。

⑤ 再版后，改为《欧美名家短篇小说丛刻》。

⑥ 陈平原：《中国现代小说的起点——清末民初小说研究》，北京大学出版社，
2005 年，第 52 页。

是近代收录外国短篇小说名家最多、国别最广、数量最富的一部选集。这部选集名家荟萃,有施各德(司各特)、迭更司(狄更斯)、山格莱(萨克雷)、贾斯甘尔(盖斯凯尔夫人)、哈苔(哈代)、伏尔泰、施退尔夫人(斯达尔夫人)、白尔石克(巴尔扎克)、大仲马、陶苔(都德)、查拉(左拉)、毛柏霜(莫泊桑)、霍桑、马克·吐温、托尔斯泰、杜瑾纳夫(屠格涅夫)、高甘(高尔基)、贵推(歌德)、盎特逊(安徒生)等。周瘦鹃在每篇译文前都附有原作者的小传甚至照片,这在当时是非常难得的,陈平原认为这反映了"译者工作态度之认真以及对欧美短篇小说的推崇",①不过陈平原同样也说过:"不过我疑心周瘦鹃是根据现成的英文版'短篇小说选'转译的,因每篇小说前面都有一相当详尽且规格一致的作者小传,甚至还有每位作者的照片,这些都非清末民初译者所能独立完成的"。② 不过倘若陈平原的推测是正确的,那么就会出现一个有趣的现象:将奥利佛古尔斯密③的《贪》和却尔司兰姆的《故乡》纳入集中,究竟是周瘦鹃的鉴赏能力导致了"误选"? 还是他的选择另有所本? 我们通过一番搜索,发现《贪》这则故事出自古尔斯密的《世界公民》。《世界公民》是受《波斯人信札》的启发而创作的,1760 年发表于 Public Ledger。作品由在英国旅行的一位中国游客 Lien Chi 的系列信件构成,而《贪》就是选自第 70(LXX)封发自莫斯科的信,信的开头有三段关于幸运女神(Fortune)的文字,谈到了人不能眼红别人发财,不要梦想天上掉下馅饼,而要坚持不懈,积少成多,而不能像愚蠢的磨工萧盎那样因小失大。萧盎的故事是从第四段开始的,"Whang, the miller, was naturally avaricious; nobody loved money

---

① 陈平原:《中国现代小说的起点——清末民初小说研究》,北京大学出版社,2005 年,第 153 页。

② 同①,第 54 页。

③ 周瘦鹃原文如此,中间没有分隔符。以下涉及《欧美名家短篇小说丛刊》中译名同此。

better than he, or respected those that had it"①,周瘦鹃所译的
《贪》也是从这里开始的,"磨工莆盎,贪婪人也。其爱金之切,举天
下无人能及。而敬之重之,亦为常人所罕有"。② 由此看来,陈平原
的推断是正确的:周瘦鹃的确是根据某部英文版的《短篇小说选》
翻译的。尽管如此,不过就内容来看,鲁迅和周作人当年的评价很
有道理,《贪》和《故乡》的确"系杂著性质,于小说为不类"。③

　　1917 年,周瘦鹃为了结婚,将历年所译的及新译的短篇小说
50 篇连同版权一起卖给中华书局,得到 400 元巨额稿酬。④ 表 6-3
为《欧美名家短篇小说丛刊》(以下简称《丛刊》)收录作品一览表。
在表中,我们列出《丛刊》中小说发表的时间及刊物,而新译的小说
只注明发表时间:1917 年 2 月。

　　1917 年夏天,中华书局将《丛刊》送教育部审定、登记,所得的
批复甚得赞许。当时鲁迅在教育部下属的通俗教育研究会小说股
任审核干事,《丛刊》的评语是鲁迅拟稿的。评语发表于 1917 年 11
月 30 日《教育公报》第四年第十五期的"报告"中。原为通俗教育
研究会审核小说报告,题为《欧美名家短篇小说丛刊》,未署名,无
标点,有句读。⑤

　　　凡欧美四十七家著作,国别计十有四,其中意、西、瑞
　　典、荷兰、塞尔维亚,在中国皆属创见,所选亦多佳作。又
　　每一篇署著者名氏,并附小像略传,用心颇为恳挚,不仅
　　志在娱悦俗人之耳目,足为近来译事之光。惟诸篇似因
　　陆续登载杂志,故体例未能统一。命题造语,又系用本国
　　成语,原本固未尝有此,未免不诚。书中所收,以英国小

　　① Goldsmith, Oliver. The Miscellaneous Works of Oliver Goldsmith: with an Ac-
count of his Life and Writings. Washington Irving. ed. *Philadelphia J. Crissy and J.
Grigg*, 1840:335.
　　② 周瘦鹃:《欧美名家短篇小说》,岳麓书社,1987 年,第 10 页。
　　③ 鲁迅:《鲁迅全集》(第 8 卷),人民文学出版社,2005 年,第 69 页。
　　④ 范伯群,周全:《周瘦鹃年谱》,《新文史资料》,2011 年第 1 期。
　　⑤ 同③。

表 6-3 《欧美名家短篇小说丛刊》收录作品一览表

国籍	作家译名	作家原名	作品名称	作品译名	发表时间	发表刊物	译文语言
英吉利	但尼尔谈福	Daniel Defoe	死后之相见	The Apparition of Mrs. Veal	1917 年 2 月		文言
英吉利	奥利佛古尔斯密	Oliver Goldsmith	贫	Whang, the Miller	1917 年 2 月		文言
英吉利	乾姆司霍格	James Hogg	鬼新娘	The Mysterious Bride	1914 年 10 月 3 日	礼拜六	白话
英吉利	华尔透施各德	Walter Scott	古室鬼影	The Tapestried Chamber	1914 年	游戏杂志(3)	白话
英吉利	却尔司兰姆	Charles Lamb	故乡	The Native Village	1915 年 9 月 4 日	礼拜六	文言
英吉利	约翰白朗	John Brown	义狗拉勃传	Rab and his Friends	1916 年 5 月 1 日	中华小说界	文言
英吉利	贾斯甘尔	Mrs. Gaskell	情场侠骨	The Sexton's Hero	1916 年 4 月 1 日	中华小说界	文言
英吉利	山格莱	W. M. Thackeray	情奴	Dennis Haggarty's Wife	1917 年 2 月		白话
英吉利	却尔司迭更司	Charles Dickens	星	A Child's Dream of a Star	1915 年 9 月 4 日	礼拜六	文言
英吉利	却尔司李特	Charles Reade	良师	A Practical Joke	1917 年 2 月		文言
英吉利	汤麦司哈苔	Thomas Hardy	回首	Benighted Travellers	1917 年 2 月		白话
英吉利	韦达①	Oulda	慈母之心	The Halt	1915 年 8 月 7 日	礼拜六	文言
英吉利	史蒂文逊	R. L. B. Stevenson	意外鸳鸯	The Sire de Maletroit's Door	1917 年 2 月.		白话
英吉利	哈葛德	H. R. Haggard	红楼翠幙②	The Blue Curtain	1915 年 2 月 27 日	礼拜六	文言

① 路易瑟特拉密 (Louise De La Ram'ee) 的笔名 (见周瘦鹃:《欧美名家短篇小说》, 岳麓书社, 1987 年, 第 123 页)。

② 此处的小说名称依据的是 1987 年出版的《欧洲名家短篇小说》(樽本照雄作《红楼翠幙》)。

203

续表

国籍	作家译名	作家原全	作品名称	作品译名	发表时间	发表刊物	译文语言
英吉利	科南道尔	A. Conan Doyle	缱绻	Sweethearts	1915年7月3日	礼拜六	白话
英吉利	科南道尔	A. Conan Doyle	黑别墅之主人	The Lord of Chateau Noir	1917年2月		文言
英吉利	科南道尔	A. Conan Doyle	病诡	The Dying Detective	1916年5月	福尔摩斯侦探案全集	文言
英吉利	曼丽柯丽烈	Marie Corelli	三百年前之爱情	Old-fashioned Fidelity	1915年7月6日	女子世界	文言
法兰西	伏尔泰	Voltaire	欲	Memnon, or Human Wisdom	1917年2月		文言
法兰西	施退尔夫人	Madame de Stael	无可奈何花落去	C'orinne	1914年10月17日	礼拜六	文言
法兰西	邹拿特白尔石克	Honore de Balzac	男儿死耳	El Verdugo	1917年2月	礼拜六	文言
法兰西	亚历山大仲马	Alexandre Dumas	美人之头	Solange	1915年1月2日	礼拜六	文言
法兰西	阿尔芳士陶皆	Alphonse Daudet	阿兄	Le Petit Chose	1914年11月14日	礼拜六	白话
法兰西	阿尔芳士陶皆	Alphonse Daudet	伤心之父	The Loyal Douave	1915年8月21日	礼拜六	白话
法兰西	哀密叶查拉	Emile Zola	洪水	Inundation	1917年2月		白话
法兰西	法朗莎柯贝	Francois Coppee	功罪	The Bullet-hole	1915年2月22日	礼拜六	文言
法兰西	毛柏霜	Guy de Maupassant	伞	The Umbrella	1915年10月30日	礼拜六	白话
法兰西	保罗鲍叶德	Paul Bourget	愚犹怨妖	A Patch of Nettles	1917年2月		文言
美利坚	华盛顿欧文	W. Irving	这一番花残月缺	The Pride of the Village	1915年7月24日	礼拜六	文言

续表

国籍	作家译名	作家原名	作品名称	作品译名	发表时间	发表刊物	译文语言
美利坚	南山尼尔霍桑	Nathaniel Hawthorne	雌醪	The White Old Maid	1915 年 11 月 27 日	礼拜六	白话
美利坚	哀特加挨兰坡	E. A. Poe	心声	The Tell-tale Heart	1917 年 2 月		文言
美利坚	施士活夫人	Mrs. H. B. Stowe	惩骄	The History of Tiptop	1917 年 2 月		白话
美利坚	爱得华海尔	Edward Hale	无国之人	The Man Without a Country	1915 年 12 月 1 日	小说大观	文言
美利坚	马克吐温	Mark Twain	妻	The Californian's Tale	1915 年 8 月 1 日	小说大观	文言
美利坚	白来脱哈脱	Brete Hart	噫,归矣	The Man of No Account	1915 年 8 月 21 日	礼拜六	文言
俄罗斯	杜董纳夫	Ivan S. Turgenieff	死	How the Russian Meets Death	1917 年 2 月		文言
俄罗斯	托尔斯泰	Leo Tolstoi	宁人负我	A Long Exile	1917 年 2 月		白话
俄罗斯	麦克昔姆高甘	Maxime Gorky	大义	The Traitor's Mother	1917 年 2 月		白话
俄罗斯	盎嘲利夫	Leonid Andreef	红笑	Red Laugh	1914 年	游戏杂志(10)	白话
德意志	贯推	J. W. von Goethe	驯狮	A Tale	1917 年 2 月		文言
德意志	盎黎克查格	J. H. D. Zschokke	破题儿第一遭	Max Stolprian	1915 年 6 月 26 日	礼拜六	白话
意大利	法利那	Salvatore Farina	悲欢离合	Separation	1917 年 2 月		文言
匈牙利	玛立司唷堪	Maurice Jokai	兄弟	The Brother's Due	1917 年 2 月		文言

续表

国籍	作家译名	作家原名	作品名称	作品译名	发表时间	发表刊物	译文语言
西班牙	佛尔苔	A. P. Valdes	碧水双鸳	Love by the Ocean	1917 年 2 月		文言
瑞士	甘勒	Gottifried Keller	逝者如斯	The Funeral	1917 年 2 月		白话
丹麦	亨司盎特逊	Hans Anderson	断坟残碣	The Old Gravestone	1915 年 9 月 18 日	礼拜六	文言
瑞典	史屈恩白	August Strindberg	劳时	Phoenix	1917 年 2 月		文言
荷兰	安娜高伯德	Anna Kaubert	除夕	Our First New Year's Eve	1917 年 2 月		文言
塞尔维亚	嘴古立克氏	T. Drakulitch	一吻之代价	Vengeance	1917 年 2 月		文言
芬兰	瞿海尼挨诃	Juhani Aho	难夫难妇	Pioneers	1917 年 2 月		白话

说为最多;唯短篇小说,在英文学中,原少佳制,古尔斯密及兰姆之文,系杂著性质,于小说为不类。欧陆著作,则大抵以不易入手,故尚未能为相当之绍介;又况以国分类,而诸国不以种族次第,亦为小失。然当此淫佚文字充塞坊肆时,得此一书,俾读者知所谓哀情惨情之外,尚有更纯洁之作,则固亦昏夜之微光,鸡群之鸣鹤矣。①

如果鲁迅知道周瘦鹃为了结婚,将书稿卖了 400 大洋,不知道他是否还会说译者"用心颇为恳挚,不仅志在娱悦俗人之耳目"? 另外,他所说的"意、西、瑞典、荷兰、塞尔维亚,在中国皆属创见"也不尽实。就短篇小说而言,1909 年 1 月 12 日,《竞业旬报》第 39 期发表意君翻译的意大利 Edmond 的《青年美谈》;②1911 年,《少年》发表荷兰孟恪生的《男爵孟恪生之奇遇》;③1913 年 2 月 5 日,《民国汇报》第 1 卷第 2 期发表西班牙配特洛的《存根簿》;④1915 年 2 月 13 日,《礼拜六》第 37 期即刊登了小草翻译的塞尔维亚辣寨雷维克的《勇婿》。⑤ 鲁迅由于个人兴趣,对弱小民族的文学特别关注,而忽视了另一些第一次被译入中国的英俄小说家,如山格莱(萨克

---

① 鲁迅:《鲁迅全集》(第 8 卷),人民文学出版社,2005 年,第 69 页。2005 版《鲁迅全集》第 8 卷称之为《〈欧美名家短篇小说丛刊〉评语》,严家炎称之为《周瘦鹃译〈欧美名家短篇小说丛刻〉评语》,标点符号与《鲁迅全集》也不尽相同。范伯群、周全指出,1918年 2 月,《欧美名家短篇小说丛刊》由中华书局再版,改书名为《欧美名家短篇小说丛刻》。这样,1917 年 11 月 30 日发表的就不可能是《〈欧美名家短篇小说丛刊〉评语》,但是天虚我生(陈蝶仙)丙辰年(1916 年)所写的"序"中又称"乃费一年之功,译此四十余家说部,推而崇之曰《欧美名家短篇小说丛刊》"(见周瘦鹃:《欧美名家短篇小说》,岳麓书社,1987 年,第 5 页)。1987 年该专辑以《欧美名家短篇小说》重印,卷首刊登鲁迅所拟评语,与前两者的标点也稍有不同。该书责任编辑伍国庆自己也不清楚究竟是"丛刊"还是"丛刻","这本书原名《欧美名家短篇小说丛刊》或《欧美名家短篇小说丛刻》,于民国六年(1917 年)在上海中华书局单独刊行",这也许是重印时改名的原因吧。

② [日]樽本照雄:《新编增补清末民初小说目录》,齐鲁书社,2002 年,第 571 页。

③ 同②,第 498 页。

④ 同②,第 87 页。

⑤ 同②,第 900 页。

雷)、贾斯甘尔(盖斯凯尔夫人)、高甘(高尔基),另外可能还有哈代[①],但是鲁迅的"足为近来译事之光""昏夜之微光,鸡群之鸣鹤"倒也名副其实。

诚然,《丛刊》中有些译作的水平的确不高,比如陈平原就曾指出周瘦鹃翻译莫泊桑的《伞》时,因为把握不住原文风格基调,故意添油加醋,"多用中国俗语俚语插科打诨,夸张得近乎胡闹"。[②] 例如,原作中只说乌利尔太太脸红了,觉得满身都是怒气,到了周瘦鹃笔下,却成了"马丹听了这一番话,两颊通红,一腔怒火,早从丹田里起来,直要冒穿了天灵盖,把这保险公司烧成一片白地,寸草不留,连这总理也活活烧死在里头"。[③] 乾姆司霍格的《鬼新娘》第一段完全省略了,而且因为第一段省略了,所以第二段开头的 Be it known, then, to every reader of this relation of facts that happened in my own remembrance that 也就没有着落,只好省略。这样一来,第一人称叙事变成了:

> 却说白根台来和白尔麦滑钵尔镇之间,有一条路,两边荆棘为篱,编得密密的,便是兔儿也钻不过去。圣老伦司节日的前一天,白根台来地主挨莱乔治山迭生骑着马儿慢慢地沿着那路儿走去,态度甚是安闲。头上戴着的帽儿偏在一边,把手杖敲着马鞍前的撑杖,噶里唱着诗翁劳白脱彭的一支曲儿,一壁唱,一壁笑,十分高兴。正在这当儿,猛可的瞧见前边不上几十步,有一个倾国倾城的绝色女郎,也在那里走。地主见了,喃喃自语道:"咦,好一个乖乖,出落得艳生生娇滴滴的,着实可人。只不知道她从哪里来的,从天上飞下来的呢,还是从地下钻出来

---

① 1917 年,真善美书店出版了曾虚白翻译的《欧美小说》,其中包括哈代的小说《取婿他的妻》。《欧美小说》的出版时间不得而知。由于《欧美名家短篇小说丛刊》是 2 月出版,所以很可能在《欧美小说》之前,这样,周瘦鹃就成为第一个向国人介绍哈代的人。

② 陈平原:《中国现代小说的起点——清末民初小说研究》,北京大学出版社,2005 年,第 54 页。

③ 周瘦鹃:《欧美名家短篇小说》,岳麓书社,1987 年,第 347 页。

的？刚才我分明不见这一个亭亭倩影，简直是一刹那间的事，好不奇怪。我也不必去管他，这样现现成成一个美人儿，为什么轻轻放过，快些儿去一通款曲，一亲芳泽，可也是一件韵事。"①

原作中本来有一首劳白脱彭司（Robert Burns）的歌，周瘦鹃也省略未译。彭司的歌是用苏格兰方言拼写的，和标准英语的拼写大不相同，对周瘦鹃来说不易明白，这可能是他删掉歌词的原因。除了删节外，周瘦鹃还喜欢添油加醋，"好一个乖乖，出落得艳生生娇滴滴的，着实可人"，究其原文，不过是 here is something very attractive indeed，而"从天上飞下来的呢"完全是衍生出来的，原文只说是"从地下钻出来的（She must have risen out of the earth）"。

除了删节和添油加醋外，周瘦鹃还喜欢滥用中国成语典故和小说套语，就像鲁迅批评的那样，"用本国成语，原本固未尝有此，未免不诚"。② 比如前面所引用的这段话中，"却说""好一个乖乖""出落得艳生生娇滴滴的""可人""亭亭倩影""款曲"等都是传统言情小说中的套语。entreat of Heaven to see her 变成了"求上天垂怜，使他一见云英颜色"。再比如《无可奈何花落去》中的"今兹小姑居处，虽尚无郎，然而使君有妇，破镜难圆矣"。③ 更奇怪的是，音译和中国特有的词汇混杂在一起。

> 从此一天一天的过去，朝朝暮暮，相思无极，后来竟生起病来。达克透劝他到别处去养病，地主没奈何，便想往哀尔兰阿姊家里去。他阿姊是甲必丹白阳之妻，两口儿住在一所精雅的小屋之中，伉俪很笃。甲必丹的父母和七个阿妹，却住在施各来司培厅中，相去倒还不远。当时听得这白根台来少年地主要到来，都很快意。那甲必丹的七个妹子，都待字闺中，居处无郎，一得了这个消息，

---

① 周瘦鹃：《欧美名家短篇小说》，岳麓书社，1987 年，第 13 页。
② 鲁迅：《鲁迅全集》（第 4 卷），人民文学出版社，2005 年，第 69 页。
③ 同①，第 252 页。

顿时浓装艳裹、珠围翠绕起来,朝晚忙着在玉镜台上、菱花镜里用工夫。七人各自打扮得袅袅婷婷,齐齐整整,等那少年郎君来射雀屏。但闻外边有车辚辚、马萧萧的声音,那红楼纱窗里,便立时现出七个如花之面,当是那少年郎君来咧。①

霍格的英文版本如下:

He was now in such a state of excitement that he could not exist; he grew listless, impatient, and sickly, took to his bed, and sent for *M'Murdie* and the doctor; and the issue of the consultation was that Birkendelly consented to leave the country for a season, on a visit to his only sister in Ireland, whither we must accompany him for a short space.

His sister was married to Captain Bryan, younger, of Scoresby, and they two lived in a cottage on the estate, and the Captain's parents and sisters at Scoresby Hall. Great was the stir and preparation when the gallant young Laird of Birkendelly arrived at the cottage, *it never being doubted that he came to forward a second bond of connection with the family*, which still contained seven dashing sisters, all unmarried, and *all alike willing to change that solitary and helpless state for the envied one of matrimony—a state highly popular among the young women of Ireland. Some of the Misses Bryan had now reached the years of womanhood, several of them scarcely, but these small disqualifications made no difference in the estimation of the young ladies them-*

---

① 周瘦鹃:《欧美名家短篇小说》,岳麓书社,1987 年,第 17 页。

selves; each and all of them brushed up for the competi-
tion with high hopes and unflinching resolutions. *True,*
the elder ones tried to check the younger in their good-
natured, forthright Irish way; but they retorted, and
persisted in their superior pretensions. Then there was
such shopping in the county town! It was so boundless
that the credit of the Hall was finally exhausted, and
the old Squire was driven to remark that "Och, and to be
sure it was a dreadful and terrible concussion, to be put
upon the equipment of seven daughters all at the same
moment, as if the young gentleman could marry them
all! Och, then, poor dear soul, he would be after find-
ing that one was sufficient, if not one too many. And
therefore there was no occasion, none at all, at all, and that
there was not, for any of them to rig out more than one."

It was hinted that the Laird had some reason for
complaint at this time, but as the lady sided with her
daughters, he had no chance. One of the items of his ac-
count was thirty-seven buckling-combs, then greatly in
vogue. There were black combs, pale combs, yellow
combs, and gilt ones, all to suit or set off various com-
plexions; and if other articles bore any proportion at
all to these, it had been better for the Laird and all his
family that Birkendelly had never set foot in Ireland. ①

对比一下周瘦鹃的译文和霍格的原文，我们不难发现，一开始
时，译文基本上做到了忠实，但是到了后来，斜体部分②则全部省
略，"七人各自打扮得袅袅婷婷，齐齐整整，等那少年郎君来射雀

---

① James Hogg. The Mysterious Bride. *Blackwood's Magazine*, 1830(28).
② 斜体为本书作者所加。

屏。但闻外边有车辚辚、马萧萧的声音,那红楼纱窗里,便立时现出七个如花之面,当是那少年郎君来咧"两句纯属望文生义,衍生出来的。而且在这一段中,doctor 不译为"医生",而音译成"达克透",有些莫名其妙。这样一来,"达克透""甲必丹"和"待字闺中,居处无郎""玉镜台""菱花镜""袅袅婷婷""齐齐整整"齐聚在一起,显得十分滑稽。

另外,有些译文未脱旧小说习气。以《古室鬼影》开头为例:

> 看官们,这下边一段奇怪的故事,并不是向壁虚造的,实是二十年前我一个女友密司西华特所述,做书的亲耳所闻,如今恰恰记起,便笔之于书,信手写来,不事刻划,只请看官们看他的事实,不必看他的文章。倘然寒夜无事,和家人们围炉而坐,一灯如穗,四壁风尖,便把这段故事讲将出来,直能使听的十万八千根寒毛根根竖起,仿佛身入鬼域,四下里都是幢幢鬼影呢。
>
> 闲话休絮,且说美利坚独立战争终局时,英军中有几个军官,随着贵族康华立司在约克镇投降美军。战血且还未干,战云却已消散……①

这两段译文完全是旧小说中说书人的口吻,只不过讲的是番邦异国之事罢了。

幸运的是,像上述这样的译文并不是《丛刊》的全部,甚至不是其中的大部。《丛刊》中的很多译文不仅相当忠实,而且语言优美,美不胜收。以《情场侠骨》开头的景物描写为例。这样的描写在传统小说中几乎是看不到的,是周瘦鹃用他的如椽巨笔,将这段生动的描写呈现给我们:

> 一日午后,日光杲杲然,映射于墓场草地之上。予与予友同坐一水松荫下,榘谭滋乐。水松受日,写修影于地,色渐晕渐深。夏虫匝地而噪,声唧唧相应,似唱催睡

---

① 周瘦鹃:《欧美名家短篇小说》,岳麓书社,1987 年,第 25—26 页。

之歌,催人入睡。尔时目前景物,美乃无艺。恨予无粲莲之舌,未能曲状其妙。前为牧师家园之灰色石垣。垣上杂生苔藓、凤尾草、长春藤之属。陆离斑驳,如张文锦。尚有凤吕之草,满蔓石蟀砖隙间,猩红如血。垣颠为葡萄柔藤所胃,凌风微袅,若欲下撩行人。垣以内,有玫瑰之树,着花嫣红,似方窥人于垣颠。垣以外,平畴十里,弥望皆碧。近山摩空而立,黯然作灰褐色。远处为马开姆湾。湾中轻波粼粼,明碧照眼欲笑。①

英文原文如下:

The afternoon sun shed down his glorious rays on the grassy churchyard, making the shadow, cast by the old yew-tree under which we sat, seem deeper and deeper by contrast. The everlasting hum of myriads of summer insects made luxurious lullaby.

Of the view that lay beneath our gaze, I cannot speak adequately. The foreground was the grey-stone wall of the Vicarage garden; rich in the colouring made by innumerable lichens, ferns, ivy of most tender green and most delicate tracery, and the vivid scarlet of the crane's-bill, which found a home in every nook and crevice—and at the summit of that old wall flaunted some unpruned tendrils of the vine, and long flower-laden branches of the climbing rose-tree, trained against the inner side. Beyond, lay meadow green and mountain grey, and the blue dazzle of Morecambe Bay, as it sparkled between us and the more distant view. ②

---

① 周瘦鹃:《欧美名家短篇小说》,岳麓书社,1987 年,第 54 页。
② Elizabeth Cleghorn Gaskell. The Sexton's Hero. *Lizzie Leigh and Other Tales*. Bernhard Tauchnitz, 1855:347.

再看汤麦司哈苔《回首》的开头一段景物描写：

话说一天，正是个阴郁寒冷的耶稣圣诞节前一天。天上满腾着片片彤云，黑压压的不透一丝天光。地上积雪，足有好几寸厚，好似铺着一条挺大的鹅毛毯子。这时已近黄昏，那一天夜色，却愈腾愈密，愈密愈黑，恰和这满地琼瑶，做了个反比例。那泊洛斯班旅馆半新的屋子，孤立在英国一个最美的山谷边上，瞧去又荒凉、又寂寞。倘有过客过门时，再也想不到长夏中却有无数的客人，在这门儿里络绎出入，似是长流之水。可是大家心中都想世界之大，哪里没有风景明媚的所在，为什么偏偏要寻到这冷僻所在来。所以你若是把这旅馆中八月间宾至如归的盛况，说给人家听，人家一定要当他是一段神怪小说，不肯轻信呢。然而这旅馆却依旧一动不动的矗立在那里，正和山谷对面的一所古堡遥遥相对，做个寂寞中的好伴侣。这古堡在往年上，原也是个金碧辉煌很动人眼的建筑物。现在剩了这颓井断垣，满现出一派阴森的气象，四下里都绣满着苔纹泥痕，倒活像是一幅破烂的古画，哪里还有往时那种美观。隐约从碧玉似的绿阴丛中，漏出些儿珠色的蛎粉墙来。可怜这堡儿到如今也好似红颜老去，徒伤迟暮咧。①

英文原文如下：

It was a cold and gloomy Christmas Eve. The mass of cloud overhead was almost impervious to such daylight as still lingered on; the snow lay several inches deep upon the ground, and the slanting downfall which still went on threatened to considerably increase its thickness before the morning. The Prospect Hotel, a building standing near the wild north coast of Lower

---

① 周瘦鹃:《欧美名家短篇小说》,岳麓书社,1987 年,第 99 – 100 页。

Wessex, looked so lonely and so useless at such a time as this that a passing wayfarer would have been led to forget summer possibilities, and to wonder at the commercial courage which could invest capital, on the basis of the popular taste for the picturesque, in a country subject to such dreary phases. That the district was alive with visitors in August seemed but a dim tradition in weather so totally opposed to all that tempts mankind from home. However, there the hotel stood immovable; and the cliffs, creeks, and headlands which were the primary attractions of the spot, rising in full view on the opposite side of the valley, were now but stern angular outlines, while the townlet in front was tinged over with a grimy dirtiness rather than the pearly gray that in summer lent such beauty to its appearance. ①

这一段译文虽然开头加了"话说"这个套语，但是基本上非常准确地翻译了原文。虽然仍然出现个别的旧小说词汇如"满地琼瑶""颓井断垣"，但是总体上来说，语言清新流畅，和后世的优秀译作已经没有多大的差别了。

事实上，周瘦鹃不仅仅译笔"流畅""秀丽"，"令人为之倾倒"②；他还勇于借鉴。以下是山格莱萨克雷的小说《情奴》中的两个段落：

> 但奈向我瞧了一眼，说道："琪美麦我爱，他已来咧。他便是往时在华维克歇埃的密司脱蒂士蒲特尔，我爱可还记得起么？"他夫人忙道："原来是密司脱蒂士蒲特尔，我很愿意见他。"说时，颤巍巍站将起来，很亲热的向我行礼。③

---

① Thomas Hardy. The Honourable Laura. *A Group of Noble Dames*. The Floating Press, 2011：205.

② 周瘦鹃：《欧美名家短篇小说》，岳麓书社，1987年，第554页。

③ 同②，第77页。

英文原文如下：

"Here he is, Jemima my love," answered Dennis, looking at me. "Mr. Fitz-Boodle: don't you remember him in Warwickshire, darling?"

"Mr. Fitz-Boodle! I am very glad to see him," said the lady, rising and curtseying with much cordiality. ①

这里，周瘦鹃不仅音译 Mr. 为"密司脱"，甚至连英文的一些表达习惯也照搬，将 Jemima my love 译为"琪美麦我爱"，这对习惯于用中国成语典故的周瘦鹃来说，显得有些出格。这说明周瘦鹃并不保守，相反，他相当开明，勇于接受新生事物。事实上，在《丛刊》中，采用第一人称叙事的小说占有相当大的比例，如查拉的《洪水》、杜瑾纳夫的《死》、盍崛利夫的《红笑》、法利那的《悲欢离合》、甘勒的《逝者如斯》，都是第一人称叙事。下面是《洪水》开头的一段文字：

老夫名唤路易罗卜，行年七十，生在圣郁莱村中。这村儿去都路士不过数里，位置恰在印泥河边。十四年来，我手胼足胝的和田亩搏战，挣一些儿面包，赡养一家。多谢上天厚我，福星高照，一个月前，居然给我做了全村中第一个富翁。我们一家，自然得意。那一片欢云乐雾，笼罩在我们屋顶之下。就那一轮红日，也好似和我们结了深交。以前的田荒岁歉，早忘了个干净，再也记不起来。②

如果说《域外小说集》因为文字艰深等原因而没有读者，只能被称为"潜文本"的话，那么《丛刊》则因为流畅的译笔而深受读者欢迎，实实在在地影响着读者。周瘦鹃通过《丛刊》，引进域外小说的法式库，并将之与中国的小说传统相结合，从而改变了小说界的风景，独领风骚。相对于过于先锋和前卫的《域外小说集》，《丛刊》

---

① William Makepeace Thackeray. Dennis Haggarty's Wife. *Men's Wives*: *Easy-read Edition*. ReadHowYouWant, 2007:230.

② 周瘦鹃：《欧美名家短篇小说》，岳麓书社，1987 年，第 300 - 301 页。

可以说是中国译者将域外小说本地化的一种尝试。《丛刊》中译文水平参差不齐，所使用语言有文有白，尤其是白话，有的还散发着浓郁的说书腔，有的则已经和我们后世所熟悉、所使用的语言相差无几，既反映出译者所进行的种种尝试，也反映出一场由文言向白话过渡的文学革命正在孕育之中。总的说来，《丛刊》瑕瑜互现，瑕不掩瑜，和《域外小说集》一样，它是中国近代文学翻译史上的里程碑，标志着我国小说翻译正走向成熟。

6.3 《狂人日记》——第一篇现代小说

在西学东渐，中国人接触到西洋小说之后，中国小说就或多或少受到文学的影响，本土作家一方面继承中国古典小说传统，另一方面又积极向西洋小说传统学习，创作出了《二十年目睹之怪现状》《官场现形记》《孽海花》《老残游记》《玉梨魂》[①]等优秀作品。对晚清小说的多样性、创新及紧跟世界潮流的精神，王德威相当推崇。[②] 他甚至不客气地说："'五四'精英的文学口味其实远较晚清前辈为窄。"[③]不过我们在推崇晚清前辈文学口味的同时，也不能忘记晚清小说作为从古典向现代的过渡性作品，它们在语言、叙事模式等方面所具有的不足。至于短篇小说，情况更糟。夏志清指出："晚清小说刊物上所载的短篇小说，以今日目光看来，都不够精彩，至于西方形式的短篇小说，要到民国六年的文学革命以后才开始发展。"[④]

---

① 《官场现形记》于 1903—1905 年连载于《世界繁华报》，共 60 回。《二十年目睹之怪现状》于 1903—1906 年连载于《新小说》。《老残游记》于 1903—1904 年刊登于《绣像小说》，至 14 回中断，1906 年重新发表于《天津日日新闻》，共 20 回。《孽海花》由金天翮发起，基本上由曾朴完成，原计划撰写 60 回，实际完成 35 回。1905 年，上海小说林社出版了前 20 回；1907 年，《小说林》又陆续刊出了 21—25 回；1927 年，《真善美》刊出了 21—35 回。金天翮撰写了前 6 回，曾朴完成了后 29 回，并对前 6 回进行了修改。《玉梨魂》于 1912 年连载于《民权报》副刊。
② 王德威：《被压抑的现代性》，宋伟杰译，北京大学出版社，2005 年，第 1—19 页。
③ 同②，第 10 页。
④ 林明德：《晚清小说研究》，联经出版事业有限公司，1988 年，第 60 页。

　　夏志清的话实际上给了我们一个暗示：中国小说从古典向现代迈进的过程，实则是向西洋小说靠拢的过程！中国小说的现代化进程在很大程度上就是小说的西化过程！在此过程中，尽管不乏内部的求变革新的因素在起作用，但是西洋小说对绝大多数作者来说，就是标杆，是模仿的对象。

　　鲁迅的《狂人日记》是中国文学史上第一篇用现代体式创作的白话短篇小说，1918 年 5 月 15 日首发于《新青年》月刊 4 卷 5 号。小说由狂人的十三则日记的片断所构成，与传统的短篇小说那种往往从头至尾叙述人物一生的写法迥然不同，在当时就以"表现的深切和格式的特别"①震动读者。

　　那么引起震动的这篇小说是如何诞生的呢？1933 年，鲁迅在《我怎么做起小说来》一文中指出，"在中国，小说不算文学，作小说的也绝不能成为文学家，所以并没有人现在这一条道路上出世。我也并没有要将小说抬进'文苑'里的意思，不过想利用他的力量，来改良社会"。② 从这段话不难看出，鲁迅做小说的初衷其实和 1903 年翻译小说时的出发点并没有不同，只不过那时希望的是科学救国而已。而到了 1909 年，鲁迅希望介绍"异域文术新宗"③，尤其是弱小民族的文学，这样在以异域文学为范之外，也有几分对弱小民族同情之意。"不是自己想创作，注重的倒是绍介，在翻译，而尤其注重短篇，特别是被压迫的民族中的作者的作品。"④于是乎，鲁迅就比较关注俄国、波兰及巴尔干诸小国作家的作品，其中包括果戈理。至于后来自己做起小说来，鲁迅说："并非自以为有做小说的才能，只因为那时是住在北京的会馆里的，要做论文罢，没有参考书，要翻译吧，没有底本，就只好做一点小说模样的东西塞责，这就是《狂人日记》。大约所仰仗的全在先前看过的百来篇外国作

---

①　鲁迅：《鲁迅全集》（第 6 卷），人民文学出版社，2005 年，第 246 页。
②　鲁迅：《鲁迅全集》（第 4 卷），人民文学出版社，2005 年，第 525 页。
③　鲁迅：《鲁迅全集》（第 10 卷），人民文学出版社，2005 年，第 168 页。
④　同②。

品和一点医学上的知识,此外的准备,一点也没有。"①后来(1935),
当他再次谈到《狂人日记》的创作时,他说:

> (是)怠慢了绍介欧洲大陆文学的缘故。一八三四年
> 顷,俄国的果戈理(N. Gogol)就已经写了《狂人日记》;一
> 八八三年,尼采(Fr. Nietzsche)也借苏鲁支(Zarathustra)
> 的嘴,说过……后起的《狂人日记》意在暴露家族制度和
> 礼教的弊害,却比果戈理的忧愤深广,也不入尼采的超人
> 的渺茫。此后虽然脱离了外国作家的影响……②

这最后一句清楚表明,《狂人日记》曾受到域外文学的影响,尤其是
俄国果戈理同名小说的影响,而且这种影响不仅体现在形式上,更
体现在精神上。

　　鲁迅声称自己"怠慢了绍介欧洲大陆文学"③,说明果戈理对鲁
迅的影响并不是通过中文翻译来完成的。④ 除了果戈理的直接影
响外,他看过的那百来篇外国作品,其中包括林译小说,也是有影
响的。

　　从叙事模式来看,《狂人日记》采用第一人称叙事,由 13 则日
记加 1 则前记构成。中国古典小说中,虽然没有日记体的小说,但
是 1899 年,林纾翻译的《巴黎茶花女遗事》却包含马克的日记,令
中国读者耳目一新。鲁迅非常喜欢林译小说,不可能不受影响。
当然,我们不能由此而否认果戈理同名小说的直接影响。日记只
是《巴黎茶花女遗事》的一部分,而果戈理的小说则由 19 则日记
构成。

　　从情节来看,两者也有相似之处。比如两个狂人开始都是走
出门外,看到街上有人要迫害他们的迹象。在果戈理笔下,狂人听
到"狗作人言",以为狗是"超群绝伦的政治家,它什么都注意,注意

① 鲁迅:《鲁迅全集》(第 10 卷),人民文学出版社,2005 年,第 526 页。
② 鲁迅:《鲁迅全集》(第 6 卷),人民文学出版社,2005 年,第 246－247 页。
③ 同②,第 246 页。
④ 鲁迅精通日文和德文,受到俄文原文影响的可能性不大,很可能接触的是译文。

人的一切举止行动"①,勾结权贵来害人。鲁迅笔下的狂人也遇到一条狗,怀疑这狗也和其主人一样企图陷害他。果戈理和鲁迅的小说中都写了一个佣人,都曾接近狂人,目睹狂人的发疯经过。果戈理笔下的狂人把从狗窝里找到的纸片看做狗写的信,想从中揣摩他所追求的上司女儿的情形;鲁迅笔下的狂人则从历史书的字里行间看出"歪歪斜斜的"每页都写着"吃人"。这两篇同名的小说在结尾处,甚至也使用了相同的笔调,果戈理的狂人呼吁:"妈妈呀! 救救你可怜的孩子吧!"②鲁迅笔下的狂人也喊出:"没有吃过人的孩子,或者还有? 救救孩子!"③

影响鲁迅创作《狂人日记》的除了果戈理的作品之外,还应包括迦尔洵的《邂逅》、安特莱夫的《谩》和《默》。这三篇作品均由鲁迅翻译,收集在《域外小说集》中。巧的是,这几篇小说的主人公都是神经错乱的狂人或精神变态者。在艺术上,这些小说善于描写人物的病态或变态心理,并通过人物对环境的特殊心理反应,象征性地表现出作者对现实生活本质的某种认识。当然,更多的作品则是以隐蔽的方式影响鲁迅。温儒敏曾感叹鲁迅外国文学拥有"恢宏的胸襟和雄大的消化能力",④鲁迅成为现代文学的巨匠与此不无关系。所以说,没有文学翻译,包括隐形翻译,就没有文学家鲁迅!

6.4 小 结

在域外小说的影响下,中国现代小说意识逐渐形成。所谓的现代小说意识是和古代小说意识相对的,现代小说不同于现代派小说。现代小说就是在西洋小说的影响下形成的以叙述为主,描

---

① 温儒敏:《外国文学对鲁迅〈狂人日记〉的影响》,《国外文学》,1982 年第 4 期。

② 彭安定:《鲁迅的〈狂人日记〉和果戈理的同名小说》,《社会科学战线》,1982 年第 1 期。

③ 鲁迅:《鲁迅全集》(第 1 卷),人民文学出版社,2005 年,第 454 – 455 页。

④ 同①。

写、抒情、议论等多种手法并用的文学的一大样式,刻画一定环境中的相互关系、行动和事件以及相应的心理状态、意识流动等,从不同角度反映社会生活。和传统小说相比,现代小说内容和主题更加丰富,技巧更加多样,结构更加缜密。现代小说意识的形成意味着新的小说传统的形成,小说不再是小道,而是和诗歌、散文、戏剧并列的主要文学类型。

在现代小说意识的形成过程中,《巴黎茶花女遗事》《域外小说集》和《丛刊》是域外小说译介的三个里程碑。其中《巴黎茶花女遗事》标志着中国译介域外小说的发轫,以男女平等新思想以及倒叙、日记体等新技巧冲击旧的小说传统;《域外小说集》以其选材和直译的方法成为小说翻译的先锋,但是也因为过于超前而不为时代接受,而《丛刊》则以其名副其实的、总体上高质量的名家小说和译文在中国近代文学史上抹下隆重的一笔。在语言上,前两者均使用文言,而《丛刊》则有相当部分的白话译文,而且和后世的名家译文不相上下,标志着小说翻译已经走向成熟。不过在此由传统文学向现代文学过渡时期,原创需要向外学习,因此总是落后于译介,而真正的现代小说还要等到《狂人日记》的出现。

7 结　　论

本章包括两大部分。第一部分回答第一章提出的几个问题：第一，传统及文学传统的定义和内涵；第二，文学传统对文学翻译的影响；第三，文学翻译对文学传统的影响；第四，文学翻译对文学创作的影响及其限度。第二部分指出本研究的不足之处及今后努力的方向。

7.1　主要发现

7.1.1　传统及文学传统的定义和内涵

传统是世代相传的人类行为、思想和想象的产物。这些产物包括两方面：一方面是指从过去继承下来的物质性的东西，如建筑物、纪念碑、景物、雕塑、绘画、书籍、工具和机器等，另一方面则是指具有特点的思想、观念、信仰、文化、道德、风俗、艺术、制度以及行为方式等。一般而言，传统主要指后者。

传统具有以下几个特性：(1)作为曾经的典范，传统具有一定的规范性，对维持社会的稳定起着积极作用。(2)传统无处不在，人人都受到传统的影响，即使是最坚决的革命者，也难逃传统的手心。(3)传统的影响是非强制性的，所以人们对传统的反应带有选择性。(4)传统往往与落后和反动观念相提并论，被看做无用的累赘，因此遵从传统往往就意味着落后，而打破传统就意味着进步，在某些领域，比如说文学领域，尤其如此。(5)传统不是一成不变的，而是一条"延传变体链"。(6)传统意味着权威，所以有时候人们出于需要，会发明传统。

文学传统也包括两方面：一方面是指承载文学内容的纸质书

籍、手稿、抄本、电子书籍、光盘、磁盘等物质性的东西,另一方面则是指沿传下来的有关文学的系统知识,包括隐含在物质性的东西里面的思想、观念、技巧、主题等。文学传统只是佐哈尔的"大文学(多元)系统"的一部分,和系统中的意识形态、诗学有很多共通之处,只不过传统强调的是延传,而意识形态和诗学分别指的是政治和文化方面的思想、观念等。

文学传统除了具备一般传统所拥有的特性外,还具有以下特点:(1)反传统之传统。文学崇尚创新,文学传统的规范性也更弱一些,所以反传统反倒成为文学的一个传统。(2)尽管反传统成为文学传统之一,但是对于新手来说,首先不应该张扬个性,而应该不断地自我牺牲,通过艰苦的劳动来获得传统,领到加入文学的入场券。一个人倘若既没有遗产,也找不到资助人,更不能从自己的职业中获得经济来源,那么反对传统往往需要勇气,需要有必要的、执着的献身精神,否则他很难坚持己见,一路走下去。

7.1.2 文学传统对文学翻译的影响

传统无处不在,每个人都避不开传统的影响。所以,在进行文学翻译时,译者首先面临的就是传统的制约。具体到小说而言,文学传统对文学翻译的影响主要表现在以下几方面:

(1)小说概念

晚清时,小说是一个非常芜杂的概念,除了我们今天所熟悉的小说外,还包括寓言、戏曲、弹词。这反映在翻译上,就使得晚清译者和读者将一些不是小说的作品视为小说而加以翻译和阅读,比如多个版本的《伊索寓言》以及从《伊索寓言》中摘译的《中西异闻益智录》,华盛顿·欧文的游记《大食故宫余载》和《旅行述异》,波兰作家廖抗夫的戏剧《夜未央》、法国作家蔡雷的戏剧《鸣不平》、柴尔的《祖国》等,都曾被视为小说。

(2)小说形式

白话章回小说是小说界革命者心中理想的启迪民智的范型,所以在翻译域外小说时,不时地以章回小说为法式,对域外小说进行剪裁。如梁启超不仅将《十五小豪杰》改造成章回体,还凭空仿造传统章回体小说,在卷首加了一阕《调寄摸鱼儿》。另外,传统小说注重情节,不重视景色和心理描写,因此域外小说中的景色和心理描写等在翻译过程中,经常惨遭删节。传统小说的全知叙事视角也使得译者初遇第一人称叙事时,感到困惑,因而着手改造。而重意境的传统使得译者喜欢译意不译词,这也是梁启超这样的译者自信不仅"不负森田",而且"虽令焦士威尔奴复读之,当不谓其唐突西子"①的底气所在。在这种思想的影响下,吴趼人敢于将方庆周所译的6回的《电术奇谈》演绎成24回,苏曼殊对雨果的《悲惨世界》仅仅译出了其中一部分,不仅进行删节,而且凭空添加了新的人物和情节。这反映出传统的有关小说的观念的流毒尚未肃清,虽然"小说是文学最上乘"的口号喊得震天响,而骨子里对小说,尤其是小说的形式,并不太重视。这从政治家创作的政治小说可见一斑。为了发表一己之政见,政治家们将小说当成讲演、论文,使得小说不像小说,其结果是政治小说在晚清昙花一现。而在1909年,当《域外小说集》以直译的面目出现时,因为背离传统,过于先锋,过于超前,而不为读者接受,使得周氏兄弟的庞大译介计划戛然而止。

7.1.3 文学翻译对文学传统的影响

文学翻译的根本目的是引进新观念、新项目、新特点,这样就不可避免地和文学传统发生冲突。文学传统要维护稳定,文学翻译就是要打破这种稳定,所以必然要和文学系统内部的反叛力量勾结起来,推翻现有的文学传统,或者对现有的文学传统进行改造。

文学翻译对文学传统的影响主要体现在以下三个方面:

(1) 小说观念的变化

小说从"小道"一跃而成为"文学最上乘"。明清两代,一直有一些学者致力于提高小说的地位,可惜势单力薄,还不足以掀起小说界革命。到了晚清,维新之士为了教育民众,为改革打下群众基础,迫切需要一种群众喜闻乐见的宣传工具。于是他们想到了小

---

① [清]梁启超,罗普译:《十五小豪杰》,《梁启超全集(八)》,北京出版社,1999年,第5666页。

说,编织了有关东西洋小说的神话。内部改革的需要,再加上外部因素的促进,轰轰烈烈的小说界革命便爆发了,其变化之速,变化之大,令人瞠目结舌。这场革命如果说没有内部变革的需求,仅靠外部的推动,是怎么也发生不了的。但是没有外部因素的推动,小说革命能够如此迅速席卷全国,也是不可想象的。

（2）小说生产和消费方式的变化

中国传统知识分子受儒家思想的影响,耻于言利,所以,《昌言报》声称重金收购林纾翻译的《巴黎茶花女遗事》,让林纾很不高兴。但是受西方传统的影响,中国的稿酬制度也逐渐建立起来。这样,在《昌言报》之事后,没过几年,林纾就心安理得地享受起了每千字 6 元的高额稿酬。稿酬制度促进了中国职业作家的出现。另外,西洋小说的生产与消费方式,尤其是小说连载的方式,也对传统的"批阅十载,增删五次"的生产方式产生冲击。

（3）对小说认识的变化

域外小说的大量译介也使中国人对小说的认识迅速提高,从关心外部的"载道"转而关心内部的审美,而翻译本身也从最初的"豪杰译"走向直译,从译介故事转向译介文学性。在这种情况下,周瘦鹃结集出版的《丛刊》得到好评,受到读者欢迎,也就不足为怪了。《丛刊》的成功固然与周瘦鹃的译笔比鲁迅、周作人的更流畅、更通俗有关,但是也与文学传统的变化有很大关系。和 1909 年相比,1917 年的读者的趣味、欣赏能力都已经有了很大不同,文言翻译也不再一统天下,白话的直译作品越来越多。这样,1909 年很少有人欣赏的《域外小说集》又有了市场,1920 年,有人建议周氏兄弟重印《域外小说集》。于是增加到 37 篇的《域外小说集》于 1921 年再次面世。

7.1.4 文学翻译对文学创作的影响及其限度

文学翻译为文学创作提供了启迪,树立了榜样。就清末民初的小说翻译而言,其对小说创作的影响主要表现在以下几方面:

（1）新思想

自由、平等、无政府主义、对女性的尊重等新思想通过翻译小说而为国人所了解，又在原创作小说中得到表现。比如，受林译《巴黎茶花女遗事》《迦茵小传》等的影响，清末民初出现了大量的新型言情小说，如苏曼殊的《断鸿零雁记》和徐枕亚的《玉梨魂》，在描写爱情之外，也宣传男女平等。

（2）新体裁

域外小说的译介促进了中国政治小说、侦探小说、科学小说等的发展。尤其是侦探小说，由于和中国本土的公案小说的几许相似，以及晚清对刑法改革的诉求，再加上侦探小说本身新颖的情节安排和人物刻画，深受中国读者欢迎，被中国作家大量模仿，如吴趼人的《九名奇冤》、程小青的《霍桑探案》等。

（3）新技巧

域外小说的译介打破了传统小说连贯叙事一统天下的局面，为小说创作吹来一股清新之风。域外小说的第一人称叙事、倒叙、日记体、对话体等让中国小说家耳目一新，纷纷仿效，使得中国的小说创作变得丰富多彩。不仅如此，小说翻译在语言上也为小说创作提供了养分，使得小说作者可以使用新的词汇和句法。事实上，域外小说的译介甚至使僵化的文言一度焕发新春。在古代，文言没有长篇叙事，林译《巴黎茶花女遗事》为文言叙事树立了榜样，使文言在退出历史舞台之前，创作出了大量的长篇叙事。

不过我们也应当明白：文学翻译对文学创作的影响是有限度的。

首先，从数量上来讲，小说界革命初期的翻译小说数量远远大于原创小说的数量，这是因为中国作家需要时间学习，而域外小说的成熟相对于原创小说的不成熟又使得伪翻译（pseudo-translation）和半翻译（quasi-translation）得以出现。随着中国作家的逐渐成熟，原创小说的数量逐渐超过翻译小说。事实上，《新编增补清末民初小说目录》告诉我们，这段期间内，原创小说远远多于翻译小说。说到底，翻译是外在因素，总要通过内因才能影响文学传统。

其次，从1902年到1916年，无论是翻译，还是原创，突破传统叙事模式的小说所占的比例逐次下降，直到1917年之后，才猛然攀升。这说明当初的革命者在取得革命的胜利之后，已经与旧的传统产生妥协,形成新的传统。占据了中心地位的新传统为了维持稳定,必然会对异己分子进行压制,1909 年《域外小说集》的失败就是其中一个典型的例子,这使得很多尝试尚未开展就不得不偃旗息鼓。然而文学内部反传统之传统注定了异己分子决不甘于被压制,必然会勾结外部力量,掀起一场新的革命。外部因素总是要通过代理人来起作用,而异己分子也绝不甘心永远做代理人,等到足够强大后,必然要当家做主。"五四"运动后,原创小说和翻译小说的悬殊比例就是证明!

7.2 本研究的不足之处

本研究主要存在以下几方面的不足:

第一,本研究以小说翻译为主要考察对象,研究文学翻译与文学传统之间的互动,因此所得出的结论可能有些偏颇,不完全适用于诗歌、散文等的翻译与创作之间的互动。

第二,本研究以 1895 年至 1917 年期间的小说为研究对象,作为历史片断的研究,史料的占有对研究结论有较大影响。在研究过程中,本书作者尽可能多地占有资料,但是毕竟不能占有全部资料,因此所得出的结论只是根据现有资料得出的,可能会随着新史料的发现而必须进行必要的修正。

第三,本书主要研究小说的翻译,较少涉及小说的创作。此外,以《巴黎茶花女遗事》《域外小说集》和《丛刊》作为小说翻译从幼稚走向成熟的里程碑,尤其是把《丛刊》视为小说翻译成熟的标志,也许还存在争议。

本研究今后需进一步努力的方向是:(1) 突破小说的限制,将诗歌等纳入研究范畴,全面研究文学翻译与文学传统之间的互动。(2) 进一步搜寻资料,使得研究结果更加可靠。(3) 就小说研究而言,不仅要将更多的翻译小说纳入考察范围,而且要全面研究原创小说,使得本研究不仅仅局限在翻译研究范围内。

参 考 文 献

[1] Bevir, Mark. On Tradition. *Humanitas*, 2000(2).

[2] Baker, Margaret John. *Translated Images of the Foreign in the Early Works of Lin Shu (1852—1924) and Pearl S. Buck (1892—1973): Accommodation and Appropriation*. The University of Michigan, 1997.

[3] Baker, Mona. ed. *Routledge Encyclopedia of Translation Studies*. 上海外语教育出版社, 2004.

[4] Basnett, Susan, Harish Trivedi. *Post-colonial Translation: Theory and Practice*. Routledge, 1999.

[5] Chan, Leo Tak-hung. *Twentieth Century Chinese Translation Theory*. John Benjamins Publishing Company, 2004.

[6] Delisle, J. and J. Woodsworth. eds. *Translators through History*. John Benjamins Publishing Company, 1995.

[7] Even-Zohar, Itamar. Polysystem Studies. [=Poetics Today 11:1]. Duke University Press. A Special Issue of Poetics Today, 1990.

[8] Frohnen, Bruce. Tradition, Habit, and Social Interaction: A Response to Mark Bevir. *Humanitas*, 2001(1).

[9] Gentzler, Edwin. *Contemporary Translation Theory*. 上海外语教育出版社, 2004.

[10] Goldsmith, Oliver. The Miscellaneous Works of Oliver Goldsmith: with an Account of his Life and Writings. Washington Irving. ed. *Philadelphia J. Crissy and J. Grigg*, 1840.

［11］Handler, Richard, Jocelyn Linnekin. Tradition, Genuine or Spurious. *The Journal of American Folklore*, 1984, 97 (385).

［12］Hermans, Theo. *Translation in Systems*. St. Jerome Publishing, 1999.

［13］Hobsbawm, Eric and Rerence Ranger. ed. *The Invention of Tradition*. Cambridge University Press, 1992.

［14］Huang, Martha Elizabeth. *Thresholds of modernity: Preface to the May Fourth magazines and the modern Chinese literary canon*. Columbia University, 1999.

［15］Keefer, James Robinson. Dynasties of demons: Cannibalism from Lu Xun to Yu Hua (Han Shaogong, Mo Yan, China). The University of British Columbia (Canada), 2002.

［16］Kunn, Thomas S. *The Structure of Scientific Revolution. 2nd ed*. The University of Chicago Press, 1970.

［17］Lefevere, Andre. *Translation, Rewriting and the Manipulation of Literary Fame*. 上海外语教育出版社, 2004.

［18］Shils, Edward. *Tradition*. Comparative Studies in Society and History, 1997 (13).

［19］Shils, Edward. *Tradition*. The University of Chicago Press, 1981.

［20］Toury, Gideon. *Descriptive Translation Studies and Beyond*. 上海外语教育出版社, 2001.

［21］Venuti, Lawrence. *The Translation Studies Reader*. Routledge, 1998.

［22］Yang, Yan. *A Brief History of Chinese Translation Theory*. The University of Texas at Austin, 1992.

［23］阿英:《晚清戏曲小说目》,上海文艺联合出版社,1954年。

［24］阿英:《晚清小说丛钞·小说戏曲研究卷》,中华书局,1960年。

［25］阿英:《晚清小说史》,人民文学出版社,1980年。

[26] 阿英：《阿英文集》，生活·读书·新知三联书店，1981年。

[27] ［英］托·斯·艾略特：《艾略特诗学文集》，王恩衷译，国际文化出版公司，1989年。

[28] ［英］托·斯·艾略特：《艾略特文学论文集》，李赋宁译，百花文艺出版社，1994年。

[29] ［东汉］班固：《汉书》，中华书局，1962年。

[30] 包礼祥：《近代小说观的产生与传播观念的转变》，《江西师范大学学报（哲学社会科学版）》，2000年第4期。

[31] 包天笑：《钏影楼回忆录》，香港大华出版社，1971年。

[32] 北京大学中文系：《中国小说史》，人民文学出版社，1978年。

[33] 毕新伟：《中国经验与西方经验的相遇——〈林译巴黎茶花女遗事〉研究》，《外国文学研究》，2004年第3期。

[34] ［美］哈罗德·布鲁姆：《影响的焦虑》，徐博文译，生活·读书·新知三联书店，1989年。

[35] 曹聚仁：《文坛五十年》，东方出版中心，1997年。

[36] 曹亚明：《承续与超越——论梁启超与五四新文学》，暨南大学博士学位论文，2008年。

[37] 陈伯海：《文学转型与传统建构》，《河北学刊》，2007年第5期。

[38] 陈伯海，袁进：《上海近代文学史》，上海人民出版社，1993年。

[39] 陈纯尘，张韡：《清末民初翻译小说对中国小说发展的影响》，《外国语言文学》，2008年第3期。

[40] 陈大康：《关于近代小说研究的一些思考》，《明清小说研究》，2001年第59期。

[41] 陈大康：《近代小说及其研究的数理描述》，《华东师范大学学报（哲学社会科学版）》，2002年第4期。

[42] 陈大康：《中国近代小说编年》，华东师范大学出版社，2002年。

[43] 陈德鸿，张南峰：《西方翻译理论精选》，香港城市大学出版社，2000年。

［44］陈定家：《中国稿酬制度的变迁及其对艺术生产的影响》，《江汉论坛》，2001 年第 9 期。

［45］陈方竞：《穆木天外国文学翻译与中国现代翻译文学》，《汕头大学学报（人文社会科学版）》，2006 年第 6 期。

［46］陈改玲：《"五四"翻译文学与小说创作的"互动"关系》，《中国比较文学》，1996 年第 3 期。

［47］陈国恩，等：《百年后学科架构的多维思考——关于中国现代文学史起点问题的对话》，《学术月刊》，2009 年第 3 期。

［48］陈辽：《论我国的文学传统》，《徐州师范学院学报（哲学社会科学版）》，1986 年第 3 期。

［49］陈平原：《小说史：理论与实践》，北京大学出版社，1993 年。

［50］陈平原：《中国小说叙事模式的转变》，北京大学出版社，2003 年。

［51］陈平原：《文学的周边》，新世界出版社，2004 年。

［52］陈平原：《中国现代小说的起点——清末民初小说研究》，北京大学出版社，2005 年。

［53］陈平原，夏晓虹：《二十世纪中国小说理论资料·第一卷（1897—1916）》，北京大学出版社，1989 年。

［54］陈思和：《从鲁迅到巴金：新文学传统在先锋与大众之间——试论巴金在现代文学史上的意义》，《文学评论》，2006 年第 1 期。

［55］陈向红：《晚清时期科学小说在中国的译介》，《民族论坛》，2010 年第 1 期。

［56］陈晓明：《遗忘与召回：现代传统与当代作家》，《当代作家评论》，2007 年第 6 期。

［57］陈衍：《福建通志》，上海古籍出版社，1987 年。

［58］陈玉刚：《中国翻译文学史稿》，中国对外翻译公司，1989 年。

［59］陈子展：《中国近代文学之变迁：最近三十年中国文学史》，上海古籍出版社，2000 年。

［60］程华平：《近代小说概念的转化与报刊业的作用》，《华东师范

大学学报(哲学社会科学版)》,1998 年第 2 期。

[61] 程华平:《中国小说戏曲理论的近代转型》,华东师范大学出版社,2001 年。

[62] 程文超:《1903:前夜的涌动》,山东教育出版社,1998 年。

[63] 程继红:《论晚清翻译小说的影响》,《南京理工大学学报(社会科学版)》,2001 年第 5 期。

[64]《辞海》,上海辞书出版社,1999 年。

[65]《辞源(合订本)》,商务印书馆,1988/1998 年。

[66] 崔永禄:《鲁迅的异化翻译》,《浙江大学学报(人文社会科学版)》,2004 年第 6 期。

[67] 邓天乙:《鲁迅译〈造人术〉和包天笑译〈造人术〉》,《长春师院学报(社会科学版)》,1996 年第 4 期。

[68] 邓忠:《从多元系统论看 19 世纪末 20 世纪初中国翻译文学的繁荣》,重庆大学硕士学位论文,2005 年。

[69] 丁文江,赵丰田:《梁启超年谱长编》,上海人民出版社,1983 年。

[70] 杜慧敏:《文本译介、文化相遇与文学关系——晚清主要小说期刊译作研究(1901—1911)》,复旦大学博士学位论文,2006 年。

[71] 范伯群:《论中国现代文学史起点的"向前移"问题》,《江苏大学学报(哲学社会科学版)》,2006 年第 6 期。

[72] 范伯群:《包天笑、周瘦鹃、徐卓呆的文学翻译对小说创作之促进》,《江海学刊》,1996 年第 6 期。

[73] 范伯群,周全:《周瘦鹃年谱》,《新文史资料》,2011 年第 1 期。

[74] 范伯群,朱栋霖:《1898—1949 中外文学比较史》(上卷),江苏教育出版社,1993 年。

[75] 范苓:《晚清科学小说翻译热与日本的影响——以梁启超和鲁迅的中译本为例》,《大连海事大学学报(社会科学版)》,2009 年第 2 期。

[76] [南北朝]范晔:《后汉书》,中华书局,1999 年。

[77] 方汉奇:《中国近代报刊史》,山西人民出版社,1981 年。

[78] 方华文:《20 世纪中国翻译史》,西北大学出版社,2005 年。

[79] 方晓红:《晚清小说与晚清报刊发展关系研究》,南京师范大学博士学位论文,2000 年。

[80] [清]冯桂芬:《校邠庐抗议》(下卷),中州古籍出版社,1998 年。

[81] 冯建文,王小平:《近代中国文学观念变革与中国近代小说翻译高潮》,《社会纵横》,2004 年第 4 期。

[82] 冯伟宁:《德国汉学家称中国当代文学是垃圾》,《重庆晨报》,2006 年 12 月 11 日。

[83] 傅莹:《中国 20 世纪上半叶文学概论的发轫与演变》,暨南大学博士学位论文,2002 年。

[84] 高亮:《从中国文学翻译策略选择看多元系统理论的局限性》,华东师范大学硕士学位论文,2006 年。

[85] 高岭:《晚清小说叙述形式的演变及其原因》,《北京广播电视大学学报》,1997 年第 Z1 期。

[86] 高莽:《文学翻译与外国文学》,《国外文学》,2000 年第 4 期。

[87] 葛桂录:《文学因缘:林纾眼中的狄更斯》,《淮阴师范学院学报》,1999 年第 1 期。

[88] 葛桂录:《中英文学文学关系编年史》,上海书店出版社,2004 年。

[89] 葛中俊:《翻译文学:目的语文学的次范畴》,《中国比较文学》,1997 年第 3 期。

[90] 关诗佩:《从林纾看文学翻译规范由晚清中国到五四的转变:西化、现代化和以原著为中心的观念》,《中国文化研究所学报》,2008 年。

[91] 郭浩帆:《近代稿酬制度的形成及其意义》,《山东大学学报(哲学社会科学版)》,1999 年第 3 期。

[92] 郭箴一:《中国小说史》,上海书店出版社,1984 年。

[93] 郭建中:《当代美国翻译理论》,湖北教育出版社,2000 年。

[94] [清]郭庆藩:《庄子集释》(全 4 册),中华书局,1961 年。

[95] 郭绍虞:《中国历代文论选》(第 3 册),上海古籍出版社,

2001 年。

[96] 郭艳娟:《传统·个人·现代性——重新评价艾略特白〈传统与个人才能〉》,《当代外国文学》,2001 年第 4 期。

[97] 郭延礼:《近代外国政治小说的翻译》,《齐鲁学刊》,1996 年第 4 期。

[98] 郭延礼:《中国近代小说藏量的评估》,《学术月刊》,1996 年第 11 期。

[99] 郭延礼:《近代翻译文学与中国文学的近代化》,《山东大学学报(哲学社会科学版)》,1997 年第 3 期。

[100] 郭延礼:《中国近代翻译文学概论》,湖北教育出版社,1997 年。

[101] 郭延礼:《在中西文化交汇中的近代中国文学理论》,《东岳论丛》,1999 年第 1 期。

[102] 郭延礼:《西方文化与近代小说的变革》,《阴山学刊》,1999 年第 3、4 期。

[103] 郭延礼:《传媒、稿酬与近代作家的职业化》,《齐鲁学刊》,1999 年第 6 期。

[104] 郭延礼:《中西文化碰撞与近代文学》,山东教育出版社,1999 年。

[105] 郭延礼:《近代西学与中国文学》,百花文艺出版社,1999 年。

[106] 郭延礼:《中国近代文学发展史》(第 2 卷),高等教育出版社,2001 年。

[107] 郭延礼:《中国近代文学发展史》(第 3 卷),高等教育出版社,2001 年。

[108] 郭延礼:《近代外国文学译介中的民族情结》,《文史哲》,2002 年第 2 期。

[109] 郭延礼:《重新认识中国近代小说》,《厦门教育学院学报》,2004 年第 3 期。

[110] 郭英德:《文学传统的价值与意义》,《中国文学研究》,2002 年第 1 期。

［111］韩洪举：《林译小说研究：兼论林纾自撰小说与传奇》，中国社
　　　会科学出版社，2005 年。

［112］［美］韩南：《中国近代小说的兴起》，徐侠译，上海教育出版
　　　社，2004 年。

［113］韩伟表：《中国近代小说研究史论》，齐鲁书社，2006 年。

［114］韩永芝：《从文化排斥与文化认同看清末外国小说翻译》，《解
　　　放军外国语学院学报》，2001 年第 5 期。

［115］《汉语大词典》（第 1 卷），汉语大辞典出版社，1994 年。

［116］郝岚：《被道德僭越的爱情——林译言情小说〈巴黎茶花女遗
　　　事〉和〈迦茵小传〉的接受》，《天津师范大学学报（社会科学
　　　版）》，2003 年第 6 期。

［117］郝岚：《林译小说论稿》，天津社会科学出版社，2005 年。

［118］贺根民：《晚清报刊小说的分类和审美趋向》，《唐都学刊》，
　　　2007 年第 2 期。

［119］贺根民：《艰难跋涉：小说观念的近代化进程》，《东方丛刊》，
　　　2007 年第 2 期。

［120］贺根民：《近代小说观念的转型特征和体认》，《殷都学刊》，
　　　2008 年第 4 期。

［121］何海巍：《从〈申报〉的文学稿酬看近代文化观念的演变》，《文
　　　史杂谈》，2008 年第 2 期。

［122］何轩：《儒家文化与晚清新小说的兴起——以梁启超小说功
　　　用观为中心考察》，华中师范大学博士学位论文，2006 年。

［123］贺志刚：《林纾和林纾的翻译》，《国外文学》，2004 年第 2 期。

［124］胡适：《胡适文集（3）》，北京大学出版社，1998 年。

［125］胡适：《白话文学史》，上海古籍出版社，1999 年。

［126］黄丽珍：《鸳鸯蝴蝶派与近代小说观念的演变》，《山东大学学
　　　报（哲学社会科学版）》，2002 年第 3 期。

［127］黄霖：《中国文学批评通史·近代卷》，上海古籍出版社，
　　　1996 年。

［128］［英］E·霍布斯鲍姆，［英］T·兰格：《传统的发明》，顾杭，庞

冠群译,译林出版社,2004 年。

[129] 纪德君,杨茜:《论林纾对中西小说的比较研究及其价值》,《明清小说研究》,1997 年第 1 期。

[130] 季中扬:《论文学性与文学传统》,《辽宁师范大学学报(社会科学版)》,2007 年第 4 期。

[131] [德]伽达默尔:《真理与方法》(上卷),洪汉鼎译,上海译文出版社,2004 年。

[132] 蒋芬,陈琳:《诗学和读者反应对文本选择和翻译策略的影响——析周瘦鹃〈欧美名家短篇小说〉》,《牡丹江大学学报》,2005 年第 11 期。

[133] 蒋芬,汤燕瑜:《清末翻译文学的地位与翻译策略》,《湖南第一师范学院学报》,2008 年第 1 期。

[134] 蒋芬,王伟:《论译者的意识形态对翻译的影响——析周瘦鹃翻译的〈欧美名家短篇小说〉》,《琼州大学学报》,2005 年第 6 期。

[135] 蒋荷贞:《〈斯巴达之魂〉是鲁迅创作的第一篇小说》,《鲁迅研究月刊》,1992 年第 9 期。

[136] 蒋林:《梁启超的小说翻译与中国近代小说的转型》,《兰州大学学报(社会科学版)》,2010 年第 5 期。

[137] 蒋瑞藻:《小说考证(附续编拾遗)》,古典文学出版社,1957 年。

[138] 蒋骁华:《巴西的翻译:"吃人"翻译理论与实践及其文化内涵》,《外国语》,2003 年第 1 期。

[139] 蒋英豪:《林纾与桐城派、改良派及新文学的关系》,《文史哲》,1997 年第 1 期。

[140] 金理:《重构与追认中的出发点:关于文学传统的随想》,《小说评论》,2008 年第 2 期。

[141] 康来新:《晚清小说理论研究》,大安出版社,1986 年。

[142] [清]康有为:《康有为政治论集》(上册),中华书局,1981 年。

[143] 阚文文:《晚清报刊小说翻译研究——以八大报刊为中心》,

华东师范大学博士学位论文,2008 年。

[144] 孔慧怡:《翻译·文学·文化》,北京大学出版社,1999 年。

[145] [美]托马斯·库恩:《科学革命的结构》,金吾伦,胡新和译,北京大学出版社,2003 年。

[146] 李昌玉:《鲁迅创作的第一篇小说应是〈斯巴达之魂〉》,《东岳论丛》,1987 年第 6 期。

[147] 李德超,邓静:《清末民初侦探小说翻译热潮探源》,《天津外国语学院学报》,2003 年第 2 期。

[148] 李德超,邓静:《清末民初对外国短篇小说的译介(1898—1919)》,《中国翻译》,2003 年第 6 期。

[149] 李德超,邓静:《近代翻译文学史上不该遗忘的角落——鸳鸯蝴蝶派作家的翻译活动及其影响》,《四川外国语学院学报》,2004 年第 1 期。

[150] 李红满:《当代美洲翻译理论研究的新方向——根茨勒新著〈美洲的翻译与身份认同:翻译理论的新方向〉评介》,《中国翻译》,2010 年第 1 期。

[151] 李建国,孟昭连:《中国小说通史》(先唐卷),高等教育出版社,2007 年。

[152] 李静:《晚清报刊业的勃兴与近代小说的多元嬗变》,《青海师范大学学报(哲学社会科学版)》,2005 年第 4 期。

[153] 李景光:《林纾与新文化运动》,《社会科学辑刊》,1983 年第 4 期。

[154] 李联君:《论近代小说观念的演变》,四川大学硕士学位论文,2006 年。

[155] 李联君:《论近代小说观念的嬗变及其新特点》,四川师范大学学报(社会科学版)》,2010 年第 5 期。

[156] 李敏:《"共时的存在"——T·S·艾略特对"传统"的再认识》,《海南师范大学学报(社会科学版)》,2009 年第 2 期。

[157] 李欧梵:《近代翻译与通俗文学》,《中国现代文学研究丛刊》,2001 年第 2 期。

[158] 李欧梵:《福尔摩斯在中国》,《当代作家评论》,2004 年第

2 期。

[159] 李诠林：《论苏曼殊对中国 20 世纪通俗小说发展的影响》，《甘肃教育学院学报（社会科学版）》，2001 年第 4 期。

[160] 李世新，高建清：《中国近代侦探小说发生的意义及其现代性思考》，《湖北省社会主义学院学报》，2002 年第 2 期。

[161] 李伟：《中国近代翻译史》，齐鲁书社，2005 年。

[162] 李小洁，沈海萍：《艾略特〈传统与个人才能〉的诠释》，《湖北广播电视大学学报》，2007 年第 11 期。

[163] 李亚娟：《从介入到关怀：晚清小说政治功用性的演变（1902—1911）》，华东师范大学博士学位论文，2009 年。

[164] 李艳丽：《晚清俄国小说译介路径及底本考——兼析"虚无党小说"》，《外国文学评论》，2011 年第 1 期。

[165] 黎跃进：《简论东海散士及其代表作〈佳人奇遇〉》，《日本研究》，2006 年第 3 期。

[166] 连燕堂：《梁启超与晚清文学革命》，漓江出版社，1991 年。

[167] 梁爱民：《晚清小说观念的多重定位》，《江苏大学学报（社会科学版）》，2010 年第 2 期。

[168] 梁冬华：《艾略特"传统"诗学观探究》，广西师范大学硕士学位论文，2004 年。

[169] 梁冬华：《传统的过去性与现存性——论 T·S·艾略特文学批评体系中的"传统"观》，《榆林学院学报》，2010 年第 1 期。

[170] ［日］柴四郎：《佳人奇遇》，梁启超译，中华书局，1936 年。

[171] ［法］佛林玛利安：《世界末日记》，梁启超译，中华书局，1936 年。

[172] ［清］梁启超：《新中国未来记》，中华书局，1936 年。

[173] ［清］梁启超，罗普译：《十五小豪杰》，《梁启超全集（八）》，北京出版社，1999 年。

[174] ［清］梁启超：《饮冰室全集点校》，云南教育出版社，2001 年。

[175] 廖七一：《多元系统》，《外国文学》，2004 年第 4 期。

[176] 廖七一：《周氏兄弟的〈域外小说集〉：翻译规范的失与得》，

《外语研究》,2009 年第 6 期。

[177] 蔺红娟,文月娥:《〈域外小说集〉的译介:接受美学视角的解读》,《阴山学刊》,2010 年第 5 期。

[178] 林琳:《略论 T・S・艾略特的传统观》,《鞍山师范学院学报》,2009 年第 1 期。

[179] 林明德:《晚清小说研究》,联经出版事业有限公司,1988 年。

[180] [法]小仲马:《巴黎茶花女遗事》,林纾,王寿昌译,商务印书馆,1981 年。

[181] 林薇:《林纾选集(文诗词卷)》,四川人民出版社,1988 年。

[182] 林薇:《百年沉浮——林纾研究综述》,天津教育出版社,1990 年。

[183] 林作帅:《论上海翻译文学与本土文学的张力与对话(1843—1919)》,上海外国语大学博士学位论文,2009 年。

[184] 刘红中:《胡适与翻译》,《社会科学战线》,1995 年第 2 期。

[185] 刘克敌:《晚年林纾与新文学运动》,《中国现代文学研究丛刊》,1997 年第 1 期。

[186] 刘全福:《兄弟携手　共竟译业——我国早期译坛上的鲁迅与周作人》,《中国翻译》,1998 年第 4 期。

[187] 刘全福:《能者不可弊　败者不可饰——周作人先生早期翻译活动综述》,《四川外国语学院学报》,1999 年第 1 期。

[188] 刘涛:《中国现代小说范畴论》,河南大学出版社,2005 年。

[189] 刘为民:《论白话侦探小说的新文学性质》,《南京大学学报(哲学・人文科学・社会科学)》,1997 年第 2 期。

[190] 刘燕:《艾略特诗学中的传统与个人才能》,《新疆大学学报(社会科学版)》,2000 年第 2 期。

[191] 龙海平:《周作人的早期翻译理论》,《鲁迅研究月刊》,2001 年第 5 期。

[192] 卢寿荣,张淼:《鲁迅翻译理论的发展及评价》,《山东外语教学》,2002 年第 5 期。

[193] 卢文荟:《林译〈茶花女〉撼动中国的岁月》,《文艺理论研究》,

1999 年第 1 期。

[194] 鲁湘元:《稿酬怎样搅动书坛》,红旗出版社,1998 年。

[195] 鲁迅:《鲁迅全集》(第 11 卷),人民文学出版社,1973 年。

[196] 鲁迅:《鲁迅全集》(第 1 卷),人民文学出版社,2005 年。

[197] 鲁迅:《鲁迅全集》(第 4 卷),人民文学出版社,2005 年。

[198] 鲁迅:《鲁迅全集》(第 6 卷),人民文学出版社,2005 年。

[199] 鲁迅:《鲁迅全集》(第 8 卷),人民文学出版社,2005 年。

[200] 鲁迅:《鲁迅全集》(第 10 卷),人民文学出版社,2005 年。

[201] 鲁迅:《鲁迅全集》(第 13 卷),人民文学出版社,2005 年。

[202] 鲁迅:《中国小说史略》,上海文学出版社,2005 年。

[203] 鲁迅博物馆,鲁迅研究室:《鲁迅年谱(增订本)》(第 1 卷),人民文学出版社,1981 年。

[204] 栾伟平:《近代科学小说与灵魂——由〈新法螺先生谭〉说开去》,《中国现代文学丛刊》,2006 年第 3 期。

[205] 罗列:《新女性想象中的"救国女杰"期待——20 世纪初〈夜未央〉中译本俄国虚无女杰的形象解读》,《北京第二外国语学院学报》,2008 年第 8 期。

[206] 罗列:《20 世纪初叶中国虚无党小说及"虚无美人"译介风潮研究》,《天津外国语学院学报》,2009 年第 1 期。

[207] 罗苏华:《中国小说学主流》,上海书店出版社,2007 年。

[208] 罗选民,田德蓓,张旭:《外国文学翻译在中国》,安徽文艺出版社,2003 年。

[209] 罗选民:《意识形态与文学翻译——论梁启超的翻译实践》,《清华大学学报(哲学社会科学版)》,2006 年第 1 期。

[210] [英]玛格丽特·玛斯特曼:《范式的本质》,[匈牙利]伊雷姆·托卡拉斯,[新西兰]艾兰·马斯格雷夫《批判与知识的增长》,周寄中译,华夏出版社,1987 年。

[211] 马晓东:《〈茶花女〉汉译本的历时研究》,《外语教学与研究》,1999 年第 3 期。

[212] 孟丽:《翻译小说对西方叙事模式的接受与应变——以〈时务

报〉刊登的侦探小说为例》,《理论导刊》,2007 年第 11 期。

[213] 孟丽:《论"小说界革命"的酝酿过程》,华东师范大学,
2008 年。

[214] 孟昭毅,李载道:《中国翻译文学史》,北京大学出版社,
2005 年。

[215] 米列娜:《从传统到现代——19 至 20 世纪转折时期的中国
小说》,伍晓明译,北京大学出版社,1991 年。

[216] 苗怀明:《从公案到侦探:论晚清公案小说的终结与近代侦探
小说的生成》,《明清小说研究》,2001 年第 2 期。

[217] 闵惠泉,邓炘炘:《国际关系与语言文学》,北京广播学院出版
社,2003 年。

[218] 穆凤良:《翻译操控论:从严复和鲁迅的翻译理论与实践看意
识形态作用》,岭南大学博士学位论文,2006 年。

[219] 南帆:《论文学传统》,《文艺争鸣》,1993 年第 1 期。

[220] 南帆:《全球化与文学传统》,《福建文学》,2000 年第 5 期。

[221] 南帆:《文学传统:遵从与反叛》,《中文自学指导》,2003 年第
4 期。

[222] 南京大学中国现代文学研究中心:《中国现代文学传统》,人
民文学出版社,2002 年。

[223] 欧阳健:《晚清小说简史》(上册),辽宁教育出版社,1992 年。

[224] 欧阳健:《晚清小说简史》(下册),辽宁教育出版社,1992 年。

[225] 欧阳健:《论晚清小说研究的误区和兴奋区》,《周口师专学
报》,1997 年第 1 期。

[226] 潘建国:《小说征文与晚清文学观念的演进》,《文学评论》,
2001 年第 6 期。

[227] 潘建国:《清末上海地区书局与晚清小说》,《文学遗产》,2004
年第 2 期。

[228] 潘学权:《无声的另一面:食人主义与翻译研究》,《北京第二
外国语学院学报》,2003 年第 4 期。

[229] 裴效维,牛仰山:《金代文学研究》,北京出版社,2001 年。

[230] 彭安定:《鲁迅的〈狂人日记〉和果戈理的同名小说》,《社会科学战线》,1982 年第 1 期。

[231] 钱基博:《现代中国文学史》,世界书局,1933 年。

[232] 钱基博:《现代中国文学史》,中国人民大学出版社,2009 年。

[233] 钱锺书:《七缀集》,生活·读书·新知三联书店,2002 年。

[234] 《强学报·时务报 1》,中华书局,1991 年。

[235] 秦弓:《论翻译文学在现代文学史上的地位———以五四时期为例》,《文学评论》,2007 年第 2 期。

[236] 秦弓:《新文学的发生》,《西南民族大学学报(人文社会科学版)》,2008 年第 1 期。

[237] [捷克斯洛伐克]雅罗斯拉夫·普实克:《普实克中国现代文学论文集》,李燕乔,等译,湖南文艺出版社,1987 年。

[238] 任显楷:《西潮东渐下的文学传统:邓顿的中国现代文学思想研究》,《当代文坛》,2008 年第 3 期。

[239] 上海图书馆:《汪康年师友书札(二)》,上海古籍出版社,1986 年。

[240] 沈庆会:《包天笑及其小说研究》,华东师范大学博士学位论文,2006 年。

[241] 沈庆会:《谈〈迦因小传〉译本的删节问题》,《华东师范大学学报(哲学社会科学版)》,2006 年第 1 期。

[242] [苏]维·什克洛夫斯基:《散文理论》,刘宗次译,百花文艺出版社,1997 年。

[243] 时萌:《晚清小说》,上海古籍出版社,1989 年。

[244] 施蛰存:《中国新文学大系·翻译文学卷一》,上海书店出版社,1991 年。

[245] 施蛰存:《中国新文学大系·翻译文学卷二》,上海书店出版社,1991 年。

[246] 施蛰存:《中国新文学大系·翻译文学卷三》,上海书店出版社,1991 年。

[247] 史云波:《胡适对中国现代翻译事业的贡献》,《镇江师专学报

（社会科学版）》，2000 年第 3 期。

[248] 守乾：《近代著名文学翻译家林纾》，《历史教学》，1995 年第 4 期。

[249] 宋晖：《近代报刊与小说的勃兴》，《江西师范大学学报（哲学社会科学版）》，2001 年第 1 期。

[250] 宋莉华：《明清时期说部书价述略》，《复旦大学学报（社会科学版）》，2002 年第 3 期。

[251] 宋师亮：《论晚清政治小说作家》，《渤海大学学报》，2009 年第 3 期。

[252] 宋师亮：《论晚清政治小说中的乌托邦叙事》，《渤海大学学报》，2010 年第 1 期。

[253] 苏桂宁：《林译小说与林纾的文化选择》，《文学评论》，2000 年第 5 期。

[254] 苏曼殊：《惨世界》，《苏曼殊全集（二）》，中国书店，1985 年。

[255] 谭涓涓，刘慧：《论徐念慈对晚清翻译小说中现代审美观念的促进》，《中国电力教育》，2006 年第 S2 期。

[256] 谈小兰：《晚清翻译小说的文体演变及其文化阐释》，《明清小说研究》，2004 年第 3 期。

[257] 汤林弟：《中国近代稿酬制度的产生》，《编辑学刊》，2004 年第 2 期。

[258] 唐世贵：《中国现代文学关系史》，http：∥ vip. du8. com/ books/sepasg4. shtml。

[259] 陶洁：《〈黑奴吁天录〉——第一部译成中文的美国小说》，《美国研究》，1991 年。

[260] 王德威：《被压抑的现代性》，宋伟杰译，北京大学出版社，2005 年。

[261] 王东风：《翻译文学的文化地位与译者的文化态度》，《中国翻译》，2000 年第 4 期。

[262] 王光妍：《中国翻译小说在二十世纪初（1898—1936）与二十世纪末（1979—2000）的地位变迁》，重庆师范大学硕士学位

论文,2007 年。

[263] 王国伟:《近代〈小说时报〉与短篇小说翻译》,《固原师专学报（社会科学版）》,2001 年第 1 期。

[264] 王国维,等:《王国维、蔡元培、鲁迅评点红楼梦》,团结出版社,2004 年。

[265] 王宏志:《民元前鲁迅的翻译活动——兼论晚清的意译风尚》,《鲁迅研究月刊》,1995 年第 3 期。

[266] 王宏志:《翻译与创作——中国近代翻译小说论》,北京大学出版社,2000 年。

[267] 王辉:《伊索寓言的中国化——论其汉译本〈意拾喻言〉》,《外语研究》,2008 年第 3 期。

[268] 王敬民:《省思传统:从 T·S·艾略特到 H·布鲁姆》,《求索》,2009 年第 11 期。

[269] 王克非:《翻译文化史论》,上海外语教育出版社,1997 年。

[270] 王利器:《元明清三代禁毁小说戏曲史料（增订本）》,上海古籍出版社,1981 年。

[271] 王宁:《现代性、翻译文学与中国现代文学经典重构》,《文艺研究》,2002 年第 6 期。

[272] 王宁:《翻译文学与中国文学的现代性》,《清华大学学报（哲学社会科学版）》,2002 年第 S1 期。

[273] 王宁,生安锋:《文学翻译研究和文学经典重构》,《译林》,2003 年第 6 期。

[274] ［清］王先谦:《荀子集解》,中华书局,1988 年。

[275] 王向远:《中国的鸳鸯蝴蝶派与日本的砚友社》,《北京师范大学学报（社学科会版）》,1995 年第 5 期。

[276] 王向远:《翻译文学史的理论与方法》,《中国比较文学》,2000 年第 4 期。

[277] 王向远:《从"外国文学史"到"中国翻译文学史"——一门课程面临的挑战及其出路》,《中国比较文学》,2005 年第 2 期。

[278] 王向远,陈言:《20 世纪中国文学翻译之争》,百花文艺出版

社,2006 年。

[279] 王学钧:《刘鹗与老残游记》,辽宁教育出版社,2000 年。

[280] 王燕:《近代科学小说论略》,《明清小说研究》,1999 年第
4 期。

[281] 王燕:《晚清小说期刊史论》,吉林人民出版社,2002 年。

[282] 王永宽:《中国古代文学传统的宏观考察》,《中州学刊》,2003
年第 4 期。

[283] 王友贵:《翻译家周作人》,四川人民出版社,2001 年。

[284] 王友贵:《鲁迅的翻译模式与翻译政治》,《山东外语教学》,
2003 年第 2 期。

[285] 王友贵:《鲁迅翻译对中国现代文学史、翻译文学史、中外关
系的贡献》,《外国语言文学》,2005 年第 3 期。

[286] 王友贵:《翻译家鲁迅》,南开大学出版社,2005 年。

[287] 王云霞,李寄:《〈域外小说集〉欧化标点符号的文体效果及语
言史意义》,《上海翻译》,2009 年第 4 期。

[288] 〔法〕小仲马:《茶花女》,王振孙译,上海译文出版社,
2001 年。

[289] 王志松:《文体的选择与创造——论梁启超的小说翻译文体
对清末翻译界的影响》,《国外文学》,1999 年第 1 期。

[290] 王志松:《析〈十五小豪杰〉的"豪杰译"——兼论章回白话小
说体与晚清翻译小说的连载问题》,《中国比较文学》,2000
年第 3 期。

[291] 王智毅:《周瘦鹃研究资料》,天津人民出版社,1993 年。

[292] 魏藏峰:《晚清域外小说译介的政治取向及影响》,《山东外语
教学》,2004 年第 1 期。

[293] 〔美〕勒内·韦勒克,奥斯汀·沃伦:《文学原理》,刘象愚,邢
培明,陈圣升,李哲明译,江苏教育出版社,2005 年。

[294] 温儒敏:《外国文学对鲁迅〈狂人日记〉的影响》,《国外文学》,
1982 年第 4 期。

[295] 我佛山人:《九命奇冤》,花城出版社,1986 年。

[296] 吴福辉:《二十世纪中国小说理论资料(第三卷)(1928—1937)》,北京大学出版社,1997年。

[297] 吴福辉:《中国现代文学发展史》,北京大学出版社,2010年。

[298] 武润婷:《中国近代小说演变史》,山东人民出版社,2000年。

[299] 吴文琪:《新文学概要》,中国文化服务社,1936年。

[300] 吴作桥:《鲁迅的第一篇小说应是〈斯巴达之魂〉》,《鲁迅研究月刊》,1991年第6期。

[301] 吴作桥,周晓莉:《再论〈斯巴达之魂〉是创作小说——与樽本照雄先生商榷》,《鲁迅研究月刊》,2003年第6期。

[302] [美]希尔斯:《论传统》,傅铿,吕乐译,上海人民出版社,1991年。

[303] 《现代汉语词典》(第5版),商务印书馆,2005年。

[304] 谢冕:《1898:百年忧患》,山东教育出版社,1998/2001年。

[305] 谢世坚:《从翻译规范论看清末民初小说翻译》,《山东师范大学外国语学院学报》,2002年第2期。

[306] 谢世坚:《从中国近代翻译文学看多元系统理论的局限性》,《四川外国语学院学报》,2002年第4期。

[307] 谢天振:《为"弃儿"寻找归宿——论翻译在中国现代文学史上的地位》,《上海文学》,1989年第6期。

[308] 谢天振:《翻译文学史:挑战与前景》,《中国比较文学》,1990年第2期。

[309] 谢天振:《翻译文学——争取承认的文学》,《中国翻译》,1992年第1期。

[310] 谢天振:《译介学》,上海外语教育出版社,1999年。

[311] 谢天振:《多元系统理论:翻译研究领域的拓展》,《外国语》,2003年第4期。

[312] 谢天振,查明建:《中国现代翻译文学史(1898—1949)》,上海外语教育出版社,2004年。

[313] 《新编现代汉语词典》,青苹果电子书系列,2002年。

[314] 徐刚,王又平:《重述五四与"当代文学"的合法性论证考察》,

《文艺理论研究》,2008 年第 1 期。

[315] 徐力:《德国汉学家批评中国当代作家 学者称其妄下结论》,《成都晚报》,2006 年 12 月 14 日。

[316] 徐枕亚:《玉梨魂》,江西人民出版社,1988 年。

[317] 许海燕:《〈巴黎茶花女遗事〉对清末明初小说创作的影响》,《明清小说研究》,2001 年第 4 期。

[318] 许建平:《二十世纪中国文学史论文精粹:小说戏曲卷》,河北教育出版社,2000 年。

[319] 徐君慧:《中国小说史》,广西教育出版社,1991 年。

[320] 薛绥之,张俊才:《林纾研究资料》,福建人民出版社,1983 年。

[321] [英]赫胥黎:《天演论》,严复译,商务印书馆,1981 年。

[322] 刘梦溪:《中国现代学术经典·严复卷》,河北教育出版社,1996 年。

[323] 严家炎:《二十世纪中国小说理论资料(第二卷)(1917—1927)》,北京大学出版社,1997 年。

[324] 阎奇男,王立鹏:《中国小说观念的现代化历程》,中国文联出版社,1999 年。

[325] 杨冬敏:《略论晚清时期侦探小说的译介》,《北京第二外国语学院学报(外语版)》,2008 年第 2 期。

[326] 杨莉:《周作人翻译思想的形成及其影响》,《译林》,2007 年第 4 期。

[327] 杨联芬:《林纾与中国文学现代性的发生》,《中国现代文学研究丛刊》,2002 年第 4 期。

[328] 杨联芬:《〈域外小说集〉与周氏兄弟的新文学理念》,《鲁迅研究月刊》,2002 年第 4 期。

[329] 杨联芬:《晚清至五四:中国文学现代性的发生》,北京大学出版社,2003 年。

[330] 姚文放:《马克思恩格斯的传统观与文学史观念》,《云南社会科学》,1998 年第 1 期。

[331] 姚文放:《马克思恩格斯的文学批评方法与文学传统》,《甘肃社会科学》,1999 年第 1 期。

[332] 姚文放:《当代性与文学传统的重建》,《江海学刊》,1999 年第 5 期。

[333] 姚文放:《文学传统与科学传统》,《文学评论》,2000 年第 3 期。

[334] 姚文放:《文学传统与个人才能》,《学习与探索》,2000 年第 3 期。

[335] 姚文放:《文学传统与现代性》,《学术月刊》,2001 年第 12 期。

[336] 姚文放:《交互性与文学传统》,《学习与探索》,2002 年第 2 期。

[337] 姚文放:《文学传统流变的机制与形态》,《北京社会科学》,2002 年第 2 期。

[338] 姚文放:《文学传统论的四大倾向及其现代转换》,《扬州大学学报(人文社会科学版)》,2002 年第 3 期。

[339] 姚文放:《文学传统的功能与知识增长》,《江海学刊》,2002 年第 4 期。

[340] 姚文放:《文学传统与文化传统》,《社会科学辑刊》,2003 年第 1 期。

[341] 姚文放:《文学传统与生态意识》,《社会科学辑刊》,2004 年第 3 期。

[342] 姚文放:《文本·话语·主体:文学传统与交互世界》,《社会科学》,2004 年第 10 期。

[343] 姚文放:《文学传统与文类学辩证法》,《学术月刊》,2004 年第 7 期。

[344] 姚文放:《当代性与文学传统的重建》,人民文学出版社,2004 年。

[345] 姚文放:《中国文学传统转型的内在机制》,《河北学刊》,2007 年第 5 期。

[346] 姚文放:《文学传统重建的现实价值本位》,《中国社会科学》,2007 年第 6 期。

[347] [日]野家启一:《库恩:范式》,毕晓辉译,河北教育出版社,2001 年。

[348] [英]特里·伊格尔顿:《二十世纪西方文学理论》,伍晓明译,北京大学出版社,2007 年。

[349] 殷国明,等:《"二十世纪中国新文学传统研究"笔谈》,《学术研究》,1994 年第 6 期。

[350] 尹建民:《晚清民初翻译小说的滥觞及其影响》,《昌潍师专学报(社会科学版)》,1997 年第 6 期。

[351] 尹建民:《近代翻译文学的嬗变及特征》,《昌潍师专学报》,1999 年第 6 期。

[352] 于润琦:《清末民初的短篇小说》,《明清小说研究》,1997 年第 3 期。

[353] 于润琦:《清末民初小说书系·侦探卷》,中国文联出版社,1997 年。

[354] 于润琦:《清末民初小说书系·科学卷》,中国文联出版社,1997 年。

[355] 于启宏:《中国现代翻译侦探小说的意义》,《广州大学学报(社会科学版)》,2004 年第 7 期。

[356] 袁荻涌:《论清末政治小说的译介》,《贵州大学学报(社会科学版)》,1990 年第 3 期。

[357] 袁荻涌:《试论域外政治小说对晚清文学的影响》,《贵州教育学院学报(社会科学版)》,1993 年第 4 期。

[358] 袁荻涌:《域外小说集:成功与失败》,《贵州文史丛刊》,1993 年第 5 期。

[359] 袁荻涌:《清末文坛对外国文学的认识和书评》,《黑龙江教育学院学报》,1994 年第 4 期。

[360] 袁荻涌:《略论外国文学对近代小说理论的影响》,《黑龙江社会科学》,1997 年第 1 期。

［361］袁获涌:《近代中日政治小说比较》,《青海社会科学》,1997
年第 4 期。

［362］袁健:《吴趼人的小说》,辽宁教育出版社,2000 年。

［363］袁 健,郑荣:《晚清小说研究概说》,天津教育出版社,
1989 年。

［364］袁进:《试论晚清小说理论流派》,《江淮论坛》,1990 年第
6 期。

［365］袁进:《中国小说的近代变革》,中国社会科学出版社,
1992 年。

［366］袁进:《中国文学观念的近代变革》,上海社会科学出版社,
1996 年。

［367］袁进:《试论中国近代对文学范围认识的突破》,《上海社会科
学院学术季刊》,1999 年第 2 期。

［368］袁进:《中国近代文学社会运行机制的转变及作用》,《学术月
刊》,2000 年第 8 期。

［369］袁进:《梁启超为什么能推动近代小说的发展》,《上海大学学
报(社会科学版)》,2004 年第 3 期。

［370］袁进:《中国小说的近代变革》,广西师范大学出版社,
2009 年。

［371］乐黛云,王向远:《中国比较文学百年史整体观》,《文艺研
究》,2005 年第 2 期。

［372］查明建,谢天振:《中国 20 世纪外国文学翻译史》,湖北教育
出版社,2007 年。

［373］张德明:《翻译文学与中国现代文学的现代性》,《人文杂志》,
2004 年第 2 期。

［374］张方方:《〈文心雕龙·通变〉与〈传统与个人才能〉之比较》,
《苏州教育学院学报》,2008 年第 4 期。

［375］张国俊:《译入语文化对晚清时期小说翻译的影响和制约》,
《华北水利水电学院学报(社会科学版)》,2004 年第 1 期。

［376］张静庐:《中国近代出版史料(初编)》,群联出版社,1954 年。

[377] 张菊香,张铁荣:《周作人年谱 1885—1967》,天津人民出版社,2000 年。

[378] 张俊才:《林纾对"五四"新文学的贡献》,《中国现代文学研究丛刊》,1983 年第 4 期。

[379] 张俊才:《林纾评传》,南开大学出版社,1992 年。

[380] 张鲁燕:《从目的论角度看晚清翻译文学》,《河南师范大学学报(哲学社会科学版)》,2008 年第 4 期。

[381] 张南峰:《多元系统论》,《中国翻译》,2002 年第 4 期。

[382] 张南峰:《中西译学批评》,清华大学出版社,2004 年。

[383] 张南峰:《从多元系统论的观点看翻译文学的国籍》,《外国语》,2005 年第 5 期。

[384] 张全之:《文学中的"未来":论晚清小说中的乌托邦叙事》,《东岳论丛》,2005 年第 1 期。

[385] 张昀:《论清末民初侦探小说翻译热之原因》,《福州大学学报(哲学社会科学版)》,2006 年第 2 期。

[386] 张萍:《侦探小说在中国的两次译介热潮及其影响》,《中国翻译》,2002 年第 3 期。

[387] 张全之:《从虚无党小说的译介与创作看无政府主义对晚清小说的影响》,《明清小说研究》,2005 年第 3 期。

[388] 张中:《李伯元与官场现形记》,辽宁教育出版社,2000 年。

[389] 赵利民:《域外小说翻译与中国近代小说观念的变革》,《理论学刊》,1999 年第 1 期。

[390] 赵遐秋,曾庆瑞:《中国现代小说史》(上册),中国人民大学出版社,1984 年。

[391] 郑杭生,李霞:《关于库恩的"范式"——一种科学哲学与社会学交叉的视角》,《广东社会科学》,2004 年第 2 期。

[392] 止庵:《周作人传》,山东画报出版社,2009 年。

[393] 钟俊昆,曾晓林,孙慧娟:《梁启超与中国小说的近代化——梁启超在"小说界革命"中的角色考辨》,《南昌大学学报(人文社会科学版)》,2005 年第 4 期。

［394］［法］鲍福∷《毒蛇圈（外十种）》，周桂笙译，岳麓书社，1991 年。

［395］周氏兄弟，巴金，汝龙，等：《域外小说集》，岳麓书社，1986 年。

［396］周瘦鹃：《欧美名家短篇小说》，岳麓书社，1987 年。

［397］周煦良：《艾略特与传统概念》，《现代外国哲学社会科学文摘》，1961 年第 5 期。

［398］周作人：《域外小说集》，中华书局，1936 年。

［399］周作人：《中国新文学的源流》，华东师范大学出版社，1995 年。

［400］周作人：《知堂回想录》，群众出版社，1999 年。

［401］朱栋霖，丁帆，朱晓进：《二十世纪中国文学史》（上册），台湾文史哲出版社，2000 年。

［402］朱立元：《现代西方美学史》，上海文艺出版社，1996 年。

［403］朱寿鹏：《光绪朝东华录》，中华书局，1958 年。

［404］朱文华：《中国近代文学潮流——从戊戌前后到五四文学革命》，贵州教育出版社，2004 年。

［405］朱耀先，张香宇：《林纾的翻译：政治为灵魂，翻译为实业》，《郑州大学学报（哲学社会科学版）》，2009 年第 5 期。

［406］朱云生：《清末民初翻译文学与中国文学现代性的发生》，山东大学博士学位论文，2006 年。

［407］［日］樽本照雄，吴岳，赵乐甡：《关于鲁迅的〈斯巴达之魂〉》，《鲁迅研究月刊》，2001 年第 6 期。

［408］［日］樽本照雄：《新编增补清末民初小说目录》，齐鲁书社，2002 年。

［409］http：// dictionary. reference. com/browse/tradition accessed on October 5，2009.

［410］http：// www. merriam-webster. com/dictionary/tradition accessed on October 9，2009.

［411］http：// www. cscse. edu. cn/publish/portal20/tab863/info7077. htm on March 17, 2010.

[412] http://en. wikipedia. org/wiki/Two_Years'_Vacation ac-
cessed on June 12,2011.

[413] http://en. wikipedia. org/wiki/Formalism_(literature) ac-
cessed on July 28,2011.